中国专业作家作品典藏文库

中国专业作家作品典藏文库

石钟山卷

玫瑰绽放的年代

石钟山 著

中国文史出版社

《玫瑰绽放的年代》是《激情燃烧的岁月》姊妹篇。

如果把石光荣说成是太阳，那么柳秋莎就是月亮。有太阳，有月亮，才有了宇宙，有了世界。

——题　记

1

柳秋莎的眼皮一连跳了几天了，她知道有件大事就要发生了。

春天的延安晴空万里，一孔孔窑洞散落在沟沟岭岭间。这天，柳秋莎刚吃过早饭，一手拿着小凳子，一手拿着笔记本，准备到操场上去上课。那是他们军训队的课堂，黄土垫成的操场，平整而又结实，那里还长了两棵歪脖枣树。此时，那两棵枣树已经打了芽苞，说不定哪一天，芽苞就会绽放出嫩嫩的芽叶。

每天上课她总会提前几分钟来到操场，这不能说明柳秋莎学习文化课有多么积极，她是要抢占有利地形，也就是那两棵歪脖子枣树的某一棵。她坐在树下，背靠着枣树，那样的话，她就会感到很轻松。

太阳暖暖地照耀着操场，也照耀着柳秋莎，远远地有一声又一声悠远的军号声传来，间或伴着士兵们的喊杀声或者是歌声。那是部队在训练。这一切对柳秋莎来说都恍然如梦。于是她就一副很困顿的样子，眼皮就很不争气地合上了，邱教员讲课的声音渐渐远去了，声音渺远得很。

在那一瞬间，柳秋莎就做了一个梦，她又回到了东北那冰天雪地的崇山峻岭，她在雪地里奔跑着，身后是日本人的枪声。枪声响了，她一惊，便睁开了眼。此时，她看见邱教员已经停止了讲课，还用一双幽深的目光望着她。她发现好多人都在望着她，于是，她有些不好意思，低垂下眉眼，小声地说：我没睡觉，就是迷糊了一会儿，谁让延安这天这么好呢。坐在附近的人听到了，便小声地笑。她不笑，很茫然也很无辜地望着邱教员。

邱教员二十多岁的样子，长得文气得很，脸孔白白净净的，一双望人的目光总是含情带露的。她知道邱教员是大学生，一年前投奔到延安，到了延安后，便在军训队当文化教员。邱教员讲话的声音很好听，不紧不慢，软软的，轻轻的。在柳秋莎听来，仿佛是一支催眠曲，一会儿便睡着了。

她不睡觉的时候，目光便总跟着邱教员转来转去。她喜欢邱教员讲课时的样子，一身粗布军装穿在他的身上，不显得土气，相反，更让他多了一种气质。究竟是什么气质她说不清，反正她喜欢看邱教员的样子。

她每天坐在枣树下还有一个重要的原因是，这里离邱教员比较近，又是侧面，从这个角度欣赏邱教员会更加全面和生动。她看了一会儿邱教员，又看了一会儿。邱教员讲的是什么已经不重要了，重要的是，她在这里能够很好地看见邱教员高挑的身影。

笔记本摊在膝前，她却一个字也没有记。她想记点什么，搜肠刮肚，却想不起她会写多少字，那些字乱哄哄地都挤在脑子里，怎么也连不成个句。于是她就不记了，这样一来，她就一身轻松了，她能更加全心全意地欣赏邱教员的风采了。

左眼皮一连跳了两天后，她知道要出事了，果然就出事了。

小王秘书出现在她的面前，那时她正想去操场抢占有利的地形，小王秘书就喊住了她。小王喊：柳秋莎同志，请你等一下。

她站在那里，望着小王秘书。小王秘书其实也不小了，二十多岁的样子，也是投奔延安的热血青年。只因他长得小，一身最小号的粗布军装穿在他的身上仍然显得肥肥大大的，于是人们就叫他小王秘书。

柳秋莎一望见小王秘书就想笑，然后就笑着说：小王秘书，你是喊我呀？

小王秘书就飘飘悠悠地来到了柳秋莎面前。小王秘书样子腼腆得很，尤其是见了女同志，很不好意思。他一不好意思就舔嘴唇，舔来舔去的，他的嘴唇就很滋润，整日里都唇红齿白的。小王秘书红头涨脸地冲她说：韩主任让你去一趟。

柳秋莎心里就忽悠了一下子。前几天同宿舍的王英大姐就曾被韩主任叫去过一次。王英回来后就唉声叹气，六神无主的样子。晚上，两人躺在一起时，王英就说了，说是韩主任给她介绍了一个同志，当然是男同志，从井冈山走了二万五千里的一个“老”同志。这个老同志姓刘，在部队里当着副团长，因为革命到现在一直没有机会恋爱。现在延安有了这么多女同志，他们这些革命“老”同志也该恋爱、结婚了。

当时王英不明事理，她比柳秋莎大两岁，今年已经二十了。二十岁的姑娘仍不明白韩主任这话的意思，就说：刘同志恋爱就让他恋呗。说完还低下了头。

韩主任就笑，背着手在屋里走来走去。那天的太阳依旧很好，仍暖暖地从窑洞的窗口照进来。韩主任在阳光里走来走去，窑洞里便一会儿亮一会儿暗，王英就用不解的目光追随着韩主任。

韩主任是这支部队的政治部主任，四十多岁的样子，是革命的老资格了，在上海当过地下党，又去苏联学习过，经过风雨见过世面，于是韩主任办事时总是显得从容不迫。

韩主任笑着说：那你就和刘同志见见嘛。

王英顿时迷糊了：见我？

王英就觉得大事不好了，还没等韩主任说完，便逃也似的离开了韩主任的办公室。那两天王英一直六神无主，不知如何是好。

直到有一天傍晚，她们吃过晚饭，正坐在窑洞前说话，突然听到一阵急促的马蹄声。马蹄声越来越近，最后就停在了她们面前，从马上跳下来一个黑塔似的男人，这男人粗门大嗓的，几步来到王英和柳秋莎面前，声音很大地说：我姓刘，王英你好。

那时刘同志还不敢确定谁是王英，只是含混地冲两人敬了个礼。

王英自然是清楚的，她脸红心热，又一百二十个不愿意地向前走了一步说：我是王英，你找我有事吗？

刘同志便从怀里掏出一包用粗白布包着的东西，热乎乎地塞到王英手里，然后头也不回地骑上马飞奔而去。

直到刘同志的马蹄声消失了，王英才回过神来，她一手托着布包，一手抚着胸口，气喘着道：他、他姓刘？

涉世不深的柳秋莎看到了王英这个样子，被逗得哈哈大笑。王英抚着那一小包东西一副不知如何是好的样子，仿佛那是炸药包，随时都有爆炸的危险。最后还是柳秋莎把那个包打开，她一打开包便惊呆了，这是一包延安蜜枣，个儿不大，却个个结实饱满。

后来，那一包蜜枣差不多都让柳秋莎一个人给吃了，她一边吃一边说：真甜，王英姐你也吃吧。

此时的王英越发地六神无主了，她盯着柳秋莎手里的蜜枣，喃喃着一遍一遍地说：他姓刘，他就姓刘。

王英在那些日子里都有些魔怔了，上课下课的，眼神总是发直，一有时间就喃喃自语：他就是刘同志。

有时在梦里还在叨咕，柳秋莎笑她道：王英姐，别魔怔了，不就是一包枣嘛，有啥了不起的。

的确没什么了不起的，但王英却被什么东西给击中了。从那以后，刘同志经常在傍晚时分骑着马赶过来。每次来，他先在窑洞外把马拴好，然后大声地喊：王英，我来了。

王英就没有理由不出去了。王英一出去，刘同志便牵着马和王英在沟沟坎坎的小路上走一走，两人中间有个三五步的样子。两人在前，马在后，马还不停地打着响鼻，咴咴的。柳秋莎望着月光下王英这样的情形就想笑，于是她就笑了，笑得哏儿哏儿的。

几次之后，王英便不那么六神无主了，每次她从外面回来，总是神采奕奕的。

她说：他叫刘天山，是副团长。

她又说：他们部队住在王家坪，离这有二十多里的路呢。

她还说：刘天山都三十二了。

她再说：天山十三岁就参加了革命，后来参加了红军，在井冈山打过五次反“围剿”……

王英说这些时，眼神一飘一飘的。

柳秋莎那时还不知道王英已经恋爱了。她不知道恋爱有多么好，反正每次刘天山来总不空着手，不是带点枣就是带点晾干的南瓜片什么的。南瓜片也很好吃，甜甜的，王英每次回来，柳秋莎就去翻她的兜，总能找出点内容来，柳秋莎就很高兴。后来，王英开始护卫着自己的“隐私”了，她不再让柳秋莎翻自己的兜，而是自己拿出一点点，只一点点让柳秋莎品尝，在这一点上，柳秋莎总是意犹未尽的样子。

从那时开始，王英开始失眠了，有时柳秋莎睡了一觉了，睁开眼睛，无意中发现，王英仍大睁着眼睛躺在那里想着什么。于是她就说：怎么还不睡呀？

王英不说什么，翻了一个身，把后背冲给她。她就知道，王英这是出事了。她冲王英说：都是让刘天山闹的。

2

柳秋莎没想到的是，自己也出事了。

小王秘书让柳秋莎去韩主任那儿一趟，这是命令，她没有理由不去。于是她就一手提着凳子，一手攥着笔记本，随小王秘书向韩主任办公的窑洞走去。一路上，柳秋莎的心跟小王秘书的身影似的飘了一路。没见到韩主任，她心里已经明白了大概。前些日子，王英也是这样被小王秘书叫去了一趟，韩主任跟她谈了话之后，就出了个刘天山。她不知道，这次韩主任跟她谈完话后，会出来个什么人呢？在这一瞬间，她想到了邱教员，邱教员文文静静的样子便出现在了她的面前。她也不知为什么，自己在这时会想到邱教员。

一路上，她碰见一些军训队的同学，同学有男也有女，他们看见柳秋莎随在小王秘书的后面，似乎什么都明白了的样子，有的很有内容地跟她打招呼，有的等她走过去，心知肚明地掩着嘴笑。

那一刻，柳秋莎脸是红的，一直红到了脖颈。她不知道自己是怎么走到韩主任办公室的。韩主任起身迎接她，还捉住了她的手握了握，接下来韩主任就微笑着让她坐。韩主任办公室除了一张桌子外，还是有几把椅子的。她没有坐在椅子上，而是坐在了自己的小凳上，这样她感到踏实。

韩主任一直叫她师妹，这让柳秋莎感到很难为情。韩主任在苏联的莫斯科郊外的军事学院学习过，韩主任早就回国了，柳秋莎却阴差阳错地去了苏联，她在那里待了三个月。她十三岁便参加了抗联，刚开始她只给抗联送个信通个情报什么的。那时她和父母住在只有六七户人家的靠山屯，他们家住在最东头的一个山坡上，来往很便利，一抬腿就上山。刚开始是父亲为抗联送情报，父亲是抗联发展的地下党，她不知道，知道这些那是后来的事情。

有一阵子，父亲的老寒腿病犯了，上山下山的行动不便，以后有跑腿的事便落到了她的头上。这一带山山岭岭的她已经很熟了，他们靠山屯这些人家，一半靠种地，一半靠打猎。春天的时候便种地，冬天了，没事可做了，便进山打猎，靠这些猎物换回一年的柴米油盐过日月。她从七岁开始便随父亲进山打猎，沟沟岭岭的自然就熟悉起来了。十三岁那一年，她便接替父亲交通员的角色，到山里为抗联送情报。

这种情况和身份，让她还称不上是抗联战士。事情的起因是那年的冬天，那一年她十五岁。

那年冬天，雪特别大，也特别冷。日本人封山的计划使抗联遭到了空前的打击，有人坚持不住了，举着白旗下山投降了。那天，父亲从山下得到情报，日本人发现了住在熊瞎子沟的抗联小分队，要进山清剿。父亲便让她急忙上山去送信，让熊瞎子沟的抗联小分队火速转移。她连夜进了山，把消息送到了。第二天早晨她下山时，才发现自己家那两间小房已经被日本人给烧了。父亲被捆在一棵树上，肠子流了一地，母亲的头上流着血躺在院子里，人早就硬了。

她爹呀娘呀地刚喊了几声，邻居于三叔就把她的嘴给捂上了，把她给扯到自家屋里，低声告诉她：日本人就在附近埋伏着，准备抓她。

她在于三叔家藏了一天，半夜于三叔把她送出家门。月黑风高之夜，她跑到了山里，家是不能回了，她跑了半夜，最后确信终于安全了，她才放声大哭了一回。哭过了爹，哭了娘，然后跪在雪地上，冲着家的方向，给爹娘磕了三个响头。于三叔告诉她，父母的尸首他替她给收了。磕完头后，她便头也不回地跑进了山里，投奔了抗联。从此，她便成为一名抗联战士。

那些日子，风餐露宿的，她自己都不知道是怎么过来的，她参加抗联后，才知道自己的父亲是被叛徒告的密。从那以后，她就想着报仇，这仇一日不报，她就一日不得安生。她睁眼闭眼的，眼前总是浮现出父母惨死的情景。后来她知道，那个叛徒现在在县里面给日本人当着看家护院的“狗”，她要把他给杀了，否则父母死了都闭不上眼。

那年的秋天，打了两次仗，在日本人手里缴获了一些武器，于是她手里也多了一把枪。在这之前，她一直没有武器，只有一把砍柴刀，还有两枚自造的手榴弹。机会终于来了，她手里有了枪，便什么都不怕了。那一年，她才十六岁。

一天夜里，抗联下山伏击了一个日本人的小分队，打死了几个日本人，游击队便进山了。她没有走，而是躲在一棵树上，等抗联的人消失在深山老林里，她才从树上下来。她没有回村，而是走进县城。她要找到那个告密的叛徒报仇。她知道这是违反纪律的，可她顾不了那么多了，复仇的火焰在她心里已经炙烤了两年。

那一次，她在县城里蹲伏了两天，摸清了叛徒的活动规律。她知道，那个叛徒住在离日本兵驻地不远的一个小平房里，白天，那个叛徒跟在日本人后面吆五喝六的，晚上便回家去睡觉。于是白天她就潜进了那个叛徒的家里，叛徒找了个女人，她进门的时候，那个女人看见了她的枪，顿时吓得尿了裤子，女人哆哆嗦嗦地说：我没有做坏事，你别杀我。

柳秋莎那时候还不叫柳秋莎，叫柳芍药，她是在满山开满芍药的日子里出生的，父亲便给她起了个名字叫芍药。柳芍药看着眼前的女人，真想一枪把她打死，但还是忍住了，她知道这个女人是无辜的，但还是狠狠地抽了女人两个耳光，就凭这女人跟一个叛徒生活在一起，便有理由抽她的耳光。然后柳芍药找来绳子结结实实地把女人给捆上了，又在她的嘴里塞上了抹布，把她扔到了炕柜里。接下来，柳芍药就安心等待仇人了。

天黑之后，叛徒一摇三晃地回来了，嘴里还哼着下流的小调，人没进门，柳芍药便闻到了他一嘴酒气。叛徒一边开门一边说：大菊子咋不点灯，黑灯瞎火的，你想让我撞死呀。

他话还没有说完，柳芍药的枪把便砸在了他的头上，他哼了一声便倒下了。那一刻，她浑身在发抖，不是因为恐惧，而是因为仇恨。她把枪口抵在了他的头上，叛徒这时醒过来了，他明白发生了什么，此时他的样子连个娘儿们都不如，话都说不出来了，喉咙里只发出哆哆嗦嗦的声音。

柳芍药说：你这个叛徒。

他说：呜呜——

柳芍药说：你活到头了。

他说：别、别杀我。

枪响了，声音很闷，“扑”的一声，那个叛徒便软软地躺在那里不动了。

柳芍药连夜出了城，她回到山里，找到抗联游击队时，天已经大亮了，她失踪了两天，急坏了抗联的人，山上山下他们已经找了她八个来回了。杨队长一看见她便什么都明白了，当下命人没收了她的枪。

她一句话也没说，她替父母报仇了，郁在心里的那口气吐了出来。那一次，她遭到了同志们好一顿批评。

也就是在柳芍药参加抗联游击队第三年的那个冬天，抗联游击队遭受到了前所未有的打击。为了保住抗联的有生力量，上级决定，抽调一批人撤退到苏联境内休整。抽调的这些人当中，就有柳芍药。

到了苏联后，她辗转着又被送到了莫斯科郊外的军事学院。这是一所国际共产组织学院，那里有很多学员，有古巴的，也有越南的，最多的当然还是中国去的学员。教师自然是苏联人。那个教员拿着名册点名，当点到柳芍药时，便皱起了眉头。于是教员便自作主张，把柳芍药改成了柳秋莎，从此，她就成了柳秋莎。

莫斯科只待了三个月，他们这批学员便接到了延安的通知，让他们回国。就这样柳秋莎来到了延安，成了军训队中的一名学员。

韩主任是早几年回国的，这些人的情况，韩主任自然是了如指掌的，所以他便亲切地称柳秋莎为师妹。

柳秋莎坐在那里望着韩主任。韩主任就那么一直微笑着，微笑着的韩主任就说：柳秋莎同志，学习还好吧？

一提起学习，她就想起了那两棵枣树，那两棵枣树差不多都让她靠歪了。她不说话，就那么望着韩主任。

韩主任似乎不知怎么开口，搓着手，很不好意思的样子，先是讲了眼前的形势，国内国外的，当然都是一片光明的景象，看柳秋莎一直不说话，然后才说：是这样，你也是个老同志了，今年满十八了吧？

柳秋莎知道韩主任要说正题了，不说话怕是过不去了，便说：我刚十八，还小着呢。

韩主任说：十八了，也不小了。

她说：十八了，也是小。

韩主任又说：你是老同志了，知道组织纪律，是这样——

接下来韩主任就说起了胡团长的许多好话，什么革命有功了，英勇杀敌了，总之，除了年龄大点之外，胡团长浑身上下都是优点。

柳秋莎不想跟韩主任兜圈子了，便单刀直入地说：咋的，你是不是想给我做媒呀？

这话韩主任还不知怎么说，她先单刀直入地说了，韩主任便一拍大腿说：你这人爽快。

柳秋莎就说：要是我不同意呢？

韩主任说：胡团长很优秀的，为革命流过血、立过功，我保证你见着他就会喜欢他。

柳秋莎又说：要是我见了他还不喜欢他呢？

韩主任说：那就算我白说。你们处一处，处不来也不能勉强，咱们都是党的人，什么事都要讲个原则。

柳秋莎就如释重负地站了起来，冲韩主任说：没事那我就走了。

韩主任一直把她送到门外，在门外韩主任还冲她招着手说：没事常来呀。

柳秋莎向操场走去。

她还没有走到操场，便看见了邱教员的身影，那个身影立在那里，一点点地在她视线里放大，后来，她听见了邱教员讲课的声音。枣树下的座位，仍空在那里，她安静地坐在那里，太阳依旧暖暖的，这次她一点困意也没有，一直睁着眼睛看着邱教员讲课。不知为什么，她竟出奇地平静，韩主任说过的话，她仿佛早就忘记了，她心里干干净净的，像三月的天空。

3

马蹄声是在那个晚霞铺满天际的傍晚响起的。柳秋莎并没有意识到这马蹄声和自己有什么关系，这一阵子刘天山的马蹄声几乎每天都要在外面响起几次，每次有马蹄声响起时，王英如同听到了冲锋的军号，她很快便从窑洞冲了出去，马蹄声随之远去。

有一次，柳秋莎看见，长得粗粗壮壮的刘天山，像老鹰捉小鸡似的，一下子就把娇小的王英提到了马背上，这样一来，就是两个人共同骑着一匹马了。王英咯咯地笑着，那匹马便载着王英和刘天山向远处走去，留下王英的一串笑声。在那一瞬间，柳秋莎的脸有些发烧，她不知道王英为什么要笑，这又有什么可笑的呢？

这次马蹄声响起时，当然又是王英冲了出去，很快她又回来了，冲躺在床上发呆的柳秋莎说：找你的。

柳秋莎起初没听清王英的话，怔怔地望着她，直到王英把她拽起来，她才如梦初醒。她想不出是谁来找她，在延安她不认识更多的人，只有军训队这些学员，这些学员又都不会骑马来找她，况且他们这些学员也都没有马。

刚开始，她以为王英在和她开玩笑，便疑惑地走出去。门外便灯塔似的立着一个汉子，那汉子穿着军装，背着手，在门前的空地上来来回回地踱着，一匹白马悠闲地在汉子身边站着。

柳秋莎走到门外，惊愕陌生地望着他，声音很小地问：你找我？

汉子抬起头，看见了柳秋莎，眼睛亮了一下，又亮了一下，然后一个立正，向她敬了个礼说：柳秋莎同志，我姓胡，是边区三团的团长，我叫胡一百。

直到这时，柳秋莎才想起韩主任上次说的那个胡团长。原来韩主任不是说给她玩儿的，是认真的。那一刻她心里怦怦乱跳，一副不知如何是好的样子，她张开了嘴，半晌才答：那你……你找我干什么？

其实她心里已经明白了，但嘴上还是这么说，她已经言不由衷了。

胡一百听她这么说，笑了，然后就笑着向她走来，一边走一边说：是韩主任让我来的，说你这个同志很好，又年轻又漂亮，在东北老林子里跟日本人干过仗。

胡团长走过来，不由分说就捉住了柳秋莎的手，一边说着一边乱摇一气。胡团长就说：这回可认识你了，柳秋莎同志，以后咱们就是同一个战壕里的战友了。

柳秋莎的一双手被胡团长握得很疼，她一边吸着气一边往外抽自己的手，抽了两次没有抽出来，然后她就大声地说：胡同志，你这是干啥，有话好好说。

胡团长意识到了自己的失礼，忙松开手，顿时脸红了，还抓了抓头，脸红脖子粗地说：太好了，你真是太好了，太好了……

就这么几句话，胡团长反复地说着，此时胡团长就像一头磨道上的驴，绕着柳秋莎一圈一圈地转着。刚开始，柳秋莎也跟着胡团长转，后来她就有些转晕了，便不转了，定在那里，定定地望着胡团长。

胡团长又站在那里，嘿嘿地傻笑着，还不停地搓着自己的双手，一时没话可说，便又一次给柳秋莎敬礼，敬完礼又说：是韩主任让我来的，柳秋莎同志你真好，真好，真是太好了！

柳秋莎看着胡团长的样子，觉得很可笑，于是她就笑了，笑得一发不可收拾，她弯下了腰，后来就蹲在了地上，她就一直那么笑着。半晌，她转回身，向窑洞跑去，留下怔在那里的胡团长。

她跑回来，一下子趴在了床上，还那么笑着。王英就过来拍了她一下，说道：别笑了，有什么可笑的？

柳秋莎翻过身，冲着王英说：太可笑了，真的太可笑了。

这时，就听门外胡团长大着声音说：柳秋莎，咱们以后就是一个战壕里的战友了，今天我先回去，有时间我再来。

说完门外便响起了马蹄声。

柳秋莎又想笑，王英严肃地冲柳秋莎说：你觉得胡团长这个人怎么样？

柳秋莎不知轻重地说：他人怎么样跟我有啥关系？

王英又说：这是组织给你介绍的男人，你怎么能不认真对待？

柳秋莎坐了起来，表情也变得认真起来，她说：当时我可没答应韩主任，只是同意见一见。

那你觉得他这个人怎么样？

柳秋莎又想笑，半晌才说：他这人太逗了。

你就没有别的感觉？

什么感觉？没有哇。

王英就不说什么了，想了半天说：我第一次见到天山时也没什么感觉，现在可不一样了，等他再来两次，你就有感觉了。

王英刚说完这话，外面又响起了马蹄声，这次，王英坚定不移地说：刘天山！说完便飞也似的奔了出去。

柳秋莎站在门口，望着王英和刘天山两人向小河边走去，后面跟着那匹马，三个影子一会儿长一会儿短地向前游移着。不知为什么，柳秋莎这时想起了邱教员。文文静静的白面书生邱教员，一点又一点地向她走近。

晚上，柳秋莎和王英躺在床上，从外面回来的王英仍是很兴奋，兴奋的王英似乎有很多话要说，她一边翻着身子一边说：天山十三岁参加革命。不知什么时候起，王英已经不直呼刘天山的名字，而改成天山了。

王英还说：天山立过五次功了，都是大功。

王英又说：天山都三十二了，天山三十二了……

王英兴奋不已地谈论刘天山的时候，柳秋莎脑子里都是邱教员的形象，他今年多大了，二十二还是二十三？他肚子里有那么多文化，讲课时总是一套一套的，仿佛天下的事都装在他的脑子里。还有邱教员的那双眼睛，他望着她时，那眼神一飘一飘的，像挠她的痒痒，让她浑身舒畅、妥帖。

不知什么时候，王英停止了念叨她的天山，而变成了一阵轻微的鼾声。柳秋莎却睡不着了，她现在满脑子都是邱教员的声音和身影。这是她有史以来第一次失眠，让她幸福也让她痛苦。

在抗联时，山外有日本人的围兵，山里冰天雪地，只要队长一声令下“休息”，她不管是靠在一棵树上，或者钻到一片树叶丛中，都很快睡去。睡了一会儿，又睡了一会儿，便有站岗的哨兵把他们叫醒，让他们活动一下身体，以免冻坏了。每次被叫醒了，她都十分不情愿，然后就半睁着眼睛，乱跑上一会儿，接着头一歪，就又睡过去了。那时，睡觉对她来说也是一种幸福。

现在失眠的她，同时也被另外一种幸福折磨着了。

第二天，军训队的学员又在操场上上课了，她仍然坐在那棵枣树下，不知为什么，阳光依旧那么好，照在她身上暖暖的，她却一点也没有困倦的意思。她睁着眼睛望着邱教员，邱教员讲的每一句话，都一点一滴地流进了她的心里。

她觉得邱教员说话的声音是那么动听，还有邱教员白白的牙齿，甚至穿在邱教员身上的军装，也是那么合体，让她赏心悦目。

邱教员的目光落在她的身上，她浑身上下在那一瞬间，仿佛被大火点燃了，越烧越旺，她觉得自己几乎都快被烧焦了。以前她从来没有过这种感觉。自从胡团长出现，胡团长的单刀直入，一下子把她的心扉打开了，然而进来的不是胡团长，而是邱教员。

中午，她也不想睡觉，就坐在窑洞门前的土坡上，她知道，每天这时候是邱教员散步的时间。邱教员总要在中午阳光最好的时候，出来走一走。他手里有时拿着一本书，一边走一边看书，有时邱教员似乎在思考问题，在小河边走来走去，更多的时候，邱教员会吹一两声口哨，悠悠闲闲地走着。

今天，邱教员果然又出来了，他今天没有拿书，而是端着一盆衣服向河边走去，他的肩上还搭着一条白色的毛巾，他的样子潇洒又从容。邱教员蹲在河边洗衣服，洗衣服也没忘了吹口哨。他的口哨吹得从容不迫，曲折委婉，河边树上的几只鸟在邱教员的口哨声中，也大着声音鸣唱起来。

不知什么时候，柳秋莎向邱教员走去。这时邱教员已经洗完衣服，端着脸盆向回走，他似乎洗了脸，脸上湿漉漉的。他也看见了她，他没说什么，只冲她笑一笑，就在自己的窑洞前，把衣服晾在铁丝上。她不知从哪里鼓起的勇气，冲邱教员说：我帮你。

说完，不由分说，接过邱教员的衣服晾晒了起来。

邱教员怔怔地望着她。她冲他一笑，她看见邱教员脸红了。

太阳很好，有春天的微风拂过，静静地在两人中间流淌着。

4

初恋的火花已在柳秋莎的心头燃起，这一年她已经满十八岁了。在后来许多阴晴雨雪的日子里，这一年延安的春天成了她永恒而又美好的回忆。

胡团长胡一百的马蹄声又一次在柳秋莎的窑洞前响起，当然，时间是在春天的傍晚。因为白天胡团长没有时间，他正带领全团官兵一边操练，一边开展自力更生的大生产运动。胡团长马蹄声的又一次响起，彻底搅乱了柳秋莎初恋的心情。

在初春的傍晚，她没有理由不和远道而来的胡团长出去走一走。胡团长那个团离军训队还有二十多里的路程，胡团长为了能准时地和柳秋莎见上一面，甚至来不及吃晚饭，只能在炊事员那里摸上一个饼子，一边骑马向军训队这里飞奔，一边在马上把那个热乎乎的饼子消灭掉。那匹马急急地跑到这里时，已经通身是汗了。

那天傍晚，柳秋莎别无选择地和胡团长走了出去。那匹马随在两个人的身后，迈着散漫的脚步跟着他们。

胡团长不知如何表达自己的心情，只是一遍遍地说：柳秋莎同志，你看延安的春天多么美呀。

柳秋莎不说话，眼睛望着胡团长，胡团长的一张黑脸上汗渍未干，帽檐下还蒸腾着热气。那一刻，柳秋莎的心里竟有一点点的感动。这时她又望见了邱教员，邱教员只拿着一本书，站在土塬上看书。她一见到邱教员，心里刚涌起的那一点点感情便烟消云散了。

胡团长又说：柳秋莎同志，我胡一百是跟着毛主席从井冈山到的延安。

柳秋莎说：胡团长，我跟韩主任说过，婚姻问题组织上是不能强迫的。

胡团长又说：大小仗我打过无数次了，以前打仗，以后还要打。

柳秋莎说：韩主任介绍过你，可我不认识你，现在认识了，可我对你没有啥感觉。

胡团长把帽子摘下来又戴上：我们打仗，是为了建设一个新中国，这话是毛主席说的，我们要让新中国的人，都过上好日子。

柳秋莎说：韩主任答应我，让我自己选择，我才同意跟你见面的。

胡团长仍说：柳秋莎同志，以后咱们就是一个战壕里的战友了。

胡团长这么说完，柳秋莎就不知说什么好了，她回头望了一眼，邱教员仍站在土塬上看书，邱教员的身影在这晚霞辉映的塬上，成了一道风景。

半晌，柳秋莎说：胡团长，你回去吧，我还要看书识字，作业还没有完成呢。

胡团长怔了一下，又脚一并给柳秋莎敬了一个礼，然后说：柳秋莎同志，那我就不打扰了，改日我再来看你。

说完，胡团长翻身上马，在马上又给柳秋莎敬了一个军礼，然后打马扬鞭一路向前跑去。柳秋莎一直望着胡团长和他的马消失在视线里，才向邱教员走去。

邱教员显然看见她了，仍像没看见似的继续读自己的书。

柳秋莎就喊：邱云飞。

邱云飞是邱教员的名字。柳秋莎这么叫过了，邱教员才从书上抬起头，不冷不热地说：谈恋爱去了？

柳秋莎的脸一下子红了，她大着声音说：谁说我去谈恋爱了？

邱云飞说：找你的人一定是个功臣，你们这些女学员是专门给这些功臣准备的。

柳秋莎听了邱教员的话显得很生气，她生气的理由是，邱云飞不问青红皂白，凭什么就说她去谈恋爱了。她这么一生气，便一把夺下邱教员正看着的书，急赤白脸地说：邱教员你说清楚，谁谈恋爱了？

邱教员见柳秋莎一脸的认真，反而笑了，然后说：恋爱自由，没人干涉你恋爱。

柳秋莎仍然坚定不移地说：没有，我没有。

那个时节的延安，成了中国革命的摇篮。许多志士青年冲破层层封锁线来到了延安，他们怀着对新中国未来的憧憬，同时也怀着对革命的崇敬，投入到了这种崭新的生活之中。他们激昂、前卫，甚至带有某种献身精神。这些人中自然也包括邱教员。虽然他身为教员，但对军训队这些革命“前辈”，他是充满敬仰和敬畏的，包括眼前站着的柳秋莎。虽然柳秋莎比他还小上几岁，但参加革命的资历比他早了好几年，况且柳秋莎也算是在枪林弹雨中走过来的女革命者。

他有些喜欢柳秋莎，这种喜欢自然带着许多理想色彩，因为柳秋莎革命和战争的经历，让他对柳秋莎肃然起敬，因为敬意而产生的爱慕，让他对柳秋莎的感情有些说不清。

作为文化教员，第一次站在讲台上，他就开始留意柳秋莎了。柳秋莎在他的眼里应该是属于另外一种漂亮，柳秋莎红润的脸孔，健康而又充满朝气，这是他以前从没遇见过的一种新女性。以前那些女同学，漂亮得都有些病态，浑身上下有着许多小知识分子的毛病，这种毛病和柳秋莎的豪爽大方，形成了明显的反差。

最后这些日子，他每次望柳秋莎时，都发现柳秋莎的目光也正在幽幽地望着他，这让他的心激荡不已。他能从她的目光里捕捉到柳秋莎对自己的那一股暖意和友情。从那一刻开始，他便更多地开始留意起柳秋莎来了。

胡团长的马蹄声让邱教员心乱如麻，胡团长的脚步一点点向柳秋莎走近，他的心里便苦辣酸甜、阴晴雨雪地说不清个滋味。他站在塬上做出看书的样子，其实他一个字也没有看进去。他所有的精力都集中在柳秋莎和胡团长身上了。

从历史上看，延安时期和全国解放，部队进城初期，我党我军的干部阶层掀起过两次恋爱结婚的高潮。在延安时期，那么多革命“老”同志，到现在还光棍一人，以前不管在根据地还是行军打仗，他们根本没有机会接触女性。

现在不一样了，有那么多热血知识女性投奔到了延安。况且，延安这段时间，队伍在不断壮大，革命形势越来越好，从井冈山到延安，从来没有这么好过，人们的心情就普遍舒畅，是从来没有过的舒畅。那一阵子，经常有革命功臣，团长师长什么的举行婚礼，婚礼简单而又朴素，这是人们所向往和为之陶醉的。不少领导就充当了这种红娘，比如韩主任。

那天晚上，柳秋莎摔了邱教员的书扬长而去。回到宿舍，柳秋莎才觉得委屈，竟掉了两滴眼泪。擦干眼泪后，她就在心里发誓，以后再也不见胡团长了。她认为把自己该说的话已经说完了。

很晚的时候，王英才兴冲冲地回来。王英回来的时候，整个人幸福得都不知干什么好了，没脱衣服就躺在了床上，然后就冲着煤油灯，闪亮着眼睛说：我要结婚了。

她这样的一句话，吓了柳秋莎一跳，在这之前她已经睡着了，听到这句话后又醒了。王英说自己要结婚，柳秋莎一翻身从床上坐了起来，没头没脑地问：和谁呀？

王英说：跟天山呀。

王英已经被刘天山的爱情击中了，两人在外面的塬上已经拥抱在一起了，也就是说，王英已经被刘天山“拿下”了，她成了刘天山的俘虏了。

柳秋莎没想到，王英这么快就做出了结婚的决定。后来，王英都睡着了，她却睡不着了。翻来覆去地在床上折腾了半晌，终于忍不住，还是走过去推醒王英道：你真的喜欢刘天山，不是韩主任逼的吧？

王英听了柳秋莎的话，哈哈大笑了起来。

王英说：我要感谢韩主任，他把这么好的男人介绍给了我。

柳秋莎就怔在那里不知说什么好了。

后来王英又问：你和胡团长的关系怎么样了？

柳秋莎没有说话，摇了摇头。

王英就问：那为什么？天山说，胡团长那个人很能打仗的，立过好多次大功，连毛主席都夸奖他。

柳秋莎说：我不喜欢这样的人。

王英又问：那你喜欢什么样的？

柳秋莎差点儿说出喜欢邱教员那样的，但话到嘴边又咽了回去。后来，她还是回到自己的床上躺下。

王英在床那边叹口气说：小柳，真不懂你的心，这样的男人你不喜欢，你还想喜欢什么样的。

柳秋莎这时又想起了邱教员，她摔了邱教员的书，邱教员半晌没有反应。她都走出好远了，才回了一次头，看见邱教员捡起自己的书，低着头往回走去。那一刻，她的心里充满了无限的柔情。她想，这就是有知识的男人，能沉得住气。她回来后掉了两滴眼泪，也是因为她后悔对邱教员太粗暴了。

那天晚上，她下定决心，去找韩主任，把自己和胡团长的关系说清楚。

5

柳秋莎找到韩主任时，韩主任正在和胡团长通电话，通话质量不好，韩主任便扯开嗓门大声地喊叫着，他冲电话里说：我说老胡，这事你不能急。你以为是攻阵地呢，我告诉你，你要打包围战，十天拿不下就一个月，一个月拿不下就两个月，你听清了吗？

韩主任和胡团长通话的内容自然与柳秋莎有关，柳秋莎却没有听出来，她以为韩主任在向下级指挥一场战斗。直到柳秋莎出现在韩主任面前，韩主任才放下电话，然后笑着说：是小柳哇，是不是有什么大喜的事要告诉我？王英人家都要结婚了，你什么时候结呀？

柳秋莎说：韩主任，今天就是说这件事的。

柳秋莎此时是一脸的严肃，她认真的架势吓了韩主任一跳。韩主任忙拉来一把椅子让柳秋莎坐，她却不坐，看着韩主任一字一顿地说：韩主任，你说过婚姻自由。

韩主任说：那当然。

柳秋莎又说：我不喜欢胡团长。

柳秋莎说出这话，本在韩主任的预料之中，但他还是吃惊地睁大了眼睛，然后说：胡团长那个人，立过那么多战功，他是我军我党的功臣。你连这样的人都不喜欢，那我没有更好的人介绍给你了。

柳秋莎说出了一句让韩主任更加吃惊的话，她说：我的事不用你管了。

说完，转身就走了。

韩主任追出来，冲她的背影喊：小柳，你要好好想想，过了这个村可就没有这个店了。

柳秋莎已经跑远了，韩主任吃不准她听没听到他这句话，就立在那里直挠头，他真不明白，这个小柳是怎么想的。

柳秋莎真的被爱情折磨着了。在这之前，她根本没有考虑过什么是爱情，她虽身在延安，但却觉得跟以前并没有什么变化。以前在抗联时，她身穿羊皮袄，戴着狗皮帽子，爬冰卧雪的，跟那帮抗联战士没什么区别，甚至那些抗联战士也没把她当成个女的。有时宿营休息，他们就挤在一个窝棚里，有人还把一个卷烟递给她，冲她说：柳子，吸一口，这东西解乏。

她就吸了，呛得她鼻涕眼泪的，逗得那些抗联战士哈哈大笑。以前，她觉得自己是截木头，是那么麻木和愚钝。就在这个春天，在延安，她的身体呼啦一下被点燃了，燃起了熊熊大火，这股大火不可遏止，来势凶猛，她觉得自己都快被烧焦了。

当然这股大火不是胡团长点燃的，而是邱教员——邱云飞。她此时此刻，满脑子都是邱教员的影子了。

傍晚邱教员蹲在河边洗脸，起身后的邱教员，把白毛巾搭在肩上，吹着口哨往回走。

柳秋莎躲在那棵枣树后面已经很久了，她一直在观察着邱教员。此刻，她的心乱跳，浑身一点力气也没有。她打过日本人的伏击，趴在山上，躲在树后，那时，她的心一点也不这么跳，那时她觉得浑身是劲，就等着队长一声枪响，然后他们便冲出去。没想到爱情这东西，比打日本人还难。

就在邱教员走过来的时候，她还是鼓足勇气冲了出去，邱教员看到她，停止了吹口哨，脚步也慢了下来。她迎着邱教员走过去，有一会儿她还闭上了眼睛，孤注一掷的样子。最后还是邱教员先说了话：是小柳哇，有事吗？

邱教员说话的声音也有些抖，但她没有听出来，她用一种更颤抖的声音说：邱教员，你吃了吗？

邱教员就笑了。他们都刚吃过，他们军训队只有一个食堂，吃饭的时候，他还看见柳秋莎满腹心事的样子，而且还朝他这里看了好几眼，在那一瞬，邱教员的心里滚过了一股很温暖很柔情的东西。

他笑完之后说：小柳，要是没事，到我那里坐坐吧。

邱教员一个人住在一处，一张床，一张桌子，还有一盏煤油灯。进屋后邱教员便点亮了那盏煤油灯，邱教员坐在床上，柳秋莎坐在桌后那把椅子上。这时的柳秋莎已经平静了一些，但她的呼吸仍有些急促。她看见那本书，曾被她摔在地上的那本书，此时她把那本书拿在手里，轻柔地抚摸着。这是邱教员的书，她太喜欢看邱教员读书的样子了。书现在就在她的手上，这时她抬起头，下意识地把书抢在自己的胸前，跟一个中学生似的。邱教员也在望她，他的神情是笑眯眯的，很温情很和气地望着她。

她终于说：我和韩主任谈了。

这句话让邱教员摸不着头脑，他不明真相地问：谈，谈什么？

柳秋莎就死死盯着邱教员的眼睛说：我不让胡团长来找我了，就是找我，我也不见他了。

邱教员说：他可是个功臣。

功臣怎么了，我不喜欢他。

那你喜欢什么样的？

接下来，两双目光就胶着在一起，他们都听到了对方急促的呼吸声。不知是谁先站起来，另外一个也站了起来，他们的身体热烈地拥抱在一起，巨大的冲击力使桌子摇晃不止，后来那盏灯摔在了地上，熄了。周围是一片黑暗，是黑暗让他们的胆子豪壮了起来。

他说：小柳哇。

她说：邱教员。

他们更紧密地拥抱着，相互怀着对对方的倾慕。她崇尚他的知识和读书的样子，他喜欢她的经历，已经是革命“老”同志了，还有她作为女性的健美以及果敢。那是怎样的一种拥抱呀，仿佛在和敌人做一场生死搏斗，你死我活的样子。他们都试图通过全身的力气，把自己陷进对方的身体里去。他们在那里呻吟、挣扎，不知过了多久，他们寻找到了对方的嘴，他们的牙齿磕碰在一起，发出惊天动地的声音。直到试探了几次之后，他们火热、潮湿的唇才吻合到一起。这是一场旷日持久的拥吻，他们都发出嗯嗯的声音。

他嗯嗯地说：小柳，我的小柳啊。

她说：邱啊，我的邱啊。

在那天晚上，他们的历史翻开了新的天地。很晚的时候，她才离开他。邱教员把她送到门口，冲着她的身影伸出了一只告别的手，那只手就那么举着，直到她的身影消失在视线的尽头，他的手才落下去。

柳秋莎似踩着云雾走了回来，王英仍没睡，她不知道在哪找来了一些红纸，在精心地铰着“喜”字。那是她为自己的新婚在做着准备。灯下，王英的脸都被那红纸映红了，于是她就红着脸冲柳秋莎说：又去和胡团长幽会去了？

她没有说话，而是一头扑在床上，用被子蒙上了脸，直到现在，她仍没有从幸福的喜悦中走出来。

王英顾自顺着自己的思路说下去：美女爱英雄，自古都是这样。

王英又说：我说过，感情是处出来的，我刚见天山那会儿也没看上他，来往几次，我就投降了。

王英还说：胡团长怎么样？他的力气大吧，你是不是被他抱过了？看你的样子，就是被男人抱过了。

她听了王英的话，脸红到了耳根，她心想，自己是被男人抱过了，不过不是胡团长抱了自己，而是邱教员，是她的邱教员把自己抱了。

那天晚上，马蹄声又一次在她们的窑洞门口响起。那天晚上，王英没有去和刘天山约会，而是趴在床上在写结婚申请，不用问，外面的马蹄声是胡团长的。

柳秋莎像没听见似的，该干什么干什么。

一会儿，就听外面有人喊：小柳，我是胡一百，来看你来了。

柳秋莎躺在了床上，还用被子蒙住了头。

王英说：你还不快出去，是胡团长。

柳秋莎说：我不去，我跟他没啥关系了。

王英吃惊地睁大了眼睛。

外面的胡团长又喊：小柳，小柳……

王英冲过来，扳着柳秋莎的肩膀道：小柳，你这个样子会后悔的。

她说：我不后悔。

王英说：胡团长哪点配不上你，你干吗要这样？

她说：是我配不上他，让他去找一个比我更好的吧。

王英的样子比她还着急，在屋子里团团乱转。外面，胡团长喊“小柳”的声音一声高过一声，到最后差不多就是吼了。

王英最后恨恨地说：小柳，你中邪了，总有一天，你会后悔的。

她说：我不后悔，愿意出去你出去吧。

王英就没话可说了，她回到自己的床前，忙自己的事情去了，然后叹着气说：胡团长多么优秀哇，你真是分不清南北了。

此时的柳秋莎再清醒不过了，她的爱情之火正轰轰烈烈地燃烧着。

不知胡团长在外面呼唤了多久，只听到胡团长一声沉闷的叹息后，又大声地说：我还会来的。

接着，一阵马蹄声消失在夜色中。

6

王英终于结婚了，因为王英还没有结束军训队的学习生活，她和刘天山的结婚有些象征性。她只是从这个窑洞搬到了另外一个窑洞，因为她每天还要参加军训队的工作和学习。刘天山有时从十几里外的部队赶过来，住上一宿，第二天天还没亮便出发了。身为副团长的刘天山还要操练部队，开展轰轰烈烈的大生产运动。即便这样，王英也幸福得要死要活。她自从结婚后，人整个变了样，脸孔红红的，见人就笑，嘴里哼着支离破碎的歌，那些歌都是边区当下流行的，曲调都差不多，只是词有些变化。所以，王英就经常把这首歌唱到那首上去了，她用这种形式来表现她的甜蜜和快乐。

柳秋莎不知道王英的快乐从何而来。王英结婚的时候她去了，是韩主任做的主婚人，当场宣布了王英和刘天山的婚姻是经过组织同意的等等。接下来就由王英和刘天山给到场的每位分了一把枣，大家一边吃着枣，一边说一些花好月圆的话，什么革命者友谊长存，志同道合什么的。

刘天山从始至终一直就那么笑着，一张大嘴笑起来时就更大了，都快咧到耳根后去了。王英自然也是笑的，笑得阳光灿烂，清纯无边的样子。柳秋莎不明白王英为什么要这么笑。她从自己这个角度也没看清刘天山那样一个人为什么值得王英这么笑。

王英是一年前从中原来的，那时她还是女子师范学校的一名学生，扎着两根辫子，腰里系着一条皮带。她先在边区工作，做一些宣传上的事，写写标语，参加个小剧团演出什么的。三个月前，军训队成立，上级便让她到军训队学习来了。

总之，王英的幸福让柳秋莎很不以为然，她认为，只有和邱教员那样的人结合，他们才是世界上最幸福的人。

那天中午吃过饭，幸福的王英搂着柳秋莎的肩膀在土塬上走了一会儿，王英发自肺腑地说：小柳，你真傻，为什么不爱胡团长？

她的话其实已经说过多次了，柳秋莎觉得已经没有必要再分辩什么了，没说什么，便笑一笑。

王英说：天山对我真好，他是个真正的男人，不仅是功臣，人还那么温柔。

王英说这话时，脸上是充满温柔和神往的。

柳秋莎说：咱们是各有所爱。

这时她看见了邱教员，邱教员捧着一本书在阳光下朗诵着。邱教员朗诵的就是那首著名的《海燕》。她一见到邱教员，心早就飞走了。

这一阵子，邱教员和柳秋莎这种迷离的样子，王英早就有所察觉了。她意识到了问题的严重性，然后就恨铁不成钢地说：邱教员有什么好的，他这种人，在咱们边区、在全国多的是，胡团长那种人你上哪儿找去？过了这个村，可就真没有这个店了。

王英的话一阵风似的在柳秋莎耳旁吹走了，她现在被爱情击中，就是十头牛也拉不回来了。

柳秋莎觉得自己是幸福的，邱教员站在那棵歪脖枣树下给她念过诗，邱教员的朗诵让柳秋莎觉得字正腔圆，像一场及时雨落入到了她干渴的心田。邱教员是这么念的：

你是雨后的彩虹，
挂在天边，
也挂在我的心上。
你是一缕春风，
让枯树开出绿叶。
你是风来我是柳，
柳随风动飘心头……

这是多么抒情的爱情诗呀，柳秋莎望着站立在那里的邱教员，觉得他就是一首诗了。虽然有许多地方她还听不懂，但她已经一次又一次地为这种抒情着迷了。

私下里，邱教员和柳秋莎都商量起了结婚的事情来了。她当下决定，在他们的婚礼上，不送枣，枣是多么常见和俗气的东西呀，就让邱教员当着所有的人朗诵他的诗，然后她唱一首歌，唱那首东北民歌《山里红花开》，那将是一个多么激动人心的场面啊。两人陶醉在对未来的幻想中。如果没有那一次变故，两人的恋爱也许在半遮半掩下还将谈下去，结果事情发生了变故。

事情的起因是这样的，上级领导给军训队这些学员安排了一次下部队的机会，也就是让他们参观部队的训练和生活。柳秋莎做梦也没有想到，这次下的部队就是胡团长那个团。他们是步行去的，部队早就准备好了。胡团长照例要讲上一段话，说什么他代表全团官兵欢迎军训队来这里指导工作等。接下来就是战士们的表演，也没什么新鲜的，就是刺杀呀、肉搏呀什么的。

柳秋莎觉得这一切一点也不好玩，她就开始东瞅西看的，结果她就和胡团长的目光相遇了，此时胡团长的目光似乎在冒火，那个样子恨不能把柳秋莎一把拉到自己的身边。她承受不了胡团长这种望着她的目光，接下来，她开始神不守舍，希望今天的活动早些结束。

她没想到的是，胡团长也上阵了，他一上来便把棉衣脱了。延安的春天还有些寒冷，胡团长的身体受冷风一激，显现出古铜的颜色，他的胸前有几处枪伤，伤口有些发黑发紫。胡团长大叫着，招呼着士兵冲上来，那些士兵显然经常和团长展开这样的较量，冲上来的不是一个，而是两个，很快便被胡团长制服了。第二次，又冲上来三个士兵，三个士兵和胡团长战成一团，半晌也没有分出胜负，士兵的队列里传出一阵又一阵的口号声，为双方加油。胡团长的神勇，招来军训队员一阵又一阵的掌声。最后的结果是，胡团长和三个士兵战成了平手。此时的胡团长已经是大汗淋漓了，豆大的汗珠从他的胸前后背上流过，柳秋莎看见胡团长冲她笑了笑，便弯腰从地上拾起自己的棉衣走出人群。

军训队是夕阳西下的时候离开三团的，直到走出三团的营门，柳秋莎才松了一口气。她没想到的是，这时她又听到了熟悉的马蹄声，当她抬头回望时，她看见了胡团长和他的马风一样地刮到了自己的面前。当她醒过神来的时候，胡团长已经站在了自己的面前。

胡团长气喘着说：小柳同志，我要找你谈谈。

她说：我还要回军训队。

他说：耽误不了你，一会儿我骑马送你。

胡团长不由分说把她拉出了队列，她下意识地看了一眼队列中的邱教员，邱教员也在望她。她一望见邱教员的目光便不紧张了，平静地望着眼前的胡团长。

胡团长不望她，背着手望着夕阳说：你为什么不同意跟我来往？

她说：不同意就是不同意。

他又说：我已经打报告了，过几天咱们就结婚。

她说：我不同意跟你结婚，你打报告也没用。

他说：你会同意的。

她说：我就不同意。

……

那天晚上，两人就这么争争吵吵了好长一阵子，天都黑了，军训队的队伍已经在视野里消失了，也没有争吵出个结果。后来胡团长跳上马，他要把柳秋莎拉上来，柳秋莎说死也不肯上马，向前跑去，胡团长就让马小跑着跟着柳秋莎。

他说：你上来。

她说：我不上。

他说：没见过你这么倔的同志。

她不说话，向前跑着。在抗联那会儿，她已经练就了一副好脚板，爬山越岭地和日本鬼子周旋。眼前这一截子路，对她来说根本不算一回事。

她觉得还没有施展开身手，便看见了前面有个人，她一眼就认出了邱教员，是邱教员在等她。

当她和胡团长赶上邱教员时，胡团长才认真地看了一眼邱教员，大声地问：你是什么人？

邱教员说：我是军训队的文化教员。

胡团长这才拉住马缰，让马和自己立在那里，他冲柳秋莎的背影说：过几天就结婚，这婚我是结定了。

柳秋莎觉得自己遇上了土匪，她拉着邱教员没命地向前跑去。

隐约地她仍能听见胡团长在喊：我要跟你结婚——

7

柳秋莎下定决心要结婚。眼见胡团长的架势是要抢人了，因此，柳秋莎下定了决心，她要和邱教员邱云飞结婚。

她和邱教员摊牌是在一个晚上，两人在延河边上散步，河边的柳树已经吐出了嫩嫩的叶芽，有风吹过，一丝一缕的。远处不时地有人走过，还可以听到战士们的歌声。

她突然立住脚冲邱教员说：我要跟你结婚。

他也立住脚，听了她的话怔了一下，望了她半晌才说：这……这么早？

她说：不早了，我都十八了。

他说：我刚到延安，还是个革命的新人，按理说不该这么早就结婚。

她说：我不管，你要是不同意，也许我就跟别人结婚了，你再也见不到我了。

说完一转身，她就跑了。

他怔在那里。这件事对邱教员来说太重大了，重大得他一时竟不知如何是好。他喜欢柳秋莎，可以说在短短的时间里已经爱上了她，这种爱他也说不清，总之，因为有柳秋莎的存在，他的世界丰富了。他离不开她。

他知道那个胡团长在追求她，他不相信柳秋莎会爱上胡团长那种人。但对他来说，胡团长这样的革命“老”同志，是他所敬畏的，当初下定决心投身到革命中来，就是胡团长这些革命者把他吸引到了革命队伍中。在胡团长身上，他看到了许多理想色彩，包括他和柳秋莎的来往，也是这样的色彩在五光十色地吸引着他，引领着他走到这群革命

“老”同志中来。

他还知道，柳秋莎十三岁就开始给抗联当交通员。在他的想象里，一个十三岁的小丫头，怀揣着党的信，穿梭在深山老林里，后面是日本人的跟踪与追捕，就凭着这些，她在深深地吸引着他。

邱教员也是通过层层的敌人封锁线来到的延安，他总认为自己这点经历和这些“老”同志比起来又算得了什么呢？他经常在自责着，有时想起自己的经历都感到脸红。那时，他就发誓，一定要革命出个样子来。

现在的邱教员被一种矛盾困惑着，革命刚刚开始就要结婚，这是柳秋莎提出来的，一想到这些，他就觉得脸红，甚至觉得还不配得到爱情。胡团长那样的人才应该得到爱情。他这么一想，把自己吓得一抖，要是胡团长和柳秋莎结婚了，那么自己呢？也就是说，他将永远失去柳秋莎。这么想过之后，他心底里顿时涌出一股寒意，他打了一个哆嗦。爱情的何去何从摆在了他的眼前，在这种时候，“爱情是自私的”说法又一次被验证了。那天晚上，他追上了柳秋莎，冲她说：我、我同意和你结婚。

柳秋莎望着他，异常冷静地说：你不后悔？

他不知道她为什么要这么问，怔了半晌才答：不后悔，真的不后悔。

他说完这话时，心底里还涌上一股从来没有过的豪气。这时他想到了俄国诗人普希金。普希金为了自己心爱的人，死在了决斗的枪口下，那一瞬，他有了普希金式的豪情。

她镇静地望着他，一字一顿地说：那好，今晚我们就写结婚申请，明天就找韩主任去。

革命者的爱情是有组织的，只有得到组织的认可，革命者的爱情才合情合理。

那天晚上，两个人便分头开始写结婚申请了。

柳秋莎的结婚申请是这么写的：

韩主任：

我要结婚，和邱云飞教员。因为我喜欢有文化的人。在革命中，我们能相互帮忙。我们结婚后，生活和革命两不误，一直革命到胜利的那一天。

这份结婚申请，直到东方发白，柳秋莎才写完。在抗联的时候，学过一些字，还经历过三个月的莫斯科军事学院生活，以及延安这阵子的学习。她搜肠刮肚，把能想到的词都想到了，写了改，改了再写，然后一笔一画地抄写在草纸上。那是边区自己造的纸，很粗糙，笔写在上面稍不注意，就把纸戳破了，于是柳秋莎小心翼翼地写完了自己的结婚申请报告。她冲着东方发白的天空，长长地嘘了口气，她自己觉得一夜的时间，走完了十八年的经历。她浑身轻松，最后趴在床旁睡着了。

邱云飞很快写完了自己的结婚申请，他的结婚申请这么写的：

敬爱的组织：

我是军训队文化教员邱云飞，我是怀着革命理想投奔到革命队伍中来的，中国的前途要靠革命才能获得。我本人对革命胜利那一天充满了希望，总有一天革命会胜利的。在革命的过程中，我也遇到了常人遇到的问题，那就是爱情。我和军训队学员柳秋莎建立起了爱情的基础，经过我们两人的商定，准备结婚。结婚是生活的开始，也是革命的继续，以后我们既是夫妻也是革命同志，我们一定加倍努力地工作，为了早日建立新中国，迎来革命胜利那一天而努力生产、战斗。

结婚是动力，而不是终止，我们一定相互帮助，携起手来共同开创未来。

这是我的申请，如果组织不同意，我还会继续努力的。证明我离组织的要求还很远，我要努力，永远努力。

邱云飞邱教员，怀着一颗红心两种准备的心情写完了结婚申请，他躺在床上却不能入眠。他此时的心情很复杂也很激动，也就是说，从今以后，他就要跟一个革命者结合在一起了。那将是怎样的一个未来呀，他在柳秋莎的带领下，一定会把革命进行到底。

他在对未来的幻想中激动着，联想着，直到东方发白，他才朦胧地睡去。他做了一个梦，梦见自己和柳秋莎站在宝塔山顶上，看到了漫山遍野的红旗，那是革命者的红旗。他们欢呼着，跳跃着，正当他们要相拥在一起时，嘹亮的军号把他唤醒了。

当柳秋莎和邱云飞出现在韩主任面前时，韩主任不知发生了什么，怔怔地望着两个人。柳秋莎掏出了那份叠得方方正正、带着自己体温的结婚申请放到了韩主任面前，然后说：韩主任，这是我的结婚申请。

韩主任怔了一下，马上就笑了，然后韩主任就说：小柳哇，你终于想通了，这些日子，胡团长把我缠得够呛，我都快招架不住了。这就好，这就好！其实，胡团长那个人是很优秀的。

韩主任的想法，当然和柳秋莎的想法南辕北辙。当韩主任打开柳秋莎的结婚报告时，他的眼睛都直了。见多识广的韩主任愣然了半晌才道：是、是你们要结婚？

这时，邱教员也不失时机地递上了自己的申请，还严肃认真地给韩主任敬了个军礼。韩主任只是一目十行地在他们的结婚申请上浏览了一遍，便什么都明白了。他眼前的天就塌了。

半晌，韩主任才恍过神来，很没有底气地问柳秋莎：小柳呀，你可要想好。

柳秋莎就坚定不移地说：我想好了，我们都想好了。

韩主任又问：胡团长哪儿不好？

柳秋莎再答：哪儿都好。

韩主任：那你这是……

柳秋莎：我要嫁给一个自己喜欢的男人。

韩主任听了这话，便一屁股坐在了那里，他已经无话可说了。他为胡团长感到悲哀。他同时在犯难，两人的结婚申请批不批，怎么批？

按理说，延安时期的爱情是这样的，领导是想解决一批年龄大的同志的婚姻。后来看，延安时期的爱情，大都是年龄大又有一定职务的同志，娶了一批年龄小又有文化的女同志。这是那一阵子的爱情典型代表。虽然对婚姻没有明文的规定，但这是心照不宣的事情。柳秋莎和邱云飞的结婚申请，还是让韩主任犯了难。

柳秋莎看出了这种难，便说：韩主任，咋的，我们不合法咋的？

韩主任就笑笑，然后道：那我们就研究研究，这种情况我们还没遇到过。

柳秋莎说：婚姻自由是你说的，我们可是自由恋爱，自由结婚的。

韩主任说：那是，那是。

柳秋莎拉起邱云飞的胳膊就往外走，走到门口回过头又丢过一句话：我和邱云飞这婚是结定了，你看着办吧。

说完，拉着邱云飞头也不回地走了。

韩主任立在那里，被柳秋莎的样子震住了，他带过那么多兵，还从来没有见过柳秋莎这样的。从这开始，他不由得喜欢上柳秋莎这样的兵了。

柳秋莎拉着邱云飞走到外面，邱云飞就说：组织上是有原则的，说研究就得研究，你怎么那么说韩主任呢？!

咋的了？柳秋莎立住脚，她仍然冲动地说，研究研究，还不是想让我和胡团长结婚，我偏不和他结，你要是不同意，我就自己结。

说完，甩开邱云飞的胳膊，一转身独自走了。

邱云飞望着柳秋莎远去的背影，立在那里，一时不知说什么好。

8

柳秋莎打的结婚报告，让韩主任犯难了。那些日子，胡团长三天两头地给韩主任打电话。胡团长的情绪是火烧火燎的，胡团长在电话里说：韩主任哪，你是领导，这么点小事都办不了，可不像你的作风啊。

胡团长和韩主任是老上下级关系了，说起话来就无拘无束。

胡团长还说：什么阵势我没见过，一个丫头我都拿不下，我以后还咋当这个团长，兵们能服我胡一百吗？

胡团长又说：这个工作就交给你了，我要是娶不到柳秋莎我就去你办公室坐着去。

胡团长已经走火入魔了，从他第一次见到柳秋莎那天开始，心里便燃起了熊熊大火，这股火都快把他烧焦了。

胡团长不仅打电话，还亲自找到了韩主任，他大大咧咧地坐在韩主任对面，把马鞭往韩主任的桌子上一摔，就那么瞪着韩主任。

韩主任就无可奈何地说：你瞪我也没有用，给你看样东西吧。

说完，便拿出柳秋莎的结婚报告。胡团长一看就傻了，他张口结舌，半晌才说：她、她要结婚？

韩主任说：可惜她不是和你结婚。

胡团长对邱教员是有印象的，上次军训队去他们部队学习交流，他见过那个高高瘦瘦的邱教员。

胡团长就说：就那个小白脸，小柳要和他结婚？

韩主任点点头。

胡团长抓起马鞭走了。

在那天的黄昏，胡团长找到了邱教员，他单刀直入开门见山地说：你就是邱云飞？

邱教员点点头，他也认识胡团长。胡团长的名字他来到延安时便听说过，不论是在井冈山，还是在长征中，胡团长胡一百都是立过大功的。胡一百的名字，是朱德总司令给他起的，那是在他参加革命，杀死了一百个敌人后，朱德接见了他，握着他的手说：好你个胡一百，以后杀敌就要一百一百地杀。从那以后，他就有了个外号叫胡一百。这个外号越叫越响，渐渐就把他原来的名字忘记了。习惯了之后，他也管自己叫胡一百了。他的名字得到自己的确认后，便名正言顺地叫了下来。

胡一百找到自己，邱教员不用问，已猜出大概来了。

胡一百就用马鞭抽着自己的腿，仿佛是在拍打腿上的灰尘。然后他盯着邱教员说：你小子今年有二十了吧？

邱教员说：报告首长，我二十五了。

胡一百就用鼻子哼一哼，然后磨道驴似的走。邱教员刚开始是转着圈子跟着转，后来就不转了。胡一百转的是大圈，他转的是小圈，他头晕，都快看不清胡一百了。

胡一百又说：我都三十二了，姓柳的那个丫头是我先看上的。

邱教员想说什么，又没说出来，此时他感到头重脚轻。

胡一百又说：你才二十五，急啥急，好日子还在后头呢，姓柳那丫头归我了，就这么定了。

说完便走了，全然不顾邱教员的反应。

邱教员从来没有见过这样的人，他立在那里，思维顿时停住了。他没了主张，没了立场，他想到了柳秋莎，也想到了胡团长。

胡团长战功卓著，自己算个什么，是名刚刚参加革命的新兵。他喜欢柳秋莎，可在胡团长面前，他的喜欢是那么渺小，甚至可以说是微不足道。如果此时让他放弃柳秋莎，他的心会很疼，他一时不知如何是好。于是他抱住头，蹲在地上，大滴大滴的泪水流了出来，然后他呜呜地就哭了，他一边哭一边说：秋莎，咱们没缘分。秋莎，我可怎么办呢？他正在哭着，就看见了眼前的一双脚，他认出来了，那是柳秋莎的脚。他抬起头，红肿着眼睛冲柳秋莎说：秋莎——

他又要哭。

柳秋莎冷冷地看着他说：你给我站起来。

他没见过柳秋莎这么跟他说过话，身不由己地站了起来。

她说：哭啥，还是个大老爷们儿，不就是这么大点儿个屁事吗？胡一百咋的了，打过仗立过功咋的了，我就没打过仗？

他无助地说：他是领导。

她说：领导咋的了，婚姻自由，领导也不能抢人，我说我要跟你结婚，结定了。

邱教员这时冷静下来，擦了擦眼泪说：秋莎，趁现在咱们还没结婚，你是不是好好考虑考虑？

考虑？柳秋莎说，早考虑了，我今天是来告诉你，三天后咱们就结婚。

柳秋莎说完，转身就走。

邱教员在后边呻吟似的说：那、那报告呢？

柳秋莎头也不回地说：韩主任批就批，不批就不批。

在这三天时间里，柳秋莎真的做起了结婚的准备。其实也没什么准备的，她把自己的被子和邱教员的被子拆洗了，晾在外面。春天的太阳很好，她守着那些晾晒的被子，冲每个路过的人微笑，幸福地说：我要结婚了，和邱云飞。

没有人相信她的话，只是打着哈哈说：好哇，到时候我们来。

接下来，她找到了王英。王英结婚时剪了很多双“喜”字，她把那些剩下的红纸拿过来了，躲在窑洞里也剪开了双“喜”字，然后她把那些双“喜”字在自己的窑洞里贴得到处都是。

王英来了，看到柳秋莎这种发烧发热的样子，急得直搓手，然后数落着柳秋莎说：你傻呀，你真傻，放着胡团长那么好的首长你不喜欢，偏偏喜欢邱云飞，他有什么好的？

柳秋莎不说话，专心地剪着她的双“喜”字。

王英以过来人的身份又说：什么感情呀，好感呀，还不是骗人的？等你和胡团长住在一起了，就什么都有了。

王英知道在这种时候说什么也没用了，便说：领导还没批你们的结婚申请呢，你们要是这样结婚，是要违反纪律的。

柳秋莎说：违反就违反，大不了我回东北，到老林里接着打游击。

王英还能说什么呢，她只能哀叹着走了。

柳秋莎紧锣密鼓地准备结婚时，邱云飞是知道的。三天时间，过一天少一天，他心乱如麻，活了二十五岁了，还没有遇到过这么重大的事情，他要好好想一想，于是他就在延河边上走了一趟，又走了一趟。他无数次地幻想过未来的婚姻；而眼前的婚姻，他是一次也没有想过的，难道他就要这样和柳秋莎结婚？他想不出因为所以，越想越没了主张，后来干脆就不想了，他甚至以为柳秋莎是说着玩呢。

三天的时间很快就过去了，白天的时候，柳秋莎和以前一样，上课学习，下课纺线。到了晚上，柳秋莎一头闯进了邱云飞的窑洞，不由分说抱起邱云飞的被子就走。这一举动还是吓了邱云飞一跳，他结结巴巴地说：你、你这是干什么？

柳秋莎轻描淡写地说：结婚啊，我说过，三天后结婚。

柳秋莎头也不回地抱着邱云飞的被子向自己的窑洞走去。

邱云飞僵在那里，大脑顿时空白一片，他立了一会儿，又立了一会儿，最后还是身不由己地向柳秋莎的窑洞走去，后来他就立在了窑洞外。

柳秋莎把两床被子放到了一起，双“喜”字早就贴好了，油灯忽闪着，明灭着，映得她的脸红扑扑的。后来她听到了邱云飞的脚步声，那脚步就停在了窑洞门外。她走了出去，邱云飞立在那里，神情是天高地长的样子。

她拉了他一下，说：进来吧。

他没动。

她又拉了他一把，他仍没动。

她就不拉他了，然后她就坐下了，就坐在纺车前。这天晚上的月亮很好，早早地就挂在了东天，映得塬塬峁峁明晃晃的。

后来他也坐下了，就坐在她的身边。

她说：你看，今晚的月亮多圆。

他说：咱们这样怕不好吧。

她不说什么，开始纺线了，只有纺车声响成一片。

不知道过了多久，她说：这要是在我们老家，结婚是要吹吹打打的。

他说：咱们这样是违反纪律的。

她说：要是我爹我娘在天之灵知道我结婚了，他们会高兴的。

她停住了手，抬起头望着那颗又圆又大的月亮，有两滴泪水流了下来。

正是两滴泪水，让邱云飞伸出了手，把她抱在了怀里。她等他的这一抱仿佛有几百年了，她把自己的身体实实在在地投到了他的怀里。

柳秋莎无限幸福地说：这月亮多大呀！

后来，他们就不说话了，不知过了多长时间，她在他怀里睡着了。两个人在那个圆月之夜坐了一夜。

9

柳秋莎自作主张地和邱云飞结婚，她的坚定不移和邱云飞的态度比较起来，邱云飞便显得有些勉强了。组织上没有认可，邱云飞心里一点底也没有。

那些日子，他每天晚上，都是很晚才过来，在这之前，他一直躲在自己原来那个窑洞纺线，直到夜深人静了，他才吹熄了油灯，趁黑走过来，那时，柳秋莎已经等他许久了。天还没亮，起床号还没有吹响，邱云飞又悄悄溜走，回到自己窑洞里转上一圈，这时，起床号已经吹响，邱云飞便肩上搭着毛巾，手里拿着牙具，到河边洗脸刷牙。柳秋莎看出了邱云飞的心思，便说：你这样累不累呀？

邱云说就白着脸说：组织上没有批准咱们结婚，我心里不踏实。

柳秋莎说：韩主任说婚姻自主，咱们就这样了，能咋的？

话虽然这么说，邱云飞还是感到不踏实。

那个周末，柳秋莎和邱云飞坐在窑洞前纺线，他们抬起头来的时候就看见了骑着马的韩主任，韩主任的身后随着那个小王秘书。小王秘书的衣服依然肥大，一飘一飘地往这里走来。

邱云飞一发现韩主任，纺线的手便停在那里，他说：是韩主任。

柳秋莎像没看见韩主任似的，继续纺着线。

韩主任的马蹄声近了，他们都听到韩主任的喘息声了。

韩主任跳下马，脸上的表情很平静，没有笑，也不严肃。这时柳秋莎和邱云飞已从纺车旁站了起来。柳秋莎虽然意志坚定，但她心里仍没个底，嘴上说没什么，但心里知道她和邱云飞的婚姻有些名不正言不顺的味道。就是在老家结婚，还会有三亲四邻的朋友聚一聚呢。

韩主任背着手，谁也不看地走到窑洞，看了墙上的双“喜”字，又看了窗上的双“喜”字，然后又踱了出来。踱出来的韩主任，脸上的表情依然很平静，他甚至都没有看两个人一眼，望着头顶的太阳说：你们的婚就这么结了？

柳秋莎说：韩主任，我们打过报告，这你知道。

邱教员就颤颤抖抖地叫了一声：韩主任。

韩主任招了一下手，小王秘书就过来了，从怀里掏出一个纸包，打开纸包，是两张画像，一张是毛主席的，另一张是朱总司令的。

韩主任就拿过两张画像冲柳秋莎说：这是组织送给你们的结婚礼物。

两人听了韩主任的话，一下子就怔在那里，他们谁也没想到，韩主任会这么说。柳秋莎把自己的手在衣服上擦了擦，接过两张像。接像的一瞬间，她不知为什么想起了自己惨死在日本人枪下的父母，顿时，她的眼圈红了，哽着声音说：谢谢主任。

这时的韩主任，脸上是笑着的。

韩主任是第一个来祝贺他们婚姻的人。韩主任做完这一切，便拍拍手说：我今天就算给你们主婚了，毛主席和朱总司令就是你们的证婚人。

小王秘书给韩主任牵过马来，韩主任便上马，然后又冲两个人说：希望你们做一对模范夫妻，我就不多停留了，今天胡一百也要结婚，我还要给他们主婚去。

韩主任说完，便打马走了。

两人怔在那里，直到韩主任的马蹄声消失了，两人才醒怔过来。

邱云飞说：这么说，韩主任同意我们的婚姻了？

柳秋莎说：傻瓜。

他们在窑洞里贴上了两张像，两位伟人很严肃地望着他们。

她说：毛主席，朱总司令，你们放心吧，我柳秋莎到啥时候都是你们的战士。

他说：放心吧。

她说：我和邱云飞结婚了，以后我们就是革命夫妻了。

她举起了手向伟人敬礼，他也举起了手。

后来两人就面对面地望着，久久，她抖颤着声音说：云飞——

他也叫了一声：秋莎——

两人紧紧拥抱在一起，他们这次拥抱史无前例地感到踏实、幸福。

她伏在他的怀里哽咽着声音说：毛主席和朱总司令当我们的证婚人。

他也说：我会记住的。

两人冷静下来之后，他们才想起韩主任临走时说过的话，胡一百也要结婚了。

胡团长的婚姻可以说从复杂到简单，他在柳秋莎这里碰了钉子，这对胡团长来说，如同打了一场败仗，或者说丢了一块阵地。那些日子，他感到浑身上下火辣辣的，连头都抬不起来。没人的时候，他就自言自语地说：我老胡也是一世的英雄，咋就吃了败仗了呢？那些日子，他翻来覆去的就这么一句话。

这次边区医院的马院长为胡团长介绍了一个女护士，叫章梅。章梅也是热血青年投奔到延安来的，在这之前，章梅在南京一所护校里读书。到了延安之后，她便被分到边区医院当了一名护士。章梅生得很南方，小巧得很，有一种玲珑感，圆圆的脸，圆圆的眼睛，怎么看怎么像没有长大的一个娃娃。当马院长领着章梅出现在胡一百眼前时，马院长侧了一下身子，向胡一百介绍道：这是章梅。

胡团长这才看见躲在马院长身后的章梅。

胡团长就“咦”了一声。

马院长冲胡一百说：小章可是知识分子，你可不许欺负人家。

说完，马院长便走了。

当只剩下胡团长和章梅时，胡团长就低着头仔仔细细地把章梅打量了一番。章梅早就听马院长把胡团长的情况做了介绍，她早就被胡团长的经历打动了，她这样的热血青年投奔革命，从心底来说，对革命者有着天然的敬畏和景仰，正如邱云飞对柳秋莎的景仰一样，从崇敬到爱情。在胡团长面前，章梅紧张得头都不敢抬。

胡团长就又“咦”了一声，然后说：你多大了？

章梅就小声答：二十了。

胡团长说：不对吧，我看你怎么像个孩子？

章梅就红了脸，头越发地低了，但仍说：人家二十了，不信你去问马院长。

就在这一瞬间，章梅的柔弱和十足的女性魅力打动了刚强的胡团长。他什么都见过，甚至生与死，就没见过这么柔的女性。

胡团长就说：你愿意和我来往？

章梅不说话，用脚尖踢着塬上的黄土。

胡团长说：那好，我告诉你，我三十二了，比你大十二岁，我姓胡，叫胡一百。

其实他的情况，马院长早就向章梅介绍过了。胡团长这么一口气地说完，章梅忍不住笑了。

胡一百和章梅的爱情史册掀开了新的一章。

那几日，胡团长的马蹄声搅碎了边区医院的宁静，也搅碎了章梅的心。胡团长对待章梅的态度犹如对待一个阵地，胡团长在章梅这块阵地前，没有受到任何阻碍，长驱直入，没费吹灰之力便占领了这块阵地。

那天晚上，两人在塬上散步。

胡团长就单刀直入地说：我这样跑来跑去的，怪累的，要不那啥，咱们结婚算了。

章梅没说话，低着头，迈着大步，吃力地跟着胡团长的步子。

胡团长见章梅没说话，便回过头来说：你是愿意不愿意呀？

章梅这才“嗯”了一声。

就这样，胡团长和章梅就结婚了。就在章梅答应胡团长那一瞬间，胡团长脑子里闪现出柳秋莎的形象，她和章梅比较起来，自然是两种女人。他今天征服了这种女人，就失去了另外一种女人。胡团长没有心情也没有经验分清两种女人的优劣，但一块坚如钢铁的阵地让他吃了败仗，让他永远也无法忘记。

10

延安的天空是晴朗的，延安的人们是忙碌的，部队在这种相对安宁的日子里不断壮大着。

柳秋莎在接受了半年的军训队培训之后，被分配到了野战医院，担任了救护队的队长。军训队又接收了一批新的学员，邱云飞仍在军训队担任文化教员。

野战医院距离军训队有十多公里的样子，只有在周末的时候，柳秋莎和邱云飞才能团聚一次。柳秋莎往返一次要用上几个小时的时间，太阳西下的时候出发，回到军训队她和邱云飞住的那孔窑洞，正是满天繁星了。

每次周末，邱云飞都会站在满天繁星下等待着柳秋莎的归来，他先是看见远方塬上的一个黑点，那个黑点越来越近了，他把双手拢在嘴边叫一声：秋莎。柳秋莎听到了，应一声：云飞。邱云飞便向那个黑点奔去，两人终于相见了。邱云飞接过柳秋莎的挎包，背在自己的肩上，拿出腰上的白毛巾为柳秋莎擦汗。两人迈开大步，向他们幸福的彼岸——那孔小窑洞走去。一盏燃着的油灯，早就热烈地等待他们了。路上，柳秋莎已经吃过饭了，一个饼子，或者一个菜团，她在路上已经消灭了，她为了节省时间，只能在路上吃饭。他们新婚不久就分别，更希望着重逢，在等待的日子里是幸福的，在重逢的时候是甜蜜的。邱云飞在每个周末，都把在食堂那份饭留出来，等柳秋莎回来，他们共同分享。他们在灯下，一边吃着饭，一边说着思念的话语。说这样话的，更多是邱云飞，他思念的话，让柳秋莎感到脸红心跳的，她只能睁着一双又黑又亮的眼睛望着他，在他的注视下，她早已浑身发热了。

当他们亲热过后，柳秋莎靠在邱云飞并不宽厚的怀里，喃喃着：我真幸福，要是日子永远这样该多好哇。

邱云飞听了便笑一笑，从枕头下摸出这一周为柳秋莎写的诗读了起来。他的声音轻轻柔柔的，满含了真情和温存，他读：

思念是只鸟，
高高地飞着。
离地很近，
离天很远。
思念是飞翔的，
相聚就有了目标……

往往邱云飞的一首诗还没有读完，柳秋莎便睡着了，躺在爱人的臂弯里，发出了轻微的鼾声。

邱云飞这时就不念了，把那些诗叠好，放在枕下，他伏在那里，看着睡梦中的柳秋莎。这时的邱云飞情感是细腻的，他有时一遍遍地问着自己，这就是自己的爱人和同志，身经百战，历经坎坷。他觉得自己是多么幸福啊，和柳秋莎结婚已经几个月了，他仍感觉到这一切是那么不真实。他像做梦一样。和柳秋莎分别的日子里，他有更多的时间来梳理和柳秋莎从认识到相爱的过程。柳秋莎对他来说，有如一块磁石，他是身不由己地被吸引到了她的身边，在这种吸引的过程中，他一直处于被动地位，所有的决定都是柳秋莎做出来的。更多的时候，在她面前，他仿佛是个十八岁的少女，而她则是一个成熟的男人。他喜欢这样，他为能有这样一个爱人而感到幸福和自豪。

第二天的上午是生产时间，军训队没有菜地，他们只能用纺线来支援边区建设。柳秋莎帮着邱云飞纺线。邱云飞坐在一旁，又在给柳秋莎读诗。声音轻柔飘逸，像一缕缕春风，清清爽爽地在柳秋莎耳旁飘过。

柳秋莎满眼情意地望着邱云飞，她吃惊邱云飞的脑袋里为什么总有那么多想法和新名词不时地蹦出来。在她的眼里，邱云飞就是文化和知识的化身，他吸引她大概也是这些东西。有一次，她抚摸着他的头，一遍遍地说：云飞，我把你的头打开吧，我看看里面到底装了些啥。

他于是也笑着说：你打开就怕缝不上了。

两人就嬉笑。

幸福的时光永远是短暂的，周日的下午，柳秋莎就出发了，她要回到野战医院去，接下来的一周里，她要带着救护队训练、生产。

她走了，走在塬上。他送她，把她的背包背在自己的身上，挎包里装着他为她写的诗，那是她一个星期精神的食粮。每天晚上，夜深人静的时候，她都要把他的诗在灯下展开，一字一句地看，虽然有许多字她还不认识，但她看着那些诗，如同看见他一样，他冲她有情有意地微笑、点头。

越过了一个沟，又翻上一道岭，她站住了，他也站住了。天上有云在轻轻地飘，不远不近的地方，一个汉子赶了一群羊在放牧。

她说：回吧。

他说：那我就回了。

两人这么说过了，却都立着不动。最后她还是走了，走了一程，回过头，看见他仍然立在那里，她招招手，他也招招手。

放牧的汉子在唱歌，唱的是信天游，歌声悠远而又凄婉。

她喊：云飞——

他喊：秋莎——

接下来，他们又开始期盼着下一次的见面了。

柳秋莎没想到在医院里会碰到胡团长。那天胡团长骑着马，风一样来到了医院。不是作战时期，医院里基本上没什么伤员，和平的医院沐浴在阳光下，到处飘动着白色的床单、白色的绷带。

胡团长是来看望自己的妻子章梅的。那时柳秋莎还不知道胡团长的妻子就是章梅。她看见了胡团长，胡团长也看见了她，拉住缰绳，立在那里“咦”了一声，又“咦”了一声，然后跳下马冲她说：你怎么在这里？

她答：我怎么不能在这里，军训队毕业了，分到这里了。

胡团长就哈哈大笑了起来，然后用劲地拍一下马屁股，任由马在医院的院子里闲逛。胡团长笑过了就说：那咱们就是邻居了。

柳秋莎这才想起，胡团长这个团就住在塬下，医院就是为这些野战军服务的。

两人还没说上几句话，章梅便像鸟似的飞了出来，也跑到两人面前，立住了，看看这个，望望那个，才问：你们认识？

胡团长就拍着双手说：章梅我告诉你，这个柳秋莎就是那个难啃的阵地。

在这之前，胡团长曾对章梅说过，他看上了一个人，人家却不愿意，胡团长把柳秋莎比喻成了一块难啃的阵地。直到这时，章梅才知道说的就是眼前的柳秋莎。这是她第一次仔细打量这个女人，眼前的柳秋莎健康又开朗，在这之前，她曾听说过柳秋莎的一些身世，在他们这所野战医院里，大部分人都没有柳秋莎这样的经历，他们只是随着部队抢救伤员，柳秋莎面对面地和日本人战斗过，又有着三个月的莫斯科军事学院的经历，她们这些热血学生，对柳秋莎这样经历的同志，不可能不刮目相看。

私下里，章梅冲胡团长说：你很有眼光。

胡团长不解。

章梅又说：要我是男人也会喜欢上柳秋莎的。

胡团长听了哈哈大笑。

从那以后，章梅和柳秋莎的交往便多了起来，最后情如姐妹。当然这一切都是后话了。

自从胡团长得知柳秋莎在医院工作后，他三天两头地来到医院里，他借看章梅的名义，其实是想多看柳秋莎几眼。这一切，柳秋莎却被蒙在鼓里。

不久，部队接到上级的指示，要开赴东北，开赴抗日的最前沿，关于柳秋莎的去留，胡团长起到了至关重要的作用。

11

解放区的天空阳光灿烂，可惜还有那么多人民仍处于水深火热之中。第二次国共合作已拉开了帷幕，共产党为了表明自己抗日的态度和决心，准备派一支队伍到抗日的最前沿东北，参加抗日。

那些日子，许多部队都在做着准备。柳秋莎此时已经怀孕了，她发现自己怀孕时，肚里的孩子已经两个多月了。她做梦都想着回东北，其实她离开东北的时间并不长，满打满算才一年多的时间，这一年多，仿佛一个世纪那么漫长。她依稀记得她离开抗联时的情形。那个地方叫加德满洲，他们一行人是在抗联队伍护送下来到这里的，那是个夜晚，雪橇已经准备好了，只要他们坐上雪橇，再走一段，过一条江，那边就是苏联了，到了苏联有国际共产组织的同志接应他们，也就是说，到了那里他们就安全了。

那是怎样一幅生离死别的情形呀，他们坐着雪橇，挥手和同志们告别，同志们在黑暗中挥着手，低沉地说：保重。他们说：再见了——

不知是谁，呜咽有声地哭了起来，之后一群人都哭了起来。他们清楚，现在的抗联到了最艰苦的时候，敌人已经封山半年了，他们只能靠吃树皮、草根度日了，生与死只在那一瞬间。这时候他们不想离开同志们，他们曾经无数次地说过：要死大家就死在一块儿。但现在他们就要走了，离开这里的同志，他们再也控制不住自己，哭成了一片。

在以后许多个日子里，柳秋莎仍深深地怀恋着抗联的生活，以及那里的山山水水，她做梦都没有离开那里，仍在山山岭岭间奔跑着。当她得知部队要开赴东北的消息后，她高兴得一夜没有合眼。她一遍遍地冲邱云飞说：云飞，咱们就要回老家了，老家那里真好，我做梦都想回去。

邱云飞的情绪似乎不高，他已经听说了，延安的根据地还要保留着，也就是说，他们军训队还要不断地招收学员，为部队补充新鲜的血液。军训队不走，邱云飞就没法走，想到这邱云飞就说：看样子，咱们要分开一阵子了。

柳秋莎就说：那我在东北等你，说不定再见到你时，咱们的孩子就出生了。邱云飞不说什么，他把自己的手放在她的小腹上，那里现在孕育着他们共同的生命，两个人的精与血。

柳秋莎的野战医院自然也接到了准备开赴东北的指示，那些日子，人们是兴奋忙碌的，打包的打包，实在搬不走的就留在根据地了。他们在一一地和这里的一草一木告别。还有许多人，找来了相机，到宝塔山下，和那个后来著名的宝塔合影留念。有的还掬一捧延河水大口地喝着。

正当柳秋莎兴高采烈准备随部队开赴东北的时候，韩主任的秘书小王又晃晃悠悠地把柳秋莎带到了韩主任的办公室。那时，柳秋莎的心空前兴奋，她做梦也没有意识到将发生什么。

她来到韩主任办公室时，韩主任也做好了出发前的准备，挂在他办公室的那两张毛主席和朱总司令的画像已经打包了，韩主任的办公室显得有些凌乱。她进门后无处可坐，便坐在韩主任打包后的箱子上。

韩主任就笑眯眯地说：小柳，怎么样？

这是一句似是而非的问候，柳秋莎当然把这句问候理解为问她准备得怎么样了。然后她就声音洪亮地说：报告主任，一切都准备好了，随时准备出发。

韩主任就笑了，笑过了便说：小柳哇，是这样，邱教员这次暂不去东北前线，按理说你是野战医院的人，应该随部队去东北，可我听你们院长说你怀孕了，考虑到你的情况，我们决定让你暂时留在根据地。

柳秋莎做梦也没有想到会是这样的结果，她一下子呆在那里，半晌她才反应过来，急切地说：韩主任，我不同意，我要随部队去东北。

韩主任不笑了，态度很坚决地说：这是命令。

韩主任的神情表明一点商量的余地也没有。柳秋莎也感觉到，这次的韩主任和上次为她介绍胡团长时不同，那时什么话都好说，这次却不同了。韩主任说完这话，便忙自己的去了。

柳秋莎十三岁参加抗联，她当然知道什么是命令，命令就是你服从也得服从，不服从也得服从。柳秋莎不知道自己是怎么回到医院的，医院里的一切都显得很凌乱，该装的装车了，该扔的扔下了，人们忙碌着，表情都是激动和兴奋的。

柳秋莎望着眼前的一切，突然哭了起来，她靠在一棵树上，哭得那么伤心无助。她都没有听见那一阵马蹄声。胡团长此时已经是胡师长了，骑着马风似的在她身边刮过去，刮过去了，突然又停下了。胡一百骑在马上，回过头望着柳秋莎。这时，柳秋莎仍没注意到胡一百，仍一心一意地哭着。胡一百下了马，向柳秋莎走来，他冲柳秋莎说：怎么了小柳，你也会哭哇？

柳秋莎这时才看清走过来的胡一百，不知为什么，她有些恨眼前的胡一百了，如果没有胡一百死乞白赖地找自己，说不定自己到现在还不会结婚呢！自己不结婚，又怎么会怀孕呢？没有怀孕，自己就可以名正言顺地随部队开赴东北了。想到这就没好气地说：这回你高兴了，我哭我自己的，跟你有啥关系。

她这种莫名其妙的发火，把胡一百给逗乐了，胡一百当初喜欢上柳秋莎，就是喜欢她身上这股天不怕地不怕的劲儿。这股劲儿让他走火入魔了好长一阵子，直到娶了章梅。可惜章梅是另外一种女性，身上少了柳秋莎身上的这股劲儿，于是胡一百就在心里遗憾着。

胡一百没有走，他背着手在柳秋莎连同她靠着的那棵树前转了一圈又转了一圈。他意识到，柳秋莎遇到了困难，而且这种困难还很大，否则，柳秋莎不至于这样鼻涕一把泪一把的。于是他停下脚步说：小柳，有什么事你跟我说，只要我胡一百还有一口气，你的事我给你办。

刚开始柳秋莎不想理他，但听他这么说了，在这种时候，死马就当活马医吧，她停止了哭泣，红肿着眼睛说：你说的是真话？

胡一百斩钉截铁地说：当然是真话。

那好，我要随部队去东北，韩主任不让我去，你有办法？柳秋莎瞪着胡一百。

胡一百怔了一下，他没想到她遇到了这样的事。胡一百笑了一下，笑过了才说：韩主任不让你去是好事呀，邱教员也不去，这是组织照顾你们。

柳秋莎说：我不要这种照顾，我要去，要是不让我去，我就死在这里。

在那一瞬间，柳秋莎什么决心都下了，她甚至想到让肚子里的孩子流产。那时她还没想出让孩子流产的办法来。

胡一百说：你真想跟部队一起走？

柳秋莎说：想。

胡一百不说什么了，挥挥手：那你等着吧。

说完骑上马，一溜烟消失了。胡一百本是看章梅的，看章梅收拾东西准备得怎么样了，他听到了柳秋莎的难处，便什么都忘了。

胡一百见到韩主任时，韩主任还准备带着小王秘书去部队做动员，胡一百的马就把韩主任的马拦住了。韩主任见到胡一百急三火四的样子，便说：老胡，你这是干什么，出什么事了？

胡一百说：你让我把柳秋莎带走。

韩主任显然是误解了，他跳下马，指着胡一百的鼻子说：老胡哇老胡，你咋这么糊涂，你是有老婆的人了，人家柳秋莎也是有丈夫的人了，你咋能干这种事呢？

胡一百知道韩主任误会了，便急着说：我是带她去东北，随部队一起走，你想哪儿去了。

韩主任这才松了一口气，道：老胡，上级有规定，像她这样的暂时不能去前线。

胡一百说：她不就是怀孕了吗，又没有生。咱们长征时，还有人在路上生孩子呢，最后不也走到陕北来了？

韩主任说：那会儿是那会儿，这会儿不行。

胡一百见韩主任认真了，便也认真起来，他一摔马缰绳道：韩主任，你今天答应也得答应，不答应也得答应，反正我已经答应人家小柳了。你要是不同意，她就跟我们师走，我就不信，还照顾不了一个女人。

韩主任被胡一百一阵呛呛，弄得没有主意了，他抓抓头皮说：她真的那么想去东北前线？

胡一百说：她就是抗联出来的，能不想家？好不容易盼到这一天，你说她愿不愿意回去？

韩主任说：那我再考虑考虑。

胡一百大手一挥道：就这么定了，谢谢韩主任了。

说完便牵过马，一溜烟地跑了。

韩主任望着胡一百远去的身影，无可奈何地摇了摇头。

胡一百又一次出现在柳秋莎面前时，柳秋莎正全力以赴地用肚子撞树，她的身边已聚了好多人了，包括院长和章梅等人，谁也劝不住。她抱着树，一下又一下地用肚子撞树，她一边撞一边说：不让我去，我就把孩子撞下来，没孩子总该让我去了吧。

胡一百一看眼前的架势，便什么都明白了，他分开众人冲柳秋莎说：小柳你这是干什么？你肚子里的孩子可不是你一个人的，他是革命的种子，你知道不知道？

柳秋莎哭着说：现在都不让革命了，我还留这种子有啥用？

胡一百一下子把柳秋莎抱开，然后说：韩主任要是不同意，你就跟我们师走，我就不信带不走你。

柳秋莎看着他说：你说的话当真？

胡一百摘下帽子，往地下一摔：哪怕我就不当这个师长了，也让你走。

柳秋莎笑了。

12

最后韩主任特批，柳秋莎搭上了挺进东北的末班车。野战部队和医院开进了黑龙江，那时人们叫“北满”。

抗联游击队已经熬过了最艰难的时刻，自己的大部队来了，他们如同见到了亲人似的从深山老林里走出来，和东北挺进部队会合在一起。

柳秋莎见到了老队长，一年多没见，所有的一切都发生了天翻地覆的变化。有许多过去曾经一起战斗的战友牺牲了，留在了深山老林里。

柳秋莎一个又一个地念叨着他们的名字，这时的柳秋莎已经是泪流满面了，过去所有的峥嵘岁月，又一次在她眼前显现出来。通信员小刘，王大个子，还有笨老李，他们都牺牲了。队长似乎也老了，才四十几岁的人，鬓边已经有白头发了，柳秋莎把一根白发从队长头上拔下来，冲着太阳说：队长，你都老了。

队长抹了一把脸上的泪花说：芍药，你是越来越漂亮了，漂亮得我都不敢认了。

这一年多来，柳秋莎从心理到生理的确发生了天翻地覆的变化。从加德满洲到莫斯科，再到延安，然后又回到北满，经历了许多，见识了许多。她收获最大的当然是爱情，在延安她收获了邱云飞，爱情的润泽，让她的青春愈发地鲜艳。

部队刚刚挺进东北，有许多事情要做，开辟根据地，接受日本人投降。时间过得很快，柳秋莎肚子里的孩子渐渐地大了，她都能感受到一次又一次的胎动了。那股心底里疯长的爱意，让她后悔当初要把孩子在树上撞下去的举动。

在空闲的时间里，她前所未有地思念远在延安的邱云飞。在那一段时间里，她给邱云飞写过无数封情意绵绵的信，为了写信，她的文化水平也有了一定程度的提高。她给邱云飞的信是这么写的：

云飞：

你好！

我到北满已经几个月了，我肚子里的孩子也都长大了，他都会踢我了。我现在挺着肚子工作不太方便，真后悔当初怀上他。要是没有他，就不会耽误工作。算了，不说这些了。

你现在还好吗？我就是想你，真心实意地想你，你要是在我身边该多好哇……

柳秋莎这时就想起了章梅和胡一百相亲相爱的情形了。胡一百的部队离医院并不远，胡一百经常到部队医院来看望章梅，她和章梅住在一间宿舍里。胡一百总是匆匆地来，又匆匆地走，每次胡一百来，她都会借故躲出去。直到听到胡一百的马蹄声远去了，她才走回宿舍。这时的章梅是幸福的，幸福得脸都红了，然后一遍遍地拾掇自己的床铺。柳秋莎也是过来人了，她知道刚才在那里发生了什么。她有时也为章梅脸红心热。她现在和章梅已经是无话不说的好友了。

她说：你们为啥不要孩子？

章梅红着脸说：老胡不让要，他说怕影响打仗。

她就抚摸着自己的肚子，那肚子已经很沉重了。现在形势已经很紧张了，自从日本人投降后，国民党出山了，他们要坐享其成，也趁势占领了大部分城市，第二次国共合作自然也不了了之。部队已经接受了命令，准备和国民党打一场持久战。现在无论是南满还是北满，都打响了攻城夺城的战斗。

胡一百很少有时间到医院里看望章梅了，他带领部队和敌人争夺城镇。那些日子，部队很忙，伤亡也很大，医院也随之忙碌起来。

柳秋莎是医院抢救队的队长，她的样子没法去前线抢救伤员了，只能留在医院里做些看护的工作。肚子里的孩子越来越不争气，动不动就在她的肚子里拳打脚踢。

她相信肚子里的孩子一定是个男孩，还相信这个男孩跟自己一样是个急脾气。空闲的时候，她就常捂着肚子说：儿子，要出来你就快点出来吧，等你长大了，也去打仗。

现在她没有仗可打，甚至连去前线抢救伤员的活都争不到了，柳秋莎就感到深深的遗憾。如果没有这个孩子，她一定会拿起枪，和那些士兵一起向城内冲杀。怪只怪这个孩子来得太不是时候，于是，她就在给邱云飞的信中写道：都怪你这个孩子，现在仗都捞不着打，那就等儿子长大了，替我把没打着的仗补回来吧。我相信，咱们一定生个儿子，他在我的肚子里脾气可大了，他又踢我了……

邱云飞在信中说：秋莎你听好，咱们要是生个儿子就叫邱柳北，要是女儿就叫邱柳南……

柳秋莎不相信肚里的孩子会是个女儿，现在她已经按照儿子的名字开始称呼了，她说：邱柳北，你这个小东西，怎么这么不老实。

她还说：你这不听话的小东西，把你妈害苦了，你看人家仗打得热火朝天，你妈都快急死了。

果然，在医院这里已经能隐约听到隆隆的炮声了。看着别人打仗柳秋莎急得不行，她真的很急，每次战场上下来的伤员，她都急三火四地问人家：咋样，咱部队打到哪儿了？

伤员有时说得形势大好，她就高兴，恨不得把伤员抱起来，扔上几个高。

有时候伤员说到部队在后撤，她就急得什么似的，没轻没重地去拍打伤员，一边拍打一边说：这仗咋打的，咋这么熊呢？

她的拍打弄得伤员叫苦连天，直到这时她才醒悟过来，叫着医生、护士们前来为伤员包扎。

她又给邱云飞写信了，她在信中说：

云飞，你快来吧，待在延安有啥意思，你的文化课讲得再好，就能把革命讲胜利了？还是来打仗吧，只有战争胜利了，我们才能建设新中国。我现在打不上仗了，你也不打仗，那我们革命不成了吃闲饭的了？领导不让你来，你就偷着跑出来，反正也不会算你是逃兵，你是来打仗的，你怕啥……

然后，她就天天等夜夜盼的，她以为说不定哪一天，邱云飞就会突然出现在她的面前，擦着头上的汗说：秋莎，我来了。那将是一个怎样感人的场面呀。她盼来盼去的，没能盼来邱云飞，却盼到孩子出生了。

孩子出生那天，她一点预感也没有。那天部队在打一场大仗，炮声远远近近地传来，热闹得很，不一会儿，便有伤员抬了下来。医院设在一个林子里，在老乡那征了几间民房作为手术室。医护人员都忙不过来了，她开始背伤员，急三火四的样子，一边跑还一边喊：来了来了，又来一个，放哪儿呀？当她又背起一个伤员时，她的腿根处一热，接着肚子便疼了。她坚持着把伤员背进手术室，自己扶着门柱就立在了那里，她知道孩子怕是要生了。她的样子，刚开始谁也没注意，她也不想麻烦别人，想自己偷偷把孩子生出来算了。她跑到一个柴火垛旁，半躺了下来，谁知道孩子是左也生不下来，右也生不下来。肚子疼得要命，急得她抓着身旁的玉米秸跟自己较劲，一边较劲一边说：小兔崽子，你咋还不出来呢，疼死我了！

折腾来折腾去的，她都没劲了，孩子仍没有出来的意思。章梅从她身旁路过，她叫了一声章梅，章梅才发现她，惊叫一声扑过来。柳秋莎是难产，胎位不正，医院里所有的医生和护士都没有接生的经验，他们一时都不知如何是好。

不知为什么，枪炮声离医院越来越近了，医院突然接到通知，敌人正向这里追杀过来，让医院和伤员马上转移。顿时医院里乱作一团，收拾器具的，把伤员往担架上抬的，还有人去村里征调村民抬担架的。只有章梅守在柳秋莎身旁，章梅也不知如何是好了，只一遍遍地冲她喊：柳秋莎你快生呀，你用劲呀，一会儿敌人就来了。

柳秋莎也急，越急越生不出来，豆大的汗珠从她的头上流下。她说：我生不出来了，章梅我难受，你找把枪去吧，把我打死吧，你下不去手，我自己来。

章梅说：你胡说什么呀，快用劲吧，敌人都来了。

章梅看着柳秋莎难受的样子都哭了。

就在这时，她们听到了熟悉的马蹄声，胡一百旋风似的刮到了眼前。章梅遇到救星似的说：老胡，柳秋莎生孩子生不下来，你们部队再顶一顶。

胡一百说：我是来督促医院转移的，大部队都撤了，还怎么顶？

这时，柳秋莎坐了起来，她冲胡一百说：胡师长，你把我抱起来。

胡一百这时红头涨脸地走过来，他不知道她要干什么。她说：你把我放到马上。在老家，她见过女人难产，后来女人趴在驴背上，让人赶着驴疯跑，最后孩子就生下来了。情急之中，她看到了马，她要试一试。

胡一百不明真相地把她抱到马上，她就趴在了马背上，然后她说：打马走吧。

胡一百不知道她要干什么，以为她要转移，便用马鞭轻碰了一下马屁股，马就迈开步慢慢向前走去，章梅过去扶着她。她用一只手抓着马的鬃毛，另一只手狠狠地向马腹部抽去，马受到了疼痛的刺激。

终于，她从马背上滚下来，接着一声婴儿的啼声传了出来。章梅等人奔过去，章梅抱起孩子，惊喜地说：小柳生了，是个女孩。

柳秋莎白着脸说：怎么是个女孩?!

说完，人便晕了过去。

担架抬着柳秋莎和刚出生的婴儿，随着部队转移了。

这之后，柳秋莎还是给这个女孩起名叫邱柳北。这是她和邱云飞为迎接他们的儿子准备的名字。

邱柳北，他们的女儿，就这样来到了人间。

13

部队的战斗异常艰苦卓绝，先是四进四出攻克了东北的交通枢纽四平，然后又兵临城下，迎来了解放长春。继而解放了东北全境，也就是后来人们常说的辽沈战役。

这时的邱柳北已经三岁了。

在辽沈战役爆发前，邱云飞来到了东北的四野，他现在已经不是教员了，被分配到胡一百那个师当新闻干事，现在他的胸前挂着照相机，兜里又别着笔，这就是他的武器。

邱云飞出现在野战医院的时候，邱柳北正在医院的院子里疯玩，她穿梭在那些飘荡在阳光下的白布单之间。

自从在延安分别，邱云飞还没有和柳秋莎见过面，他自然不认识邱柳北。那时正是中午时间，院子里一个大人也没有，邱云飞别无选择地冲邱柳北走去。

邱柳北早就熟悉了这里的一切，她对穿军装的军人更是熟稔得很，她好奇地打量着邱云飞。

邱云飞就说：小朋友，柳秋莎阿姨在哪里？

邱柳北就说：柳秋莎不是阿姨，是妈妈。

邱云飞意识到眼前的孩子就是邱柳北时，他心头一热，伸出手要抱邱柳北，邱柳北却跑了，她一边跑一边说：妈妈，妈妈快来呀——

柳秋莎刚给伤员换完药，她听到孩子的喊声，便走了出来，一抬头，便望见了邱云飞。眼前的人就是她朝思夜盼的亲人，两个人都怔在那里。在她眼里，邱云飞黑了，也壮了，别在上衣兜里的钢笔帽在太阳下闪着光，不时地晃着她的眼睛。在他的眼里，柳秋莎瘦了，更加成熟了，三年不仅是战争的磨砺，还有孕育孩子的过程，在他看来，她更像一个母亲了。

她说：云飞。

他说：秋莎。

在那一瞬间，两个人眼里都含了泪，视线朦胧了。最后两个人相拥在一起，泪水分别从他们的眼里流了出来。

邱柳北突然在一旁大哭起来，她不明白眼前到底发生了什么，她吓坏了。

当柳秋莎抱起女儿时，女儿扎在她的怀里惊恐地冲着邱云飞说：你是坏人。

柳秋莎打了邱柳北一下，哽咽着声音说：他是你爸爸。

母亲无数次地提过“爸爸”这个词，爸爸对她来说是熟悉的，她甚至无数次地想过爸爸的模样，可从来没想过眼前的邱云飞就是爸爸。邱柳北惊惧地望着爸爸，无论如何也不能把眼前的邱云飞和自己想象中的爸爸对上号，接下来邱柳北躲在母亲的怀里大哭不止。

他冲她说：这个孩子真像你。

当两个人单独在一起的时候，两人就那么长久地凝视着，他们似乎有许多话要说，但又不知从何说起，就那么相视着。

她说：你回来了，不走了吧？

他说：不走了。

她说：你的枪呢？

他掏出了钢笔，举在手里说：这就是我的武器。

她明白了，他回来不是参加战斗的，而是来采访的。她对采访并不陌生，他们医院经常来这样的人，拿着一支笔，端着一个小本，问这问那的，然后把问到的话写在小本上，回去后就把这些东西发表在报纸上了，让更多的人看。她没有瞧不起这些采访人的意思，但总觉得这些男人大材小用了。拿笔的手本应该是拿枪的，现在拿支笔，连一个敌人都消灭不了，又有什么用？

于是她冲他说：你为啥不打仗？拿支笔能打死敌人？

他笑一笑说：这是上级的命令，况且，什么都得有人干才行。

她说：那就让别人去采访，你去参加战斗。

他说：这是上级的命令。

既然是上级的命令，她就不好多说什么了，但马上又联想到了自己，自己有邱柳北拖累着，三年了，除了给伤员换换药之外，她没有干过更多的工作，一想起这些，她脸上就发热，总有一种吃闲饭的感觉。现在自己家里又多了一个吃闲饭的，她一直认为不打仗就是吃闲饭，她心里愈加不安了。

那天，她突然做出一个决定，把邱柳北送回老家靠山屯去。在这之前，她曾动过这样的念头，他们这支部队这样的例子也不新鲜了，长征的时候有，延安的时候也有，就是到了解放战争也有。刚开始，她没下定决心，那是因为邱柳北还小，她舍不得，况且在医院工作，她一边带孩子一边工作，还能忙得过来。她现在有了一个大胆的想法，她要离开医院，去部队参加战斗。但她这话对谁也没说。

两人商定把孩子送回老家靠山屯，说做就做，两人请了假，一起回了靠山屯。她相信，好心的屯人是会接受邱柳北的，自从逃离靠山屯，她还没有回去过。

当柳秋莎一家三口出现在于三叔家门前时，于三叔惊呆了，他做梦也没有想过柳秋莎会回来。在他的印象里，芍药早就被日本人打死在老林子里了，就是不被打死也冻死战死了。对于当年的抗联来说，发生这种事一点都不新鲜。

于三叔前后左右地把柳秋莎看了个遍。

柳秋莎就说：三叔，我是芍药哇。

真的是芍药，于三叔惊呼一声，便忽地奔了过来。

一家人围着柳秋莎问长问短、问圆问方地问了个遍，柳秋莎便一一答了。当于三叔得知芍药要把邱柳北放在自己家里寄养时，他一拍腿说：芍药哇，你就啥也别说了，这算得了啥，你们为革命脑袋都不要了，这点事算个啥。

柳秋莎还想说句客气的话，见于三叔这么说，便把所有想说的话又咽回到了肚子里，她知道乡亲们的心是火热的。

当下，于三叔叫过自己的三个孩子。老大是个男孩，十几岁了；老二是女孩，八九岁的样子；老三是个男孩，拖着鼻涕，五六岁的样子。于三叔就说：芍药哇，不瞒你说，我和你三婶本来还打算再生一个的，现在不生了，你的孩子就是我的孩子。你放心，有我孩子吃干的，就不让你的孩子吃稀的。

柳秋莎面对着乡亲的热情豪迈，她还能说什么呢？来之前，她让邱云飞带上了相机，此时，她抱起孩子，站在于三叔家门口，让邱云飞认认真真地给自己和女儿留了一张影。在以后的岁月中，这张照片一直伴随着她。

后来，于三叔又带着柳秋莎和邱云飞来到了柳秋莎父母坟前，当年父母是于三叔等乡亲帮助掩埋的。此时，父母的坟前被当地政府立了块碑，上面写着“抗联烈士”几个字，坟头已是荒草萋萋了。

柳秋莎跪下了，邱云飞也跪下了。

柳秋莎说：爹、娘，芍药来看你们来了。

说到这便说不下去了，她痛哭流涕，她也只能用痛哭来表达此时此刻的心情。

于三叔说：芍药你就好好地哭一回吧，当年有日本人要抓你，大声哭一回都不能，哭吧，哭吧，把爹妈哭醒了，看看现在的芍药，完了你好上路。

柳秋莎在父母坟前，伤心欲绝地痛哭了一回。

接下来，她和于三叔一家人告别了。

三婶抱着邱柳北，刚开始孩子不明白这是要干什么，她还和三个孩子玩了一会儿，此时看到妈妈要走了，把自己扔下了，她受不了了，扯开嗓子哭了起来。她把所有的问题都归到那邱云飞身上，她没有爸爸时，一切都过得好好的，现在有了爸爸，她的日子就全变了。于是，她就一边哭一边喊着：我不要爸爸，妈妈你带我走，别不管我，我听话。

以前，柳秋莎曾吓唬女儿，不听话就不要她了。此时的邱柳北多么希望母亲能把她带走哇。女儿起初的哭叫，让她停下了脚步，她泪眼蒙眬地回望着女儿，于三叔挥着手说：走吧，别回头，几天就好了。

柳秋莎掉转头，果真没再回一次头。她迈着大步向前走去，后面跟着邱云飞。

14

在辽沈战役打响前，部队并不那么紧张，邱云飞还有时间到医院里看望柳秋莎。

柳秋莎送走了孩子，她果然是一身轻松了，人们似乎又看到了当年那个生死不怕的抗联游击队员的身影。她想，自己没有牵挂了，可以和男人一样，带着一个排，或者一个连去冲锋陷阵。只有打仗，她才觉得踏实，在医院，或者像邱云飞那样，拿个相机拿支笔什么的，她一律觉得那是吃闲饭的表现。送走邱柳北回到医院后，她曾找过马院长，马院长也是从延安来的，这是一个心慈面善的老同志，什么事都不急不躁的样子。

柳秋莎找到马院长就说：我要去部队，去打仗。

马院长就睁大眼睛望着她。

她又说：医院这活谁都能干，多一个少一个，我看都差不多。

马院长说：医院我说了算，打仗的事不归我管，要是有部队要你，我放人。

柳秋莎就不好再说什么了，最后她就想到了胡一百。当初没有胡一百，她都不会第一批开赴东北，她想，自己和胡一百是有共同语言的，当初没有同意和胡一百结婚那是一回事，打仗又是另外一回事。

她找到胡一百时，胡一百正指挥部队在锦州城外调防，他的身旁站着警卫员、参谋等人，胡一百正举着望远镜观察着阵地情况。那匹从延安带来的马，闲散地在一旁吃着草，柳秋莎对这匹马是太熟悉了，她甚至熟悉了它的蹄声以及咴叫。那时，她怕听到它的声音，现在今非昔比了，要是能天天看见它该多好哇。她能想象得出，它冲起来的样子一定英勇无比，一想起它冲锋陷阵的样子，她就激动。

胡一百在望远镜里看见了她，放下望远镜便说：柳队长，我们这里还没开战呢，你就急着救伤员来了？

胡一百这一句自然是调侃的话。柳秋莎没有理会，认真地冲胡一百说：胡师长，我要参加战斗，你的部队敢不敢要我？

胡一百放下望远镜，仔细地盯着柳秋莎说：如果你是个男的，我现在就给你一个营。

柳秋莎有些愤怒：女的怎么了？别忘了，我十三岁就参加抗联了，啥阵势没见过？

胡一百真的很欣赏柳秋莎，从她还是姑娘那会儿，可现在，任何一个师里还没有一个参战的女兵，这个例他不能破，在战斗中，柳秋莎要是有个好歹，他不好交代。况且，在男人中夹进来一个女人，也很不方便。于是他说：上级什么时候让女人打仗了，我第一个想着你，我还是那句话，给你一个营。

直到这时，柳秋莎才明白过来，此时的部队已经不是当年的抗联游击队了，战争要让女人走开，她真恨自己不是男儿。她又想到了女儿邱柳北，在怀着孩子时，她一千遍一万遍地想过，一定是个男孩。等孩子长大了，又是一条汉子，在战场上骑着马，端着枪冲锋陷阵。结果偏偏却是个女儿。这让柳秋莎不能不感到遗憾。她甚至把女儿的出生归结为邱云飞的错，因为邱云飞太细腻了，孩子像邱云飞。如果自己要是和胡一百结婚呢，那一定会是个儿子。她竟为了自己这一想法，感到大吃一惊。

那些日子，柳秋莎的心情可想而知了，不能参加战斗，因为自己是个女人。“女人”两个字在战争面前是多么耻辱呀。

就在这样的日子里，邱云飞看她来了。那些日子，不仅邱云飞来探望柳秋莎，许多军官也经常往医院里跑。医院里大部分都是女人，医生、护士的，她们的丈夫都在作战部队。一场大战即将打响，夫妻在一起团聚一次是正常的事，因为在大仗前，男人女人们就营造出了许多悲壮的氛围，这种氛围使女人更依顺，男人更勇猛。包括胡一百也来到医院看望章梅。

柳秋莎却没有这番心情，她还在为不能参加战斗而痛恨着自己。对邱云飞的到来，她也是显得不冷不热的。他们躺在床上，邱云飞就要有所动作，邱云飞每次显得都很细腻，伸出手，脸呀、脖颈什么的先抚摸一番。在延安的时候，那是他们的新婚，柳秋莎曾为邱云飞一双火热又轻柔的手着迷不已，她激动、兴奋。此时，她的身体是麻木的，她甚至粗暴地甩开了邱云飞伸过来的双手。

邱云飞就不明真相地说：秋莎，你怎么了？

她说：我不想再生孩子了。

柳秋莎心底里真的不想在这个时候怀孕，现在她都没有仗可打，她要是怀孕，医院这个救护队的队长她都当不上了，只能干一些给伤员擦药换药的活。

邱云飞就说：我会小心的，不会怀上孩子的。

她瞪着他：我不想吃闲饭，我不怀孕。

她似乎在吼叫，把所有的失落和怨恨都发泄了出来。邱云飞从来没有见过发怒的柳秋莎，他有些害怕了，拿着席子，睡在了地下，她气鼓鼓地把后背冲给了他。

第二天早晨，邱云飞告别的时候，柳秋莎才觉得有些对不住邱云飞。邱云飞白着脸说：那我就走了。他的胸前又挂上了相机和那支笔，他的样子，像一个准备冲锋的士兵。

柳秋莎看着邱云飞，伸手在他脸上摸了一下，最后手就落在衣扣上，最后一个衣扣没有系，她帮他系上，然后说：那你就走吧，等着你的好消息。

邱云飞挥挥手就向柳秋莎告别了。

直到邱云飞的身影消失了，柳秋莎才意识到，邱云飞毕竟不是一个冲锋陷阵的士兵。她似自言自语地说：云飞，你是吃闲饭的。接下来，她就开始发呆。

是马蹄声让她清醒了过来，胡师长还在和章梅挥手告别，她望着胡师长的身影，心里什么地方动了一下，又动了一下。此时，胡师长的身影在她的心里，才是一个标准的士兵。胡师长的身影却消失了，章梅仍定在那里，双眼蒙眬地望着远方，在那一瞬，柳秋莎想：章梅是个幸福的女人。她有些嫉妒章梅了。

战斗打响的时候，柳秋莎做梦也没有想到自己会立功。

战斗一打响，便有伤员不停地被抬下来，柳秋莎是救护队的队长，救护队是由一些士兵、护士和民工组成的。民工负责抬担架，护士负责包扎伤员，士兵负责掩护伤员。如果说救护队没有风险那是不现实的，冷弹、冷炮就不用说了，有时部队打袭击，阵地和敌人的阵地犬牙交错，一不小心就会进入敌人的阵地，所以说危险是有的。

抢救伤员时，柳秋莎是全副武装的，就像冲锋的战士一样，子弹袋和手榴弹都挂在身上。她手里提着枪，怀里又揣了一把短枪，带领着战士护送伤员一次次往返在阵地和医院之间。正当她护送一个担架往下撤时，她发现路旁的草丛在动，隐约地还能看见有几个人埋伏在那里。她不露声色，让担架顺利地过去，然后自己绕到草丛的后面去，突然大喝一声：不许动！

果然，那里藏着五个敌人，这五个敌人是想开小差，如果不是柳秋莎出现，他们会趁机溜掉。柳秋莎出现了，他们别无选择地举着双手从草丛中钻了出来。当他们看清只有柳秋莎一个人，而且是个女人时，一个头目样的军官突然向柳秋莎打了一枪，回头就跑，子弹贴着柳秋莎的耳朵飞了过去。柳秋莎举起枪，便把那个军官放倒了，那几个也想跑的敌人只能举起双手。也就是说，这次偶然的遭遇让柳秋莎一下子俘获了四个敌人，这是柳秋莎自从抗联以后，第一次这么近地和敌人正面接触，她感到很不过瘾。

战斗间隙的时候，邱云飞气喘吁吁地来到了医院。柳秋莎不知邱云飞为何而来，她以为他是专程来看她的，便脸不是脸鼻子不是鼻子地说：你干啥？不在前方打仗，跑这来干啥来了？

邱云飞就一脸不解地说：我来采访你。

柳秋莎说：我有啥可采的，有工夫你拿着枪，去杀几个敌人，那才是男人该做的。

邱云飞的脸就红了，匆匆地给柳秋莎照了两张照片，柳秋莎的表情自然是横眉冷对的样子。邱云飞又在小本上记了些什么，便又匆匆地走了。

没过两天，四野的战报下来了，自然也下到了医院。最先看到报纸的是章梅，章梅就大呼小叫地喊：秋莎上报纸了，快来看呀。

柳秋莎果真看到了自己的照片，还有抓住那四个俘虏的经过。直到这时她才知道，四个俘虏中有一个是敌人的连长，被她击毙的那个是个营长。她不仅看到了自己的事迹，还看到了胡师长，胡师长在照片里还光着膀子抡着大刀往前冲。直到这时，她才理解了邱云飞的工作，看来做一个战地记者也得不怕死才行。她又一次见到邱云飞时，抚摸着邱云飞的脸说：算你干了回正事。

邱云飞说：你不说我吃闲饭了？

这次她除了看见挂在邱云飞胸前的相机和钢笔外，还在邱云飞的腰上看见了一支手枪，她心想：这才是个打仗的样子。

15

辽沈战役很快就结束了，部队都没来得及做大规模的休整，便接到了入关的命令，不久，平津战役就打响了。

部队入关，野战医院自然也要随着部队走。柳秋莎一走出山海关，一下子就想到了放在靠山屯的邱柳北，她开始深深地思念孩子。在东北的时候，虽然也见不到孩子，但她觉得离孩子并不远，那时，她的心里是踏实的。现在部队入关了，部队每向前迈一步，她的心便揪起来一点。

部队每次休息时，一有空闲，她便从兜里掏出自己和女儿的照片，女儿在她的怀里，还不知道即将和母亲分离，她冲着父亲的相机清清澈澈地笑着。每次柳秋莎看照片，她的耳旁似乎都响起女儿的呼喊：妈妈——妈妈——这时柳秋莎的眼泪再也控制不住了，稀里哗啦地流出来，待她清醒过来后，她抹一把眼泪，把照片揣起来，该干啥又干啥了。

柳秋莎别无选择地在医院里工作，别人打仗，她只能眼睁睁地看着。这时，她恨不能变成个男人，一手拿刀一手拿枪地冲上敌人的阵地，她有时就半开玩笑地冲章梅等人说：我就不该是个女的。

章梅问：那你该是什么？

她就毫不犹豫地答：是男的，就是生孩子也该生个带把儿的。

众人就笑，柳秋莎不笑，她不仅为自己是个女人而感到深深的遗憾，同时也为邱柳北是个女孩而感到惋惜。她把邱柳北是个女孩的过错完全归结于邱云飞。邱云飞一有空就看书，哪有男人整天看书的，只有女人闲着没事才整天看书，一边看书还一边哭天抹泪的。

柳秋莎自从认识章梅后，章梅一有空便看书，章梅一看书便整天泪水涟涟的。有一次，她和章梅住在一起，章梅躺在床上看书，一边看还一边流眼泪，她看不过去了，便冲她说：啥书哇，让你这样？

章梅就哽咽着声音说：《红楼梦》呗。

从那时开始，她就认为《红楼梦》不是一本什么好书，好书能让人流眼泪吗？在以后的和平生活里，邱云飞也看过《红楼梦》，也看得唉声叹气的，只要邱云飞一看《红楼梦》，她就去抢去夺，弄得两人为读书没少吵架。当然，这一切都是后话了。

在他们新婚的日子里，邱云飞躺在床上也在看书，就是两人亲热过了，他也要拿起书来读。那时她欣赏邱云飞看书，因为他看书，识文断字的，她才觉得邱云飞与众不同，正因为这种与众不同她才喜欢上他。在延安时期，相对来说，那是和平的日子，人们都在学习文化，文化便显得尤为重要和突出。现在不一样了，没有时间专学什么文化了，按柳秋莎的话说，现在是胡一百的天下，骑马挎枪的，只有这样的男人才是真正的男人。

战争是靠武器打胜的，一支笔就能把战争打胜吗？她不相信邱云飞会有啥作为，端着个相机，拿着笔，能把新中国的江山打下来吗？在柳秋莎的心里，结论是否定的。

部队开到了天津郊区，也就是说，部队已经把天津城里三层外三层地包围了，并不急于攻打天津卫。在这几天里，部队显得很散淡，是外松内紧的那一种。

每次大仗前，部队都很人性化，有夫有妻的，总会创造条件见个面。在苦战天津前，胡一百骑着马和章梅约会来了，邱云飞也见到了柳秋莎。

不知为什么，现在的柳秋莎一点也不急于见邱云飞，一看见他身上光溜溜的样子，她就脸红。别人都在为打仗抛头颅洒热血的，自己没什么事干，躲在房子里，干那些男女之间的事。她没心思，也没情绪，像犯罪了似的。

那天晚上，两人躺在了炕上，邱云飞在黑暗中急三火四地把手伸过来。她太知道他的把戏了，甩开他的手，没好气地说：干啥，你干啥？他在黑暗里笑一笑，停了一下，又把手伸过来。

她说：你还想让我生个女儿呀，我不干，我不想吃闲饭，那样活着还有啥意思。

他低三下四地说：只要小心咱们就怀不上孩子。

她说：我不是个男人，我要是个男人，不打一场胜仗，哪有心思见老婆。

他不说话了，她的话深深地伤害了他的自尊心。躺了一会儿，又躺了一会儿，邱云飞爬起来，开始穿衣服。她问：你干啥去？

他说：回部队睡去，这样睡难受。

她没说什么，他就在黑暗中推开门，走了出去。她坐起来，冲着窗外看了看，便一头就躺下了。她心里有些不安，但很快就平静了。她真的不希望在这个时候怀孕，那样的话，还不如让她去死。别人都热火朝天地为新中国流血流汗的，让她挺个肚子看着在一旁吃闲饭，她做不出来。

没两天，解放天津的战役打响了，战斗一打响，便有伤员源源不断地运下来。就在运伤员的过程中，一件意想不到的事情发生了，她在一个担架上看到了一个熟悉的东西在她眼前一晃。刚开始以为自己看花眼了呢，待仔细去看时，她先看到了那支别在那人胸前衣兜里的笔帽。她顺着那支笔看过去，便看见了邱云飞，他现在的样子，她几乎认不出了。他的头上差不多被纱布都缠满了，只露出鼻子和眼睛，但她还是一眼就认出了他。

她大叫了一声，邱云飞只是动了动，担架不停歇地下去了。从那一刻开始，她心里的什么地方便疼了，她也说不清哪疼，总之跟以前不一样了。她没有婆婆妈妈，也没有儿女情长，她仍然带领着抢救队穿梭于这个阵地到那个阵地间。直到三天后，天津城解放了，她才回到医院，见到了邱云飞，邱云飞已经转危为安了。他能睁着眼睛说话了，但头上仍缠满了绷带。他现在已经能清醒地认出柳秋莎了。

邱云飞见到柳秋莎的第一句话就是：秋莎，我又在医院吃闲饭了。

他的话刚说完，她一把便把他抱在了怀里，哽咽着声音说：云飞，你没有吃闲饭。

他悲壮的样子打动了她。在她的观念里，只有流血流汗的男人才是好男人，现在邱云飞流血了，那么她就认为他是好男人，是值得她爱的。

在医院的这段时间，邱云飞度过了除自己新婚之外，又一段幸福时光。邱云飞流血了，她要给他补回来。那时，没有什么好吃的，她在夜里去河沟里抓泥鳅、抓蛤蟆，回来后，就用脸盆给他炖，让他连汤带肉地吃下去。最后，他的脸都吃绿了，一见到泥鳅和蛤蟆就想吐，然后他哀求地说：秋莎，我不吃了。

她说：不吃咋行？你得吃，要不然你的伤不会好。

他就悲壮地说了：这回我真的吃闲饭了。

邱云飞吃完泥鳅又吃蛤蟆，终于好了，他头上的纱布拆下去了，他可以走路了。他是在阵地上采访时受的伤，那时，枪炮打得正急。也就是从这一次，她不再说他是吃闲饭的了，她对他的感情又一点点地升温。她认为邱云飞不仅会采访，也会受伤，伤是为新中国负的，她就没有理由说他吃闲饭。

邱云飞出院的前一天，他们又住到了一起，这次是她主动地把手伸给了他。他说：你不怕怀孕了？

她说：要怀就怀个男孩，万一以后你有个三长两短的，让他接你的班继续打仗。

那天，他们又新婚似的恩爱在了一起。那一刻，她最大的心愿就是希望自己能怀个男孩，男孩长大了，就会扛着枪，在炮火连天的阵地上冲冲杀杀。

结果，就在那个疯狂的夜晚，她真的怀孕了。

16

那是在平津战役结束后，柳秋莎发现自己怀孕的。她已经怀过一次邱柳北了，这次她轻车熟路地就发现自己怀孕了。

章梅也怀孕了，是柳秋莎发现的。那天，章梅为伤员换药，换着换着，她就干呕了起来，最后她控制不住自己，从病房跑到院外，扶着一棵树仍然呕着。这时，正好柳秋莎走过来，章梅就眼泪汪汪地冲柳秋莎说：秋莎，我怕是当不成护士了，现在我一看见伤员的伤口就恶心。

柳秋莎背着手在章梅的身边走了两个来回，然后说：你想吃酸的吗？

章梅说：想，都快想死我了。

柳秋莎就说：章梅，你怀孕了。

章梅惊呼：真的？

柳秋莎点点头，这时的她已经发现自己怀孕了，现在章梅也怀孕了，她长嘘了一口气。她想，章梅你也是女人，你也有今天。不知为什么，当得知章梅怀孕时，她竟有了一种幸灾乐祸的心情。

渡江战役打响前，她和章梅的肚子已经显山露水了，柳秋莎又把急救队长的权力移交给了别人，她只能做一些护士工作了，和章梅一样。

战斗打响的时候，伤员还没有下来，她和章梅站在村口，朝着枪炮声疯响的方向张望着。

柳秋莎就说：章梅，你怕不怕胡师长受伤？

章梅就白着脸说：我怕，怕得要命。

然后章梅又问：你不怕？

柳秋莎说：我不怕，邱云飞受伤了，说明他没有吃闲饭，正在战斗第一线。

章梅就很怪异地望了一眼柳秋莎道：你这人真怪。

柳秋莎就拍拍自己的肚子说：这次我一准儿生个男孩，这回我不送走了，让他从小就看着打仗，长大了准是个能打仗的兵。柳秋莎说完，又看了眼章梅的肚子说：你喜欢男孩还是女孩？

章梅说：都行。

柳秋莎不高兴地道：啥叫都行？

章梅说：胡一百希望要个男孩，我希望生个女孩。

柳秋莎就笑着说：咱们俩的孩子我看也差不了几天，要是生出来都是男孩，就让他们当兄弟，要你的是女孩，就让他们成亲，成为一家人。

章梅就也笑着说：行啊。

她们这句玩笑话，没想到事隔二十多年后竟成了现实。

柳秋莎做梦也没想过，自己还会生女孩，她一门心思地想着自己要生个男孩，能打仗的男孩。

章梅做梦也没想到的是，胡一百负伤了，整个后背都快被炮弹炸烂了。是章梅最先发现了胡一百，那时有很多伤员都在等待着手术，她挺着肚子穿梭在伤员中间，看哪一个需要帮助。这时，她就听到一个既熟悉又陌生的声音在呼喊她。她顺着声音望过去，就望见了胡一百，他已经被简单地处理过了，但身下仍往外渗着血，她一看见胡一百的样子，便吓晕了过去。柳秋莎大呼小叫地冲了过来，差点儿让胡一百绊倒，她是过来救护章梅的，结果发现了淌着血的胡一百。她惊呼一声，也顾不了许多了，当时人手不够，没有人能帮助她抬伤员，她只好把胡一百抱起来，踉跄地向手术室冲去，一边往前冲一边喊：快，快，救人呢。

胡一百因手术及时得救了，在他身上取出了十几块弹片。在手术的过程中，麻药用完了，胡一百嘴里咬了个毛巾就那么挺着。柳秋莎一直在一旁给医生打着下手，她看见胡一百的手在颤抖，没抓没挠的样子，情不自禁地就把手伸给了他，他看见了柳秋莎的手，便死死地抓住。那是怎样的一双手哇，宽大粗糙冰冷还打战，柳秋莎似乎也被传染了，她随着胡一百的颤抖而颤抖着。直到手术做完，胡一百才放开了她的手，这时，胡一百苍白着脸还冲她笑了一下，接着便晕了过去。

被胡一百抓过的手，柳秋莎一直疼了好多天，在那个过程中，柳秋莎却没有觉察出来。在以后护理胡一百的过程中，章梅一直不能看胡一百的伤口，每次给胡一百换药，章梅都远远地躲过去了，只有柳秋莎为他换药。胡一百就跟个没事人似的。

有一天，换过药，胡一百冲柳秋莎说：你的心真硬。

柳秋莎用眼睛看着他。

他又说：你要是个男人，我一定交给你一个营，不，一个团让你去指挥打仗。

女人怎么了？我真希望自己是个男的。柳秋莎咬着嘴唇说。

她又忙别的去了，他的目光一直在追随着她，直到章梅走到他的身边。

他冲章梅说：你太女人了，心不硬，成不了大气候。

章梅说：我只是个护士，打仗是你们男人的事。

胡一百就失望地闭上了眼睛，虽然他和章梅结婚了，但他心里一直装着柳秋莎，那是他的一个梦。他自从见到柳秋莎第一眼起，便把这个梦做下来。

胡一百曾当着章梅的面毫无顾忌地说着柳秋莎的好话，章梅就说：人家再好也不嫁给你。章梅知道在延安两人有过那么一段插曲，这句话捅到了胡一百心灵的痛处，他便不说什么了。

有一次，章梅对柳秋莎说：秋莎，我们家的老胡到现在还没忘了你呢。

柳秋莎就说：那时候我不知道他这么能打仗，要是早知道他这么能打仗，就没你啥事了。

章梅就身在福中不知福地说：邱云飞多好，能写会画的，又会疼人，哪像胡一百，就知道打打杀杀的。

柳秋莎又说：得了吧，别占了便宜还卖乖，邱云飞是吃闲饭的，要不咱们就换一换？

两人说的自然是玩笑话，说完了便笑作一团。

在延安那种特定环境下，柳秋莎选择了邱云飞。柳秋莎觉得自己目光短浅，如果要放在现在，她会毫不犹豫地选择胡一百。能打仗的男人就会征服女人，既然邱云飞不能打仗，就是个闲人，他又怎么能征服柳秋莎的心呢？好在邱云飞负过伤，那是为了采访战争负了伤，这一点，多多少少让柳秋莎的心平衡了一些。如果邱云飞一点血也没有流，那她就真的会认为他是个吃闲饭的了。

胡一百伤好了一些，能扶着拐下地活动了。有一次，在院子里，柳秋莎正在洗绷带，胡一百就踱到柳秋莎的身边。

那时的阳光很好，有些耀眼，此时没有战斗，周围静静的。

胡一百干咳一声，然后说：小柳，当初……当初你为什么不同意跟我？

柳秋莎在那一刻，不知为什么竟红了脸，然后才说：过去的事了，你还提它干啥？

胡一百就不好说什么了，然后望着柳秋莎有模有样的肚子说：章梅肚子里的孩子一定是个儿子，你这个要是个闺女，咱们以后就当亲家。

柳秋莎不高兴了，冷着脸说：你们家章梅肚子里的孩子才是闺女呢。

胡一百见柳秋莎不高兴了，便打着哈哈说：也行，也行，还能做亲家就行。

果然被胡师长言中了。海南岛战役还没打响，领袖毛泽东已经在北京的天安门城楼上洪亮地宣布：中华人民共和国成立了！不久，毛泽东又在《人民日报》上发表文章说：将革命进行到底。

柳秋莎和章梅就前后脚开始生孩子了，章梅先生的。那会儿，柳秋莎还跑前跑后地忙活，又是烧水又是找剪刀的，因为她生过一次孩子了，做这一切，她显得轻车熟路。

章梅的孩子生得很顺利，当孩子放声大哭时，柳秋莎觉得自己的肚子也疼了，她只来得及看了一眼婴儿，果然是个男孩。那会儿，她还想，看来她和胡一百做不成亲家了。她想完就急着往自己的住处跑，刚躺在床上，她的第二个孩子就出生了，这次生产很顺，几乎没费什么周折。当人们把孩子举在她面前时，她才看清，又是个女孩。她有气无力地把脸扭向一边说：怎么又是个吃闲饭的。

章梅和柳秋莎相继生孩子，胡一百和邱云飞相继得到消息，他们一起回来看望自己的老婆和孩子。

两个男人的情绪截然相反。

胡一百哈哈大笑着说：我说得没错吧，你看就是个男孩。

邱云飞站在柳秋莎的床前，欲哭无泪的样子。

柳秋莎自尊心受到了伤害，她只能拿邱云飞说话了：你咋这么不争气，连个种子都撒不好。

邱云飞还能说什么呢，他只能低着头，立在那里，跟犯了多大错误似的。

几天之后，著名的海南岛战役打响了。柳秋莎和章梅只能留在这里隔海相望了，通过留守人员不断地把战事的消息告诉她们。

柳秋莎的第二个孩子，别无选择地叫了邱柳南。

章梅的儿子喜气洋洋地叫了胡望岛，遥望宝岛的意思。

那些日子，柳秋莎的心情灰暗到了极点。她抱着邱柳南和章梅凑到了一起，没好气地说：我说过邱云飞是吃闲饭的不假吧，你看看他撒的种，你看你家老胡，一撒一个准。

章梅就甜蜜地笑着，她也为自己生了个儿子感到骄傲。此时，她已经忘了说过希望生个女儿的话。

海南岛解放之后，部队又接到了北上剿匪的命令。柳秋莎随着部队、随着医院又回到了东北。回到东北不久，柳秋莎就做出一个决定，把孩子再送回老家靠山屯。全国都解放了，眼看着就没有仗打了，再不打仗以后就没有机会了。

这次是她自己回的老家，邱云飞现在已经是师宣传科的科长了，他又随部队参加剿匪了。她抱着孩子回到靠山屯时，邱柳北长大了，也黑了也胖了，睁着一双眼睛陌生地打量着她。柳秋莎冲邱柳北说：我是你妈，快叫妈妈。

邱柳北惊惧地躲在于三叔的腿后，怯怯地说：你不是我妈，我妈去打仗了。

她站了起来，她还能说什么呢？于是又把邱柳南放在了三婶的怀里说：一个羊是赶，两个羊也放，这个也交给你们了。

于三叔就豪气地说：搁这儿吧，还是那句话，你的孩子就是我的孩子，我们吃干的，绝不让她喝稀的。

这次，柳秋莎一身轻松，挥挥手就走了。她要参加最后的剿匪战斗。

17

柳秋莎有时在恨邱柳北和邱柳南，这是两个绊脚石，在打仗的最关键时刻，拖住了她的双脚，让她无法放开手脚大干一场。现在两个孩子都放回了老家靠山屯，她要一身轻松地投入剿匪的战斗了。

剿匪工作表面并不那么显山露水，干部战士的神情是轻松愉悦的。这时候的新中国早已成立，老蒋也已经跑到台湾去了，剩下几个小匪，收拾他们，那是迟早的事。于是部队的官兵就有了许多闲心。

这份闲心在邱云飞身上得到了充分的体现。那时的部队驻扎在一个叫北镇的地方，条件比当年打三大战役时好多了，营房是营房，医院是医院的。前方的战斗并不激烈，有时候部队进山剿匪，一连几天也看不到土匪的影子。邱云飞就隔三岔五地从部队回来，来到医院看望柳秋莎。

那些日子，柳秋莎一见邱云飞就跟见仇人似的，晚上睡觉，柳秋莎就冲邱云飞说：你离我远点。

她的目光甚至带了许多仇恨的味道。

邱云飞看出了这种仇恨，然后就很平和地说：我就那么可怕？没事的，现在你是安全期。

柳秋莎坚决不上邱云飞的当，她已经受过邱云飞的骗了，结果就让她怀上了孩子。她不怕怀孩子和生孩子的过程，她怕的是因为有了孩子而影响她的工作。

两人便分床而居。有时，邱云飞在半夜时把持不住，悄悄地摸过来，两人就撕撕巴巴地撕扯着，样子像打架。直到她把他按到他的床上，然后两人坐在各自的床上，张大嘴巴用劲地喘。

他说：真没见过你这样的。

她说：我这样咋了，你要那样就坚决不行。

他求她似的说：我保证，这次肯定怀不上。

她斩钉截铁地说：我说不行就不行。

她躺在床上，把被子严严地裹了。

他坐了一会儿，又坐了一会儿，直到身体渐渐冷静下来，才叹口气，没滋没味地躺下了。第二天，两人分手时，似乎还没从昨晚的对峙中走出来，他头也不抬地说：以后我不回来了。说完便走出去。

她咬着嘴唇，一直望着他的背影走出去。

外面的马蹄声响了起来，渐渐远了。邱云飞现在也骑马了，他已经是宣传科科长了。

邱云飞并不守约，也许过个三天，也许过上五天，他骑着马又回来了。这一次仍和上次一样，他们重复着对峙和撕撕巴巴的过程。

在剿匪的日子里，柳秋莎和医院这些人一样，并没有多少事可干。试想，一股又一股的小土匪，怎么敢和正规的大部队抗衡？他们和部队打起了游击战，放上两枪就跑了。打游击他们是有经验的，日本人剿过他们，国民党也剿过他们，都没能把他们剿灭。这次共产党剿他们，他们以为和以往一样，抗上三个月五个月的，就没事了。

那些日子，胡师长的情绪很不好，他有时也到医院来，看一眼章梅和他们的儿子胡望岛。

他一回到医院便抱着儿子胡望岛走上八圈，走完八圈之后，他就没什么心情了，态度很不好地把胡望岛往章梅的怀里一塞，背着手，脸色阴沉地转圈，转了一圈，又转了一圈。

柳秋莎看出了胡师长正闹心呢，她也听邱云飞说过剿匪工作并不顺利。她一直盼着自己有机会能参加到剿匪的行列中，于是，她就向胡一百走过去，冲胡一百说：让我去吧，这里的地形我熟。

柳秋莎说的是实话，这一带的山山岭岭她没有不熟悉的，在抗联那会儿，她和游击队员一起跑遍了这里的山山岭岭。

胡一百就看她一眼，又看她一眼，然后挥着手说：拉倒吧，现在不是熟不熟的问题，是抓不到这些小匪的影。

胡一百已经派出了侦察排，化装成猎人去深山老林里寻找土匪的蛛丝马迹，一旦发现了，他们是跑不出大部队掌心的。

柳秋莎这种曲线请战，没能得到胡一百的应允，她就白了胡师长一眼，该干啥干啥去了。

没几天，侦察连终于获得到了情报，在望儿山发现土匪的老巢。于是胡师长一声令下，部队团团将望儿山围住了。接下来，部队开始攻山头了。按胡师长的想象，只要部队发动几次冲锋，望儿山就会轻而易举地被拿下。没想到，部队一连攻打了三天，仍没拿下望儿山，反而给自己的部队带来了很大的伤亡。

柳秋莎所在的医院已经感受到了战斗的惨烈，不断有伤员被抬下来。柳秋莎在伤员嘴里得知，望儿山易守难攻，土匪马大棒子已经在这里经营许多年了，修了不少暗堡。在抗联那会儿，马大棒子就和游击队有种微妙的关系，那时游击队还顾不上剿这股土匪，也就是井水不犯河水。有时，马大棒子一伙人还和日本人抗上一阵子，日本人拿他们也没办法，睁只眼闭只眼也就过去了。

胡师长指挥部队一连攻打了七天，枪呀炮的都用上了，马大棒子的土匪仍没有出来投降的意思。攻打他们的部队在明处，土匪躲在暗处，这样一来，部队不能不受损失。

柳秋莎终于忍不住了，她来到了胡师长的指挥所，见到胡师长便单刀直入地说：让我上一趟山，保准能把马大棒子抓出来。

胡师长背着手，在那里还驴子似的转，他冲她“咦”了一声，又“咦”了一声，他不可能相信柳秋莎能把马大棒子抓下来。

柳秋莎就前前后后把马大棒子的情况说了。十几年前，马大棒子在前屯抢了个老婆叫小菊，小菊那年十六岁，抢到山上要成亲，小菊刚开始要死要活的，后来和马大棒子同房后，怀上了孩子。怀孩子时，也是要死要活，马大棒子就让人昼夜地看着。最后孩子出生了，是个男孩，小菊一见孩子，便死不成了。她就不想死了，也认命了。从那以后，马大棒子对小菊和儿子是言听计从，把娘俩看成了个宝。也就是从那以后，马大棒子终于收了夜夜当新郎的心思，一心一意地照看他们的儿子。他们的儿子叫虎子，虎子现在已经有十多岁了，从没从山上下来过。

柳秋莎的意思是要化装成虎子的姨，打进土匪内部，然后见机行事。刚开始，胡师长说什么也不同意，柳秋莎就说：我是个军人，这时候不上啥时候上，我都吃多少年闲饭了。

后来胡师长就同意了，并准备派一个排专门保护柳秋莎。柳秋莎挥挥手说：一个人也不带，我一个人就够了。

说完她脱下军装，换上了便装，完全是东北农村妇女的装扮。她只在怀里揣了几颗手榴弹。她上山前，是要和邱云飞告别一下的，邱云飞听说她要只身深入虎穴，脸都白了，一句话也说不出来。她冲他说：我这就去了。

他说：你能行？

她说：万一我有个三长两短，两个孩子就交给你了。

她向望儿山走去，走了几步回过头，又走回来，她为邱云飞正正衣领，伸出手又在他脸上拍了一下道：没事，你可是个爷们儿，不管发生啥事，别忘了，你是个爷们儿。

说完就走了，再也没回头。在这之前，她让胡师长把队伍都撤了。

进山的时候很顺利，刚开始有两个小匪过来，横在了她的面前，她就说：我是虎子姨，我要去见我姐和虎子。

小匪自然知道马大棒子的夫人和儿子，这么多年了，没听到夫人的妹妹上过山，这时小匪要过来搜她的身，她就说：干啥，你们想干啥，想吃小姨的便宜是咋的。

小匪气得就住了手，怀疑是怀疑，但见柳秋莎就是个女人，带上山去又能咋的，小匪便大咧咧地把柳秋莎一直带到了马大棒子住的山洞。

进了山洞，她一眼就看到了那个十多岁的孩子，孩子很乖顺的样子，一点也没有马大棒子的凶悍。

柳秋莎确信，这就是马大棒子的儿子了。马大棒子等人还没有反应过来，柳秋莎一下子便把虎子抱在了怀里，然后掏出了手榴弹，冲马大棒子说：跟我下山。马大棒子等人就傻了似的望着柳秋莎，他做梦也没想到他们会来上这一手。马大棒子还想挣扎一番，把两支枪的枪口对准了柳秋莎。

柳秋莎就说：你要是开枪，我就拉手榴弹。

马大棒子痛心疾首地望着虎子，他只能听柳秋莎的话了。

结果，柳秋莎没费一枪一弹，便把马大棒子等人押下望儿山。山下接应的胡师长等人都看傻了。那一次，柳秋莎立了大功。可惜她的功立得有些晚了，国内已经没有仗可打了。柳秋莎只能带着这样的遗憾，投入到建设新中国的火热生活中。

18

剿匪结束后，部队便进城了，浩浩荡荡的队伍开进城内，得到了人民群众真心实意的欢迎。柳秋莎就是被这些真心实意的人们欢迎到城内的。

胡一百和邱云飞自然也随着队伍进城了。城内有营房也有医院，部队进城后，还给邱云飞分了宿舍，也就是说，他们有家了，用不着再合合分分的了。

全国解放了，连剿匪都结束了，没有仗可打了，全国人民都投入到了建设新中国的火热生活中去了。部队那些年龄较高还没成家的军官们，开始了成家立业的热潮。那些日子，部队三天两头地办喜事，胡一百和邱云飞便不断地去参加别人的婚礼，猪杀了，羊宰了，部队便天天如过年似的热闹。和平下来的生活，让柳秋莎想起了留在靠山屯的柳北和柳南，她想孩子，她是个女人，又是个母亲。打仗那会儿，她硬下心肠把孩子送走了，现在没仗可打了，她要过普通人的日子了。

那天晚上，邱云飞参加完婚礼回来了，看样子，他喝了不少酒，走路是脚高脚低的，说话时舌头也短了半截。当柳秋莎说出接回孩子的想法后，得到了邱云飞热烈的赞成，他挥着手说：该接回来了，和平了，咱们该过日子了。

第二天，柳秋莎和邱云飞便去了靠山屯。他们走进于三叔家门时，正看见柳北帮着三婶抱柴火，她已经快六岁了，柳南也两岁多了，柳南跟在柳北后面奶声奶气地叫着。这是一个平常又通俗的场景，正是这样的场景，让柳秋莎的眼泪一下子就流了下来。炊烟，鸡啼，孩子的童音，这就是生活。柳北和柳南也发现了他们，他们怔怔地望着两个陌生的人。于三婶发现了他们，怔了一下，马上反应过来，忙跑过来，冲柳北和柳南说：快叫爸爸妈妈，这就是你们的爸爸和妈妈呀。

于三叔也赶了过来，一直把他们叫到屋里。于三婶一见他们就哭了，她哭着说：我知道会有这一天的。咋的，不打仗了？

她已经和孩子有了亲人般的感情，她舍不得她们。孩子一直叫她奶奶，她多么希望永远做柳北和柳南的奶奶呀。

当柳秋莎抱起柳南、牵过柳北时，于三叔的眼圈也红了，他哽咽着声音说：那啥，以后要是有个啥事，还把孩子送过来。

柳秋莎说：三叔、三婶，你们永远是孩子的爷爷奶奶，我忘不了你们的恩德，等以后有条件了，我把你们接到城里去，让你们享福。

他们往门外走的时候，柳北和柳南突然放声大哭起来，她们一边哭一边喊：爷爷、奶奶，我们不走，我们不走，我们还要吃饼子。

柳秋莎没有再敢回头，此时，她的心里跟送孩子时一样，都快碎了。直到走过一个山岗，回头再望时，于三叔和三婶还在门前站着呢。柳秋莎把柳南放下，又拉过柳北，让两个孩子跪下，然后说：给你们的爷爷、奶奶磕头。两个孩子就冲于三叔和三婶磕头。

站起来的时候，柳北便什么都明白了，她知道，不管自己走不走，都得走了。她冲三叔和三婶喊：爷爷——奶奶——我会想你们的。

她看见三叔和三婶一次又一次地向他们挥着手。

孩子接回来了，柳秋莎和邱云飞心里便踏实下来了，灯下他们看着睡着的孩子，两人都有了一种做梦般的感觉。

她说：这就是咱们的孩子，都这么大了。

他说：可不是，都这么大了。

她说：这两个丫头，你看看。

他说：我知道，你就想生儿子。

她说：生儿子咋的了，生儿子以后就可以当兵打仗。

他说：现在没有仗可打了。

她说：那我也想要儿子。

他伸手把灯关了，一把把她搂住，两人躺在了床上。他气喘着说：那我就让你生儿子。

她笑着说：就怕你没那个本事。

他们现在心情都很放松，没有仗可打了，他们要过生活了，他们此时一心一意地要生个儿子。

那一阵子，部队所有结婚的人都在辛勤地播种着。有播种就会有收获，不久，柳秋莎发现自己又一次怀孕了。这次跟前两次不一样，她一身轻松，还有些高兴、满足的意味。她现在已经是医院的副院长了，院长还是老马。

每天早晨，她把柳北和柳南送到幼儿园，便去医院上班了。医院没仗可打，就没有伤员，只有一些头疼脑热的干部战士偶尔来这里开点药打个针什么的。他们把所有的精力都放在了建设医院上面。

这天，刚一上班，马院长就拿着一张报纸来找柳秋莎了。马院长的脸色很严肃，他冲柳秋莎说：秋莎，我觉得还得打仗。

柳秋莎就说：咋了？

马院长就指着报纸说：你看看，美国人和朝鲜打起来了。

柳秋莎不解，然后问道：那又怎么了？

马院长叹道：战火都烧到咱鸭绿江边了，唇亡齿寒呀。

柳秋莎并没有把马院长的话当真，她现在正沉浸在幸福之中。她相信这回肚里的孩子准是个男孩。她已经生过两个孩子，这次明显跟前两次不同，所以她有理由相信，孩子一定是个儿子。

不久，就是在柳秋莎怀孕满五个月以后，一天晚上，邱云飞回来，神秘地冲柳秋莎说：部队真的要去朝鲜了。

柳秋莎问：真的？

邱云飞就点点头。

柳秋莎自言自语道：又要打仗了。接下来，她开始抚摸肚里的孩子，此时她的心情很复杂。

又过了没多久，部队终于接到了参战的命令。一时间，部队紧张了起来。柳秋莎所在的医院也接到了参战的命令，报名的报名，准备的准备。

柳秋莎得到这个消息后，第一个就找到了马院长，她推开了马院长办公室的门说：马院长，我要报名。

马院长看了看她，又看了看她挺起的肚子说：你没资格呀。

柳秋莎说：咋的，我咋就没资格？

马院长就找出一份文件，那文件上其中有一条就是说柳秋莎这样怀孕的女人是不能报名的。文件就是命令，白纸黑字写着呢，柳秋莎又一次失去了参战的机会。

她心里有火，没处可发，回到家里，她只能把火发给邱云飞了，她脸不是脸、鼻子不是鼻子地说：你看看，都是你办的好事，你的种啥时候种不好，又偏偏这时候种。我嫁给你算是倒了八辈子霉了，就在关键时候让我怀孕。

邱云飞理解柳秋莎的心情，他此时又能说些什么呢，便拉着柳秋莎的手说：等咱们儿子出生了，再也不要孩子了，以后还会有仗可打。

柳秋莎就半信半疑地问：真的还会有仗可打？

邱云飞说：只要咱们不脱军装，军人就是为战争准备的，保证还有仗可打。

柳秋莎听了这话，心情就好了一些，道：这次又要吃闲饭了。说完，然后想起了什么似的说：这次你能去吧？

邱云飞就自豪地说：那当然。

然后还拿出参战人员的名单。柳秋莎一直找到邱云飞的名字，才松了口气，半是羡慕半是责怪地说：还是你们男人好。

部队是在一天夜里集结出发的。

马院长带着医护人员也出发了，章梅和柳秋莎一样也怀孕了，她也没能去成。她们只能站在送行的队伍中，冲缓缓驶去的列车挥舞着双手。

柳秋莎在车窗里看到了邱云飞的脸，她一点也不为邱云飞担心，她认为，男人嘛，就应该出现在战场上，天天没事吃闲饭又有啥意思。

章梅正哭天抹泪地冲胡一百挥手告别，胡一百像一尊塔似的站在车门口，他举着手冲告别的人们敬着礼，嘴里还说着：等着我们胜利的消息吧。

列车都驶离了站台，章梅还在哭，柳秋莎就冲章梅说：得了，哭一会儿就行了呗，还有啥哭的。

章梅说：他们这次可去的朝鲜，和美国人打仗。

柳秋莎说：美国人咋了，当年咱们打小日本那会儿不是一样？最后不还是让咱给打败了？

柳秋莎相信，自己的部队永远都是胜利者，这么多年了，就是从胜利走向胜利。她相信，邱云飞会胜利归来，所有的人都会胜利归来。

19

大部队上了前线，部队院子里一下子空了下来。偶尔有留守的军人在院子里走过，剩下来，便是静静的等待。

柳秋莎这次和章梅怀孕的时间又差不多少，两个人都是七八个月的身子了。部队一走，留守的人并没有闲着，都在为前方工作着。柳秋莎和章梅干不了别的了，只能在家里为前方的将士做鞋垫。

这天，柳秋莎和章梅坐在院子里，阳光很好，静悄悄地照着两个人，她们的手上都在忙碌着，她们用手里的鞋垫，寄托着对前方将士的思念。这时，前方已经传来了消息，部队一踏上朝鲜的土地，便和敌人接上火了，一下子就把敌人打了回去，可以说志愿军是首战告捷。他们这些留守的人，都在为前方的胜利而兴奋着。

章梅说：秋莎，这几天我咋老做梦呢？

柳秋莎说：你梦见啥了？

章梅说：我梦见我们家的老胡受伤了。

柳秋莎的心里就紧了紧，她想起了邱云飞，但还是说：别瞎说，老胡可是身经百战了，啥仗没见过，这点小仗对他来说不算啥。

柳秋莎说这番话是真心的，她羡慕胡一百是个打仗的料，打起仗很有男人味，她亲眼看见过胡师长脱光了膀子和敌人拼刺刀的情景，那时看得她心里一荡一漾的。战场上的胡师长是个真正的男人，那时的胡师长能征服所有的女人。而邱云飞呢，他是文弱的，脸孔永远那么苍白，仿佛他生下来就是为了讲课，在他身上看不到豪气或阳刚什么的，当初邱云飞吸引她的就是他的文气，那时她的心里涌满了女人的情怀，母性十足。她甚至有时会把他当成个孩子，用自己的臂膀护卫着他。有时，她甚至想，要是邱云飞和胡一百两个人变成一个人该多好，但她也知道，那是不现实的。她多么希望邱云飞也能像胡师长那样，在战场上搏一回呀。

章梅就叹口气，冲着天上的太阳发了会儿呆，道：老胡要是像你家邱云飞那样我就不操心了。

柳秋莎就说：拉倒吧，邱云飞连个仗都不会打，部队都像他似的，还能打胜仗？

章梅说：会打仗有啥用，早晚有不打那一天，不打仗了，看他还干啥去。不像你家邱云飞有文化，能写会画的，不打仗，照样有事干。

柳秋莎就笑着说：得了，你别在福中不知福了，要不然，等他回来，咱们换换？

章梅笑着说：得了，你要是觉得老胡好，那你当初为什么不答应老胡？

柳秋莎也笑了：当初是当初，现在是现在。说完两个人就都笑了。

那天夜里，柳秋莎做了一个梦，梦见邱云飞参加战斗了，敌人很多，又是枪又是炮的，团团地把阵地围上了，后来邱云飞就脱光了膀子和敌人拼上了刺刀，邱云飞冲冲杀杀的，在梦里，他只给她留了一个背影。她一会儿觉得是邱云飞，一会儿又觉得是胡一百，她都不知道梦中的“他”是谁了。突然，飞过来一发炮弹，在“他”身旁爆炸了，“他”被炮弹炸飞了……她在梦中哭了起来，结果把自己给哭醒了。醒来后，她一时不知自己在哪，坐了起来，当手摸到柳北和柳南时，她才知道刚才做了个梦。她用手一摸脸，脸上是湿的，枕头也被泪水打湿了。她躺下来后，仍感到害怕，心咚咚地跳着，便再也睡不着了，一直挨到天亮。

直到邱云飞寄回了第一封信，她的心里才踏实下来。邱云飞的信写得很有文采，也很有诗意。邱云飞的信是这么写的：

> 秋莎你好：
>
> 我在朝鲜的土地上思念着你和孩子，以及祖国。我们入朝是为了保家，你安心地照顾孩子吧，也许孩子出世时，我还不在你身边，你要保重。孩子的名字我已经想好了，咱们已经有南和北了，朝鲜在祖国的东方，不管男女，就取名叫“东”吧，也算个纪念……

柳秋莎读着邱云飞的信时，竟读出了酸酸的感觉，她从来没有这么思念过他。柳北出生时，他还在延安，那时她没觉得有什么。以前，虽然他们不在一起，可他们一直在一个部队里，部队不管走到哪儿，她都是清楚的。开战的时候，她去阵地上抢救伤员，有时还能碰见他。现在不一样了，邱云飞是出国作战，远离祖国，远离亲人，她没有理由不想他。她还想医院那些战友，以及马院长，他们现在都好吗？此时的她恨不能生出一双翅膀，飞到朝鲜去，飞到在朝鲜战斗中的那些亲人和战友们的身边去。

第二天，柳秋莎和章梅见面时，就说到了亲人的信。柳秋莎就说：老胡来信了吧？

章梅就说：来了还不如不来，一句话都没说我，就说想孩子。

柳秋莎说：不能吧，怎么会呢？

章梅就从怀里掏出信道：不信你看看。

柳秋莎就打开了胡一百的信，那封信果然写得很简单，上来就说：

我很好，不必挂念。我现在就想儿子，想望岛，你一定把我儿子带好，等我在前方把美国人赶回老家去，我就可以回国看望我儿子了。对了，孩子出生了，就让他叫胡望朝，记住了，就叫胡望朝，不能叫别的……

柳秋莎看完信就笑了，她没觉得胡师长的信有多么简单，直截了当，该说的都说了，实实在在。她暗自在心里把邱云飞和胡一百的信比较了一番，邱云飞的信让她心里热乎乎的，潮潮的，颤颤的。胡一百的信，一下子就把人的心砸实了。她再看章梅时，心里就多了分庆幸，庆幸邱云飞的信如诗如歌，那封信让柳秋莎的心里高兴了好长一阵子。

开春的时候，先是章梅的孩子出生了，果然又是个男孩，名字就叫胡望朝。在章梅生产的过程中，柳秋莎当仁不让地跑前忙后，那几天，她还把胡望岛接回家住了些日子。

不久，柳秋莎生产了，从肚子疼到孩子生出来，前后不到一个小时，按柳秋莎自己的话说：都生过俩了，生第三个就像上趟厕所那么容易。

孩子落地第一声啼哭后，她撑起身子就往孩子身上看，果然是个男孩。这回她满意了，踏实了。从怀第一个孩子开始，她就盼生个男孩，现在终于盼到了。她满意了，冲接产的医生护士说：终于生了个带把儿的，以后再也不生了。

孩子起名就叫邱柳东。就在邱柳东会喊妈妈时，一个噩耗从朝鲜传了回来，马院长牺牲了。据留守处的人说，敌人轰炸了后方医院，马院长为了转移伤员，被敌人的炮弹炸死了。

当柳秋莎和章梅得到这样的消息时，两人都惊呆了，她们做梦也没有想到马院长会牺牲。

毕竟马院长在后方医院工作，马院长的牺牲，让两人同时感觉到，战争离自己并不遥远。

那天夜里，哄睡了三个孩子，柳秋莎在灯下给邱云飞写信，她也想把信写得诗情画意，可她却做不到，于是她就学胡师长的样子，有啥说啥了。她的信是这么写的：

云飞：

我和孩子都很好，不要惦念。马院长牺牲了，他是个好人，老革命了，你要替他报仇。少拿笔，多拿枪，多杀美国鬼子，千万别吃闲饭……

信发走了，接下来，她就剩下了等待。在等待的日子里，柳北上了小学，柳东蹒跚着走路了。就在这时，邱云飞从朝鲜战场上回来了一趟，他是志愿军回国汇报的代表团中的一员，这时的邱云飞已经出了大名了，他已经成为著名的战地新闻工作者了。国内的大报《人民日报》《解放军报》经常有他在前线采写的通讯报道。他在北京向毛主席和全国人民汇报完工作，回到家里住了几天，直到这时，柳秋莎才知道邱云飞已经成了志愿军的名人了。

邱云飞又一次入朝之后，她开始关心报纸上的内容和消息了。从那以后，她就会隔三岔五地在报纸上看到邱云飞写的文章，邱云飞的文章写得很感人，柳秋莎对胜利充满了希望。

章梅也看报纸，有时，她读完邱云飞的文章，抬起头来的时候，眼睛就红了，然后就为邱云飞抱不平，说：秋莎，以后你别说邱云飞吃闲饭了，他的文章写得很感人呢。

柳秋莎心里高兴，但嘴上还是说：写个文章算啥，不杀敌人就是吃闲饭的。

她嘴上这么说，心里是满足和高兴的。从那时起，她把能看到的邱云飞写的文章都剪辑起来，有时她当着孩子的面就朗读那些文章，读完了就大声地问孩子们：你们知道这文章是谁写的吗？

孩子们当然不知道，就瞪着眼睛看着她，她就说：是你们的爸爸写的，你们的爸爸叫邱云飞，你们都要记住了。

三个孩子就点头，邱柳东就含混不清地说：爸爸叫邱云飞。

柳东正是学说话的年龄，乖巧得很。

柳秋莎一边忙着留守处的工作，一边照看着三个孩子。

20

邱柳南上了小学，邱柳东也快幼儿园毕业了。朝鲜战争取得了胜利，大部队开始陆续回国了。自己部队回国的时候，柳秋莎和章梅以及留守的人，都去车站迎接了。当她们看到那些熟悉的战友和亲人冲她们微笑挥手时，他们拥抱在一起，哭成了一团。当她们得知那些熟悉的战友永远不能回来时，她们又一次哭了，幸福与悲痛混杂在一起。

胡一百此时已经被任命为军区副参谋长了，他一下火车便寻找自己的孩子，他先看见了胡望朝，然后又看见了胡望岛。他奔过去，先是举起了胡望岛，胡望岛都是个大孩子了，他很生分地冲父亲说：爸，你这是干啥？放下我。当他举起胡望朝时，胡望朝突然嘹亮地哭起来。胡一百就哈哈大笑着说：像我儿子，连哭都这么有劲。

邱云飞是回到家后见到三个孩子的。柳北和柳南已经懂事了，她们躲在母亲的身后，既熟悉又陌生地望着父亲，她们想上前说话，可又不知说什么，就那么站着。

柳东站在那里，完全是一副懵懵懂懂的样子，他对父亲太陌生了。当邱云飞微笑着抚摸了柳北和柳南的辫子以及小脸时，柳东就一直那么表情茫然地看着，当父亲的手摸在自己的头上，又要摸他的脸时，他突然一口咬住了父亲的手指。父亲大叫了一声，抽出了手指。柳东就横眉立目地冲父亲说：你摸我干啥？你是个坏人。

柳秋莎弯腰打了柳东的脸一下，心疼又着急地说：他是你爸。

柳东就梗着脖子说：他不是我爸。

柳秋莎说：他不是你爸，那谁是你爸？

柳东不说话，就那么审视地望着父亲。

柳东是秋莎最喜欢的孩子，重男轻女的观念在她身上得到了很好的体现。现在柳北和柳南已经单独睡在别处一个房间了，唯有柳东还和母亲睡在一张床上。邱云飞回来了，晚上睡觉就成了问题。在这之前，柳秋莎是准备让柳东睡小床上，她在大床旁又支了一个小床。柳东却不干，他先躺在了床上，等柳秋莎上床的时候，他愉快地接纳了，轮到邱云飞时，他突然嗷的一声叫了起来，说什么也不让邱云飞上床，还又踢又咬的。柳秋莎无奈，邱云飞也无奈，柳秋莎就叹口气说：要不，你先在小床上凑合一会儿。

邱云飞别无选择地弓着身子躺在了小床上，柳秋莎和邱云飞都在想，等柳东睡着了再说吧。让他们没想到的是，柳东却不想睡了。柳秋莎关了灯，他仍在黑暗中坐着，戒备又仇视地盯着邱云飞。

柳秋莎说：柳东睡吧，爸爸不来了。

柳东坚决不上当，他就那么坐着。

刚开始，柳秋莎和邱云飞还满怀希望地笑，直到邱云飞打起了鼾，后来柳秋莎也熬不住了，闭上了眼睛，不一会儿就睡过去了。第二天一早，邱云飞和柳秋莎睁开眼睛的时候，他们惊讶地看到，柳东仍那么坐着，只不过他是靠在墙上睡着了，握着小拳头，随时准备出击的样子。

柳东对邱云飞的这种仇视，一连持续了许多天，最后才心不甘情不愿地躺在了小床上，把母亲拱手让给了父亲。

部队从朝鲜回来不久，便进行了一次人事变动。邱云飞被调到了刚成立的陆军学院当了一名正团职教官。

柳秋莎被任命为军区总医院的院长，这是她做梦也没有想到的。那时，胡一百已经是他们的直接领导了。柳秋莎拿到任命的那天，便找到了胡一百。胡一百现在在军区院里办公，门口有警卫，小楼里也有警卫。但柳秋莎还是顺利地找到了胡一百。她把那纸命令放在胡一百面前说：老胡，这个院长我不能干。

胡一百不解地抬起头来说：怎么了？

柳秋莎说：我不想在医院工作。

胡一百：那你想去哪儿？

柳秋莎说：我想下部队，到有仗打的地方去。

胡一百就很为难的样子，站起来，背着手在办公室里转了几圈，他在想适合柳秋莎的工作，想了半天也没有想出来。现在的部队只有两个单位可以接纳女同志，一个是医院，另一个是文工团。柳秋莎从延安到现在一直在医院工作，这次安排也不能说不对口。

胡副参谋长想了一会儿，又想了一会儿，便说：部队真的没你们女同志的位置。

柳秋莎就说：我不管，反正我想到部队去，以后才能有仗打。

柳秋莎那股劲又上来了，胡一百很欣赏柳秋莎这股犟劲，当初看上柳秋莎就是被这股犟劲吸引了，如果柳秋莎对他百依百顺，也许就没有后来他对她的穷追猛打了。他把她看成了块难啃的阵地，这块阵地越是难啃，他就越要啃下来。结果，他最后还是没有啃下来，只啃了一个比较好啃的章梅。直到这时，他心里还怀着深深的遗憾。

柳秋莎的犟劲一上来，胡副参谋长真的不知怎么办了，只是说：秋莎同志，现在全国解放了，就剩下个台湾了，美国人也让咱们赶回了老家，现在没仗可打了。

柳秋莎就瞪着眼睛说：那以后要是再有仗可打呢？

胡一百这回答应得很爽快：要是有仗可打，我第一个想的就是你，到时候给你一个团，不，给你一个师，咋样？

柳秋莎有了胡副参谋长这句话，她心里踏实了，现在孩子都大了，没有拖累了，要是再有机会打仗，她说死也不想错过了。

柳秋莎想到这又说：在医院干可以，我不当这个院长。

胡一百就不解地说：咋的，是不是嫌官小了？

柳秋莎说：我就不想当这个官，医院里能人那么多，还是让别人干吧。

她说这话时，又想到了牺牲在朝鲜的马院长，这所医院可以说是马院长在延安时期一手创办起来的。柳秋莎真心实意地觉得自己当不了这个院长。

胡一百似乎看出了柳秋莎的心思，便说：秋莎同志，你是为革命立过大功的。

柳秋莎一点也没觉得那两次算什么，第一次抓俘虏，那是她碰上了；第二次剿匪，只不过想出了个好点子，没费一枪一弹的，事后想起来，她都觉得索然无味。她没有亲自参加那一次又一次轰轰烈烈的战斗，在以后的半生中，她都遗憾着。

想到这，她把那张任命书又往胡一百面前推了推说：反正我不想当这个院长。

胡一百说：任命你当院长，这是党委、组织上的事，你要服从命令。

胡一百说到命令，柳秋莎就没词了，从十三岁入伍，到现在她一直在服从着组织的需要，她已经习惯了。面对组织的命令，她不能不服从。最后，她打了败仗似的从胡副参谋长办公室里出来，不情愿地当院长去了。

好在部队医院刚刚走向正规，以前是野战医院，现在部队进城，要在城里扎根了，医院也要在城里扎根了。一切都百废待兴，有许多事情等着她去做。只要有事做，她心里就感到踏实。

章梅现在已经是医院里的护士长了。她和柳秋莎经常在一起研究工作什么的，渐渐地，两人在和平时期的友谊又深了一层。

邱云飞所在的陆军学院在城北的郊区，医院和军区都在城南。平时邱云飞很少回来，就吃住在学院里，只有在周末的时候，邱云飞才从城北回到城南的家里。

21

日子过得很快，转眼老大邱柳北已经上初中了，老二邱柳南已经小学四年级了，就是老三邱柳东也已经上小学一年级了。

三个孩子大了，对父母的态度也有了明显的分野。不像小的时候，邱云飞在朝鲜那会儿，三个孩子只能跟随母亲，现在父亲回来了，孩子大了，他们对待父母的态度就有了区别。

柳北和柳南明显对父亲有着不可替代的亲近，只要邱云飞一进家门，柳北和柳南便迎上去，这个拽父亲的衣袖，那个抱住父亲的腿，她们甜甜地叫着爸爸，然后跑到房里，拿出作业本给父亲看。邱云飞果然是个好老师，他很有耐心也很细心，他并不仅仅检查作业，还深入浅出地做着讲解。

她们也让柳秋莎看过作业，柳秋莎那时候已经是医院的院长了，工作忙得很，她的精力和热情在工作中已经耗尽了，回到家里，再也懒得说话了。刚开始她还耐着心翻一翻她们的作业本，当然，也就是那种走马观花似的，语文她还能说出个一二三来，算术对她来说，一看就头疼，她就草草地把作业本还回去说：行了，我看挺好的。

孩子们还想问她什么，她就手一挥说：我不是你们的老师，有问题，明天上学问老师去。

孩子们就不好再问什么了。

后来孩子们发现了父亲，她们开始齐心协力地缠着父亲。

柳东没什么问题要问母亲，也没有问父亲的意思。从小到大他对父亲总是显得很冷淡，有事没事地总是睁着一双眼睛审视着父亲。他的话很少，一回到家里便自己玩，对两个姐姐也是不冷不热的。在外表上看，柳东显得很不合群。但只要柳秋莎一回到家里，他的神情就变了，他冲母亲笑得很灿烂，母亲自然也喜欢柳东。母亲一回到家里，洗完手便进厨房了，她要忙着给一家人做饭。柳东随着走进了厨房，他看着母亲忙东忙西的，就是母亲到走廊里拿一根葱，他也要走出去跟在母亲身后。有时饭做到一半，母亲发现缺盐少醋的，也会让柳东下楼去买，柳东很愿意听母亲的指挥，颠颠儿地去，又颠颠儿地回。

这时在房间里，两个姐姐已经和邱云飞亲热成一团了，他像没看见似的。有时母亲跟他说：柳东，咋不跟姐姐去玩？

柳东就抓抓脑袋说：没意思，我不喜欢。

母亲就伸出湿漉漉的手，爱抚地在柳东头上拍一拍，什么也不说。那时，她没有精力也没有心思关注柳东的内心世界。

直到母亲做好了饭菜，摆在了桌子上，大着声音喊全家吃饭了，一家人才坐到了桌前，柳东习惯地挨着母亲坐下。这时柳北和柳南仍缠着父亲讲故事，父亲就一边讲一边吃饭，逗得两个孩子边吃边乐。唯有柳东不乐，他一本正经地坐在那里吃饭。因为他的一心一意，每次饭总是吃得很快，吃完饭，他就躲到厨房里去了。过一会儿，全家人都吃完了，母亲过来洗碗收拾东西什么的，柳东和母亲在一起又活跃了起来。

他问：妈，医院好玩吗？

母亲一边忙一边说：医院是在工作，有啥好玩的。

他又问：妈，住院的叔叔、阿姨听话吗？

母亲答：他们为了治病，当然听话。

他还问：妈，你啥时候带我去医院看看？

母亲看了眼柳东，就又说：医院有啥好看的，你愿意去，放学后，就去医院找我吧。

医院离柳东和柳南那所小学很近，走路也就是五六分钟的样子。母亲这么回答了柳东，从那以后，柳东每天放学就不直接回家了，他先去母亲那里，有时母亲不在，他就坐在母亲的办公室等。还有时坐在母亲办公室里写作业，直到母亲下班了，把他领回来。

吃完饭，天就黑了，两个姐姐仍缠着父亲讲笑话，邱柳东就和母亲待在房间里，母亲在看书，看一本有关医学方面的书。她是院长，有些业务知识她是要学习的。柳秋莎把看书当成了一项任务，很枯燥，也很没趣，看一会儿就看不下去了，柳东就及时地说：妈，我给你讲个故事吧。

母亲就认真地望着柳东说：好哇。

柳东就讲了一个“狼来了”的故事。

母亲不解地问：那后来呢？

柳东就说：后来那个放羊的孩子就让狼吃了。

母亲终于明白过来，然后放声大笑着说：我的小东真聪明。说完把柳东抱过来，没头没尾地乱亲一气。

柳东很喜欢母亲的拥抱，母亲亲他时，他的样子也乖得很，不挣不动的，任凭母亲亲他。

一直到很晚了，父亲已经安顿好柳北和柳南躺下了，才走到这边来。父亲一出现，柳东就又什么也不说了，看了母亲一眼，回到姐姐的房间去了。三个孩子睡在一个房间里。

邱云飞望着柳东的背影就说：我咋感到这孩子有点不对劲。

柳秋莎就说：咋不对劲了？

邱云飞说不清哪不对劲，就摇摇头，又笑一笑。

柳秋莎抓住了邱云飞的把柄就说：我知道你不喜欢小东，告诉你，小东可是我的，你不喜欢他可以，不许你说三说四的。

邱云飞摇摇头躺在床上，就在柳秋莎准备关灯时又说：这孩子性格是不是有点问题？

柳秋莎坐在床头，仔细地想了想道：我也觉得是。

究竟是什么，她也没有说清楚。

这时，柳北和柳南又闹成了一团，柳秋莎就敲敲墙，大着声音说：疯啥疯。

那屋顿时鸦雀无声了。

黑暗中，两人并肩躺在床上。这是两个人的空间，邱云飞似乎有许多话要说。

邱云飞就说：秋莎，下个月就是你的生日了。

她说：嗯。

他又说：以前忙着打仗，没时间给你过生日，现在孩子也大了，也不打仗了，我想好好给你过次生日。

她说：不老不小的，过那玩意儿干啥？

邱云飞一时就不知说什么好了，沉在那里半晌没有说话。

半晌，又是半晌，他说：你过生日时，我想送你一首诗。

她没有说话，也没有反应。当他探起身来凑向她时，才发现她已经睡着了。他叹了口气，躺了下来，用头枕着手臂，去望窗外的月亮。耳边是柳秋莎的轻鼾之声。

22

柳秋莎没有想过要给自己过生日，从小到大没有人给她过过生日。十三岁以前，那时父母还在，她过生日那天，母亲有时想起来了，便摸着她的脑袋说：我家的芍药又大了一岁。她睁着眼睛，茫然地望着母亲，她不知道大了一岁和过生日有关。孩子的生日，母亲永远都会记得的，那是个撕心裂肺的日子，苦难和生命同时降临到这个世界上。于是，母亲和孩子便同时拥有了这样的纪念日。

那天晚上，邱云飞在提醒柳秋莎生日时，她根本没有听到，她不是不想听，她是睡着了。医院里有好多事需要她忙碌，回到家里，还要做饭洗衣的，她没有多少时间和闲情，让她去抒情或者说是享受。

但她的生日还是如约地来了。柳秋莎过生日那天，邱云飞特意早回来了一会儿，他回来的时候，在外面买了一个蛋糕，他想要给柳秋莎一个惊喜，于是把蛋糕藏在了柜子里。这时孩子还没有放学，他来到了厨房，他要给孩子和柳秋莎露一手。菜是新买的，有鱼，有鸡，他就手忙脚乱地在厨房里做上了。

柳北和柳南回来的时候，睁大眼睛望着父亲，她们先是往厨房里探了一次头，父亲做饭对孩子们来说是件很新鲜的事。柳北说：爸，你还会做饭？

邱云飞冲孩子笑笑道：今天是你妈的生日，咱让她回家吃现成的。

柳南就问：我妈的生日，你给我妈煮鸡蛋了吗？

每次孩子们过生日，柳秋莎都记在心里，那天早晨，她会给过生日的孩子煮一个鸡蛋，放在孩子的书包里，她煮鸡蛋时，顺便也会多煮一个，是给柳东的。有一次，柳北过生日，母亲给柳北煮一个，又给柳东煮了一个，柳南就说：妈，你偏心眼，姐姐过生日，为啥给柳东鸡蛋？

柳秋莎就说：弟弟小，你不要跟他比。

柳东过生日的时候，就会得到两个鸡蛋，也就是说柳北和柳南都没有，柳东就有了双份的鸡蛋。

那时，柳北已经大了，她不和弟弟比这些。柳南不干，一脸不高兴地说：妈就偏心眼。

柳秋莎听到了，追到孩子们的屋里冲柳南说：妈就偏心眼了，咋的，谁让你们不是男孩了？你要是儿子，我也给你煮两个鸡蛋。

从那时起，柳北和柳南明白了自己在母亲心中的地位，她们是可有可无的，唯有柳东才是母亲真正的孩子。也就是从那时起，有意无意地，她们开始疏远母亲了。

柳秋莎带着柳东回来的时候，邱云飞已经把饭做到了尾声。柳秋莎不知道发生了什么，惊讶地望着在厨房里忙活的邱云飞。她试图去帮忙，围裙都系上了，邱云飞还是笑着把柳秋莎推了出来。

柳秋莎习惯了下班就进厨房的程序，现在她失去了厨房，一下子就没事可做了。于是她背着手这儿看看，那儿转转，像个监工似的。柳北和柳南已经伏在桌子上开始写作业了，柳东的作业已经在母亲的办公室里写完了，他也跟着母亲这看看、那转转。柳秋莎看见了两个女儿，便说：写吧，好好写。

柳东也学着母亲的口气说：写吧，好好写。

说完了随着母亲转出来了。两人一走，柳北和柳南就对视一下，柳南快速地冲母亲和弟弟的背影做了一个鬼脸。

邱云飞把饭菜端到桌上，招呼全家人开饭时，柳秋莎一看见饭菜，脸色沉了下来。她不是不喜欢这样的饭菜，但是看见有鸡有鱼的，她心疼，便在心里算计：这得多少钱呀。她经常说的一句话就是：不当家不知柴米贵。

家里的经济大权她是掌握的，邱云飞把每个月的工资都如数地交给她，邱云飞不抽烟不喝酒，她算计着邱云飞的开销，然后在那些工资里，拿出个三元五元的留给邱云飞，那是他一个月的花销。剩下的钱归柳秋莎掌管，三个孩子上学的花销，一家人一个月的柴米油盐，还有水费、电费什么的。然后她每个月还要给于三叔、三婶他们寄上一些。自从进城后，他们每个月都要给三叔、三婶寄上些钱。柳北和柳南在三叔、三婶家里生活了好几年，这样的恩情他们不会忘。往深处说，柳秋莎的父母不在了，当年是三叔、三婶救了她，她连夜跑进山里投奔抗联游击队，父母的尸体都是三叔、三婶一家帮助掩埋的。在她的内心里，早就把三叔、三婶当成父母了。

在这一点上，邱云飞没有任何异议，钱在柳秋莎的手上，她愿意寄多少就寄多少。所以，一个月的花销，柳秋莎心里是有数的。家里偶尔也改善一下伙食，那是在周末的时候，也不外乎割上半斤猪肉，每个菜里多了点油腥而已。

此时的柳秋莎一看见桌上的鸡呀鱼呀的，脸色就不好看了，她翻了一眼邱云飞便说：这日子不过了？

邱云飞不说什么，只是笑。

柳北抬眼看了一下母亲，想说：妈，今天是你的生日，祝你生日快乐。柳北是大姑娘了，已经能说会道了。

柳秋莎见邱云飞不说什么，便把火气撒到了孩子身上，她冲刚要说话的柳北说：吃饭别说话，没人把你当哑巴卖了。

柳北就把到了嘴边的话咽了回去。一家人的饭就吃得很沉闷。柳秋莎夹了半条鱼放在柳东的碗里。柳东感激地望了母亲一眼，便狼吞虎咽起来。

柳北和柳南就不敢去盘里夹鱼了，母亲的生日，鱼应该母亲多吃才对，姐俩都懂，母亲给弟弟夹去了大半，剩下的就没有多少了。柳秋莎自然也舍不得去吃那鱼，邱云飞给她夹了一筷子，又让她夹回到了盘子里。

这顿饭吃得并不愉快，邱云飞没想到会是这个样子。和每天一样，吃完饭，柳秋莎又开始收拾碗筷去厨房了，柳北和柳南又回到自己屋里看书写字去了，厅里和厨房里只剩下柳秋莎和柳东在那里进进出出了。

邱云飞在厅里站了一会儿，看看柳秋莎的脸色还没有多云转晴的意思，便进了孩子们的房间。柳北和柳南一见父亲进来，便放下手里的书，跑过来冲父亲直嚷嚷。

爸，我妈这人真没意思。柳北说。

爸，你以后别给妈过生日了。柳南也说。

邱云飞看出了两个女儿对柳秋莎有意见，便说：你们妈就是那种人，她也是为了这个家。

女儿并不领母亲的情，她们理解父亲，知道父亲是懂感情、知道浪漫的人，她们在感情上站到了父亲这一边。她们为有这样一位父亲感到骄傲和自豪。

接下来，孩子们都回各自的房间了，邱云飞和柳秋莎也回到了自己的房间。柳秋莎倚在床上，顺手又拿起了那本医学书，看懂看不懂、看多看少并不重要，重要的是，柳秋莎一定要看。

这时，邱云飞过来，从柳秋莎的手中拿下那本医学理论书，然后说：今天就别学习了，你知道今天是啥日子？

啥日子？柳秋莎困惑地望着邱云飞。

邱云飞见她真的想不起来了，便回身从柜子里拿出蜡烛，点上，又顺着手关了灯。

柳秋莎大惑不解地说：邱云飞，你整啥呢？

邱云飞仍不说话，从柜子里拿出那个蛋糕，一边往出拿一边说：秋莎，今天是你的生日呀。

按理说，柳秋莎应该高兴才是，结果没有。晚饭已经让邱云飞浪费一次了，她正在琢磨这几天怎么省吃俭用，把浪费的钱挽救回来；没想到的是，邱云飞又来整这一出，这不是火上浇油嘛。她站在那里，正琢磨用什么样的方式发话。因为灯熄了，又点的是蜡烛，邱云飞没有看清柳秋莎的表情，他还错误地认为柳秋莎感动了。

接着，他就在兜里拿出了那首早就为她生日而作的诗，他要让她更加大吃一惊。然后，把那首诗递给柳秋莎说：看，这是我给你写的诗。

这一下，柳秋莎找到了发泄的渠道，她根本没有去看那首什么狗屁诗，她三把两把就把那张纸撕了，然后天女散花似的扬得满地都是。

邱云飞惊呆了，他望着她，一时不知说什么才好，嘴里反复地说着：今天是你的生日呀，这么多年了，我第一次给你过生日。

柳秋莎本想大吵大闹一次的，见邱云飞这么说，也体谅了一些邱云飞，多少感动得她心软了下来，然后就沉沉闷闷地说：以后你别给我过生日，我不过生日。

说完吹灭蜡烛，把蛋糕端到一旁，她就躺下了。

满怀热情的邱云飞没有想到会是这样一种结局，他站在那里，浑身的热情已经冷却了，他还能说些什么呢，还能做些什么呢？后来，他也躺下了，虽然和柳秋莎躺在了一张床上，但他的身体努力地一直靠在床边，和柳秋莎的中间拉开了一段距离。不一会儿，他听到柳秋莎已经睡着了，直到这时，他才嘘了一口长气，身体渐渐地松弛下来。他望着窗外，那挂满月此时已弯成一钩残月，清冷地挂在窗边。他又想到了为柳秋莎写的那首生日诗。

> 你是月亮，在我的心里，永远是满月。
> 革命岁月，是你我心头的灯盏，永恒地燃烧激情。
> 你是母亲，你是妻子，更是我们温暖的家……

这是多么美好和真诚的一首诗呀！他曾无数次地想过，他为她朗读这首诗，面对窗外的月亮，两人依偎在一起会让他们想起在延安时的岁月。他们走在延河边上，看天上的星星和月亮，畅谈革命理想，那应该是多么感人的一幕呀。他们已经很长时间没有这么浪漫了，结婚不久，他们就分开了，然后就天各一方在战场上激战。后来，他又去了朝鲜，回国后都在忙，忙完外面又忙家里。现在孩子大了，他们应该有时间说说心里话了，重温青春岁月的烂漫和柔情。

第二天一早，柳秋莎没有做早饭，把那个蛋糕分了。给邱云飞的那一块，他没有吃，也没说什么便走了。柳秋莎也没说什么，找了张纸，包巴包巴让柳东带学校去吃了。

她该干啥就干啥了。

从那以后，邱云山没有再张罗过给柳秋莎过生日，她也没有给邱云飞过过生日。这就是现实的日子，属于柳秋莎的日子。

23

邱柳北高中毕业了。高中毕业的邱柳北是怀着远大的志向准备考大学的。那些日子，邱云飞的热情比邱柳北还要高涨。在这个过程中，柳秋莎又搬过一次家，她现在已经住上三室一厅的房子了。

那些日子，为了保证邱柳北能顺利地考上大学，在邱云飞的要求下，柳北拥有了自己的房间。在这之前，柳东自己住了一间房子，柳北和柳南住一间，这是按照柳秋莎的意愿来定的。后来，柳北要高考了，学习的任务很重，邱云飞三番五次地提出来，要给柳北一间房子。这个家，从一开始就是柳秋莎说了算，包括现在的住房，也是军区总医院按照级别分给柳秋莎的。柳秋莎现在是正团职院长，邱云飞只是个教官，按柳东的话说：教官不带长，放屁都不响。这是他们那帮孩子说的一句顺口溜，他活学活用，用在了父亲的身上。他第一个是说给母亲听的，母亲听完就哈哈大笑了起来，眼泪都笑了出来，然后问：小东，你这是从哪儿学来的，还挺形象的。

柳东就梗着脖子说：本来就是嘛。

柳秋莎就说：你可别当你爸面说。

柳东并不管那么多，在一次吃饭时，他就说了，在这之前一点预兆也没有。父亲只是把一块肉挺多的排骨夹到了大姐的碗里，那块肉本来是他想夹的，结果他的动作没有父亲快，就让父亲夹到了柳北的碗里。结果他就说了，家里所有的人都怔住了。最后还是柳秋莎先反应过来，她又哈哈大笑了一阵子，然后用手摸着柳东的头说：小东，以后不许你这么说你爸。

柳东又说：本来就是嘛。

邱云飞就把一口饭哽在了喉咙里，半晌才下去。柳东已经上小学五年级了，在父亲眼里他已经是个大孩子了。

那天吃完饭，邱云飞要找柳东谈谈，他对待三个孩子的态度一直是温文尔雅的，这很符合他的性格。那天晚上他就冲邱柳东说：小东，我要找你谈谈。

柳东就梗着脖子说话：谈啥？有啥好谈的，你又不是我的老师。

邱云飞仍很文气地说：可我是你的爸爸。

柳秋莎在一旁看着爷俩的样子就忍不住笑了，她就笑着冲邱云飞说：看你一本正经的样子，别吓着孩子。

邱云飞表情严肃地说：不是我吓着他了，是他吓着我了。

柳秋莎就把正想收拾的碗又放在桌子上，把邱柳东推到房间里说：你爸要跟你谈谈，你就谈谈呗。

结果那天邱云飞和邱柳东就谈了一回。

邱云飞坐在椅子上，邱柳东梗着脖子站在那里，他对父亲一直这么梗着脖子。

邱云飞不计较儿子的态度，和颜悦色地说：小东，你姓什么？

柳东就说：我当然姓邱。

父亲就笑了，笑过了就说：好，那这么说你承认你是我儿子。

柳东不知父亲要卖什么关子，斜着眼望父亲。

邱云飞就笑着说：我是你父亲，你就该尊重我，我带长不带长的，那是社会分工不同。

柳东就又说了一遍那句顺口溜。

邱云飞本想从社会的意义和个人的问题，好好和儿子沟通一次，没想到柳东这么犯浑，他终于忍不住，打了柳东一个耳光。

邱柳东捂着热辣辣的脸，怔了好一会儿才爆发似的大哭起来。柳秋莎听到了，挥舞着一双湿手冲了进来，她一看便什么都明白了。她没有冲儿子使劲，却冲邱云飞过去了，用沾水的手指着邱云飞说：不喜欢小东你就直说，干吗打孩子！

邱云飞气得浑身乱抖，他话都说不成句了：太、太气人了，没教养，真没教养。

柳秋莎从小到大没舍得动儿子一个手指头，当她看见儿子脸上的指印时，她受不了了。她一把抱住儿子，冲邱云飞喊：你喜欢柳北、柳南，我没意见，你打儿子就不行！

柳北和柳南站在门口，不知如何是好地往里看。

柳秋莎当下决定，让邱云飞和柳北住柳东的房间，自己要和柳东睡在一起。柳秋莎要明目张胆地给柳东撑腰。就这样，母亲终于同意给柳北一间房子，当然这中间是有代价的。

邱云飞别无选择地和柳北住进了一个房间，他是同意的，他要为女儿当老师，好好复习，准备考大学。

每天晚上的情形是这个样子的，柳北的房间里灯火通明，他俩伏在桌前，翻着高中课本，有声有色地进行高考备战。这屋，柳秋莎和儿子躺在那张宽大的床上有一搭无一搭地说话。

她说：儿子，你长大了想干啥？

儿子就说：我长大了，要当参谋长。

这话使柳秋莎吓了一大跳，接下来就乐了。

她又问：为啥不当司令，咋就当参谋长呢？

儿子又答：因为胡望朝的爸就是参谋长，胡望朝可牛气了。

柳秋莎就不说话了，一把把儿子抱在了怀里，如果当初自己和胡一百结婚，自己儿子的父亲也就是参谋长了。想到这，她不敢往下想了，她为儿子的回答感到高兴。在儿子没说这话前，她最大的愿望就是送儿子当兵去。她认为好男人就是当兵的料，男人才能充分体现出军人的价值。因为她不是男人，她就没有权利去战场上拼杀，最后她只能当这个不大不小的医院院长，这并不是她满意的工作。她满意的工作是带兵，不打仗也行，哪怕让她听到训练场上战士们嗷嗷叫的声音，她就会心满意足。

她搂着儿子说：儿子，等你长大了，妈就送你去当兵，咱们最后当司令，比参谋长还大。

儿子笑了，母亲也笑了。

邱云飞陪着柳北挑灯夜战了不知道多少个日日夜夜，最终的结果是，柳北没能考上大学，她名落孙山了。

那些日子，邱云飞和柳北受到了空前的打击。两人商量着是否复习一年，明年再考。

柳北就说：爸，你就别让我受这份罪了，我知道自己考不上。

柳北说的是实话，她的分数离录取线还差十几分呢，今年考不上，谁能说明年能考上。柳北那些日子就不停地在家里转来晃去的。柳秋莎一回来就能看到柳北的身影，她知道，女儿长大了，这么晃荡下去不是个办法。

一天晚上，她就冲柳北说：你跟你爸商量商量，找份工作吧。

她一直认为，柳北和柳南是邱云飞的孩子，和自己没多大关系，柳东才是自己的儿子。女儿有什么事，她都要往邱云飞身上推。

结果，邱云飞又和女儿点灯熬油地开始商量了。

邱云飞很痛苦地说：闺女，大学你不想考了，想干啥？

女儿就斩钉截铁地说：我要去当兵。

她这句话，让父亲吃惊地睁大了眼睛。他没想到女儿会这么回答自己，更不喜欢女儿选择当兵这条路。那个年代，当兵的确很时髦，可高中毕业生大小也算个知识分子了，要是找份不错的工作，也不是什么困难的事。

他为了尊重女儿，也找到柳秋莎商量。当柳秋莎得知女儿要当兵时，她也吃惊地瞪大了眼睛，她没想到柳北会有这种想法。她想了半晌，才说：那你就带她报名去吧。

秋季征兵工作已经开始了。

邱云飞说：那你答应了？

柳秋莎没点头，也没摇头。其实，她心里很复杂。如果柳北是个男孩，她会毫不犹豫举双手赞成，可偏偏柳北是个女孩，女人在部队中的地位算什么？她已经在部队工作几十年了，她知道，女人要么在文工团，要么在医院，或者通信排接个电话什么的，她为女兵在部队中的地位感到悲哀，如果她不是个女人，她无论如何也能当上将军了。可现在呢，她只是个院长，正团级的院长和将军差着十万八千里呢。

邱云飞第二天就带着女儿去报名了，结果没有报上，理由是这次是新疆军区招兵，女兵名额有限，名额早就满了。

邱云飞就沉着脸回来了，女儿也一头躺在了床上。不用问，柳秋莎什么都知道了。她来到女儿的房间，冲女儿说：你真想当兵？

女儿点点头。

她没说什么，从女儿房间里走出来，就给胡一百打了个电话，她在电话里说：老胡，我家闺女要去当兵，你给弄一下。

说完就放下电话了。

几天后，柳北的入伍通知书便送到了家里。

女儿穿上军装走的那一天，柳秋莎没有去送女儿，她只是在门口认真地问了女儿一次：你真的愿意当兵？

女儿点点头。

她又说：现在你不想去还来得及。

女儿说：我愿意。

她什么也不说了，回过身冲女儿挥挥手。

邱云飞带着女儿来到了车站，女儿上车前拉着他的手说：爸，我会想你的。

邱云飞听了这话眼圈就红了，然后又说：闺女，你真的愿意去当兵？

女儿说：爸，别问了，我愿意去。

邱云飞又问：你不想你妈？

女儿眼圈红了红说：爸，我会想你的。

女儿说完这话，扭头便上了车。女儿的身影消失在众多的新兵身影中，直到火车开走了，邱云飞的目光也没寻到女儿的身影。

24

邱柳北走了，全家人只有邱云飞把女儿的走当回事。柳秋莎就像没这回事似的，该干啥还干啥。柳东就像母亲的跟屁虫，母亲走到哪儿，他就跟到哪儿。

邱柳南在姐姐走后，忽然就把自己当个人物了。她把姐姐留下的胭脂、雪花膏，还有姐姐没有带走的衣服、鞋什么的，都搬到了自己的屋子里。应该说，三个孩子中，邱柳南是最漂亮的一个孩子，她集中了父母所有的优点。不像柳北长得跟父亲很像，柳东和母亲很像，柳南只有站在父母的面前，外人才会联想到他们是一家人，少了一个都看不出柳南和父母中间的任何人有什么关系。

姐姐在时，柳南活得很压抑，这是她自己的原话。那时，母亲呵护着柳东，父亲把所有的精力都投入到了柳北身上，她则成了一个多余的人，为此，她曾躲在被子里哭过。柳南从小到大是很有主见的孩子，也就是俗话说的很有主意。就在全家人冷落她的时候，她也没有表现出来，在姐姐是否当兵的问题上，她是积极支持姐姐远走高飞的，而且越远越好。柳北在高考落榜的那些日子里，经常睡不着觉，把床弄得吱嘎吱嘎地响，柳南也陪着姐姐一起睡不着。柳北就长吁短叹的，柳南想了想，又想了想便说：姐，你还不如当兵去，当兵就是大人了，走得远远的，谁也管不着了，想干什么就干什么。

那时，柳北当兵的想法并不强烈，甚至很模糊，经柳南这么一说，柳北呼啦一下子就想清楚了，一虎身从床上坐起来说：那我就当兵去。

柳南说：这就对了，走得越远越好。

柳南有她的想法，姐姐一走，她就会是个人物，否则姐姐待在家里，下面还有弟弟柳东，所有的好事都轮不到她的头上。也就是说，柳北不走，在这个家里，她永无出头之日。这么想清楚之后，她便坚定不移地支持柳北当兵了。

现在柳南的目的达到了，不仅她和姐姐共同住的房子归她一个人了，甚至姐姐那些没法带走的东西也都归她所有了。从那时开始，她已经把自己当成家里的人物了。

所以说，一家人只有邱云飞把柳北的走装在心里，又转入到了行动中。柳北走的第二天，邱云飞就买了一本地图册，他先看全国地图，然后用尺子丈量东辽跟新疆乌鲁木齐的距离，然后换算着。最后又翻开新疆地图，看着新疆在地图上的颜色显得很丰富，渐渐地，邱云飞的表情也随之丰富了起来。

柳秋莎把伸出的筷子又收了回来，看了眼邱云飞，又看了眼柳南，她直到这时才意识到柳北走了，去了一个距离东辽市很遥远的地方——新疆。那天晚上，柳秋莎突然也像有了心事似的，显得坐卧不宁。后来，她安顿好柳东睡下后，走回到了自己和邱云飞的房间，邱云飞正在翻那本地图册。

柳秋莎也躺在床上，一把把邱云飞手里的地图册抢过来，冲着新疆那一页说：这就是新疆呀？

新疆对柳秋莎来说很遥远也很陌生，比莫斯科还要遥远。那次，他们去莫斯科时，她记得走了好远的路，不分白天和晚上的，最后终于到了。三个月的莫斯科军事学院生活，没有给她留下太多的印象。她印象最深的一点就是想家。按理，她已经没有家了，她亲眼看见父母惨死的景象，那个风雨飘摇的小屋也被日本人给烧毁了。应该说，她那时已经没有家了，她对家的怀恋，确切地说是对家乡的情结，怀念的是那里的山山岭岭，以及抗联游击队里的战友。在抗联的岁月里，她几乎可以说没睡过一晚上的安稳觉，有时半夜里接到消息，说是日本人发现了他们的营地，来偷袭了，他们要马上转移，一队人马摇摇晃晃地向深山老林里跑去。有时睡在畜棚里，半夜被冻醒了，醒了便再也睡不着了。那时肚子里没什么吃食，很不抗冻，然后便到冰天雪地里去跑步，有几次，她清楚地记得，她的头发冻在了雪地上，一觉醒来，扯得她的头皮生疼。可以说，抗联的日子是非人的日子，但去了莫斯科之后，她可以吃面包喝牛奶了，晚上围着火炉可以睡个踏实安稳的觉了。但她还是想“家”，这种想法是刻骨铭心的，发自肺腑的。

柳秋莎联想到自己那些想家的岁月，她动了感情，望着新疆那一页地图册，就说：柳北说走就走了？邱云飞望了她一眼，别过头去。他不满意柳秋莎对柳北的态度，平日里，她对柳北的态度，好像柳北不是她亲生闺女似的。

柳秋莎不管邱云飞的表情，自顾自地说下去：生柳北那会儿，我以为都生不下来了，还是借了胡一百的马，硬把柳北给颠下来了。

说到这，她的眼圈红了。

柳秋莎又说：柳北小的时候，天天打仗，两个月就断奶了，她是喝糊糊长大的。

说到这，柳秋莎的眼泪流了下来。邱云飞也动了情，一边抹眼泪一边叹气。

柳秋莎又说：把柳北送到了于三叔家里，那时柳北都记事了，我往回走，她叫我，哭着叫我，那时，我的心都碎了。

当年柳北的童音又在她的耳畔响起，这一切恍若就发生在昨天。

柳秋莎想到这，再也控制不住自己了，用手捂着脸，呜呜地哭了起来。邱云飞就把柳秋莎抱住，拍着她的身子说：等柳北新兵连结束了，咱们去看她。柳秋莎没有说话。

邱云飞以为，从此柳秋莎会把远在新疆的柳北当回事。没想到，第二天一起来，她该干啥又干啥了，仿佛柳北还没有走，或者说，根本就没有这个人。她又把柳北的事忘在脑后了。

直到柳北来了第一封信，这封信柳北是写给父亲的，寄到了父亲的单位，甚至在称呼上，只是“爸”这一称呼。

邱云飞回来后，他一直不知怎么把这封信拿出来。在吃饭的时候，他终于鼓足勇气把柳北来信的事说了。那时，柳秋莎在细心地给柳东挑鱼刺。

柳秋莎就头也不回地说：来信了？

邱云飞“嗯”了一声。柳秋莎没往下问，邱云飞也没往下说。

直到两人回到了自己的房间，准备睡觉时，柳秋莎才想起来似的说：柳北来的信呢？

邱云飞犹豫着把那封信递给柳秋莎，柳秋莎拿过了信，又递给邱云飞说：你给我念念吧。

邱云飞就开始念信：爸爸你好！

邱云飞念到这儿就停住了，他在观察柳秋莎的表情。柳秋莎反抬起头说：念呀，你看我干啥，信又不在我脸上。

邱云飞就接着往下念：我现在已经到新疆了，这地方很冷，看不到树，到处都是沙漠和雪，爸爸，真想你，想咱们的家……

柳秋莎听完了信，说了一句意义不明的话：这死丫头，唉——

往下她就不说了。

邱云飞立在那里，仍望着柳秋莎。

柳秋莎就说：睡吧。

邱云飞就说：我一会儿给柳北回封信，你有什么说的，我一块儿写上。

柳秋莎就说：没啥事，你自己说就行了。

说完转过身闭上了眼睛。

邱云飞伸出手，关了灯，到客厅里给柳北写回信去了。

25

邱柳南在姐姐走后，把自己当成了人物，她果然就是个人物了。她上高一那一年，已经十六了，十六岁的女孩子，情感就开始变得很丰富了。

柳南和胡望岛，从小学到初中，又到高中，一直是同学。两人小的时候在一起疯玩，上小学的时候，两人还经常在一起打架。胡望岛一点也没有继承母亲的特征，反而继承了父亲的秉性，小的时候，他就要比别的孩子高出半个头，和柳南打架那会儿，他经常拽着柳南的小辫子大呼小叫地说：你老实不老实，不老实我削你。“削”在东北话中，就是收拾的意思。

胡望岛一说削，她就吓哭了，然后鼻涕眼泪地去找姐姐柳北。那时的柳北差不多已经是个大姑娘了，妹妹受了委屈，她自然义愤填膺的样子。转了几圈，很容易就把望岛这小子给找到了，又是三把两把地把望岛抓在手里，她说：你削谁？告诉你，你欺负我妹妹，我先削你。

胡望岛虽然是男孩子，但要比柳北差个几岁呢，他是无论如何打不过柳北的。好汉不吃眼前亏，他见柳北瞪着眼睛，便皮笑肉不笑地说：柳北姐，哪能呢，咱们都一个院住着，我削谁也不能削你妹妹呀。

只要柳北一松手，望岛就嗷的一声跑了。他跑了之后，并没有跑多远，他是跑回家搬救兵去了，不一会儿，就把望朝给搬来了。望朝也要比柳北小上几岁，但这小子的个子和柳北差不多高了。

有了望朝的助阵，这回的望岛可就牛气了，挺着胸，挥着拳，冲正在跳皮筋的柳北和柳南说：咋的，不服咋的，我就削你妹妹了，你咋的吧。

说完，还上来三两把把皮筋给抢去了。

柳北和柳南就冲将上去，四个孩子就撕扯成一团。最后的结果经常是柳北的衣服被撕扯破了，望朝和望岛的鼻子流血了，柳南的头发被望岛扯下来一绺，一时间哭哭叫叫的。如果大人在家，这时柳秋莎和章梅两个人就会破马张飞地跑出来，她们一手抓住一个孩子，都大口地喘息着。

章梅就说：院长，你看真对不住，这两个孩子都淘得没边了。

柳秋莎也说：你看这两个丫头，看我回去不收拾她们。

两个大人说说笑笑地就走了。回到家后，便引发了一场战争。

柳秋莎打起柳北和柳南来绝不心慈手软，让她们把手伸出来，然后她就抡起巴掌打她们的手，一边打还一边说：欠不欠了？有能耐以后当兵打仗。

两个孩子就哭，刚开始是隐忍的那一种，邱云飞每次走过来都会说：女孩子家的咋这么打呢？

柳秋莎就像没听到似的，该怎么打还怎么打。

邱云飞就又说：女孩子，又不是男孩子。

两个女孩子听了，就放声大哭起来。

柳秋莎这时就住了手，冲邱云飞来了：你总说女孩子不该打，男孩子就该打？柳东也没有惹事，你让我专打柳东？

柳东还在一旁看热闹呢，两个姐姐被打，他心里有股说不出来的兴奋，因为母亲从来没有这么打过自己。听母亲这么一说，他也觉得父亲的话里有话了，他就攥着双拳，仇恨地望着邱云飞。

邱云飞见柳秋莎在偷梁换柱，便说：我不是那个意思。

柳秋莎又说：那你是啥意思？孩子你又不教育，又不让我教育，你是不是想让孩子学坏呀？

邱云飞就没词了，转身一关门进了里屋。

柳秋莎这回就叉起腰冲两个丫头说：你们听着，要是再有下一次，看我不剥了你们的皮！

柳东这时也做出狐假虎威的样子说：看我不剥了你们的皮！

一场风暴就算过去了。

柳北和柳南很讨厌这个叫柳东的弟弟，晚上姐俩商量整治柳东的办法。

姐姐说：柳东真讨厌，要不是柳秋莎给他撑腰，看我不削死他。

两个女儿在母亲背后从来不叫妈妈，而是直呼其名。

妹妹也说：要是没有柳秋莎，我就用开水烫死他。

两人发泄了一番心中的怒火，她们对柳东的怒火要远远大于对望岛和望朝的怒火。对望岛哥俩，她们敢拳脚相加；但对于柳东，她们只能采取忍的态度，不满和诅咒也只能在背地里发泄一番。

章梅一手一个把两个孩子拽回家，她是不敢张扬的，按着他们的头把鼻子洗净了，换下脏衣服，低着声咬着牙说：要是你们的爸爸知道了，看不剥了你们的皮！

胡一百对两个孩子可从来不客气，平时他少管他们，甚至眼里都没有他们。他现在已经是军区的参谋长了。一个军区的参谋长是有许多大事要做的，一大早，他穿戴齐整地就去上班了，晚上很晚才能回来。一双三接头的皮鞋又钉了掌，走在路上咔咔的，离很远都能听到。一听到父亲的脚步声，两个孩子大气就都不敢出了。

两个孩子是有过教训的。有一次，两个孩子钻进了防空工事，那里地道相连，复杂得很，结果他们就迷路出不来了。半夜了，见两个孩子还没有回来，胡一百就急了，一个电话集合了警卫连去找，天快亮的时候，终于在工事里把两个人找到了。这下可气坏了胡参谋长，他看着两个孩子的样子，眼珠子都快瞪出来了。

他一口气把两个孩子都吊在了门框上，然后用自己的老牛皮腰带，没头没脑地抽打两个孩子，一边抽打还一边说：看你们长不长记性，那工事是你们去的地方？

两个孩子爹一声娘一声地叫，刚开始还有劲叫，后来连叫的力气都没有了。

章梅受不了了，她的劝阻胡一百早就当成了耳边风，根本没当成一回事。没有办法，她只能用身体护住两个孩子。胡一百正打得兴起，根本停不住了，章梅的身上便也挨了几下。这时，胡一百才住了手。

晚上，章梅撩起衣服让胡一百看身上被打伤的印痕，胡一百不仅不说软话，而且说：该，看这两个小子让你惯的！

章梅啥也说不出来了，她趴在被子里大哭了一回。从那以后，就是有天大的事，章梅也不敢告诉胡一百了。

转眼孩子就大了，她不操这份心了，那份心就又悬了起来。

就在这时，望岛和柳南有了好事。当然，他们的好事也很通俗，不外乎情窦初开的少男少女做出的一些荒唐事。

两人不知什么时候，渐渐开始相互吸引了。那一阵子，望岛的目光总是围着柳南转，那种目光是很朦胧的，属于黏黏糊糊的那一种。望岛已经是个大小伙子的模样了，上唇先出了一层黑黑的茸毛，声音也开始变低变粗。

柳南也有了姑娘的模样，一条辫子又黑又亮地在后背上甩着，见人说话学会了脸红。尤其是看到望岛的目光时心跳不已，脸早就红到了耳根。以前，他们打在一起，全然没有这种感觉。现在不同了，他们一天到晚总想看到对方，见了面又不知说什么好，有时放学回到家里，都盼着明天早晨早点到来，因为那样，两人又可以相见了。

终于有一天，两人放学的时候走在了一起。刚开始，望岛走在前面，柳南走在后面，这是两人回家的必经之路。望岛假装系鞋带，蹲在那里，这时柳南走了过来。

她说：鞋带开了？

他站了起来：放学了？

当然这一切都是废话，就是这样的废话，让两个人中间的那面墙轰然倒塌了。

她说：这天真热。

他说：可不是。

这时，正有一个卖冰棍的走到他们的面前，望岛毫不犹豫地走过去，掏出一毛钱买了两根冰棍。两根冰棍便分配合理地到了两个人的手上，两人一手举着一根冰棍往回走。确切地说，两人已经品尝不出冰棍的滋味了，他们都挖空心思跟对方搭着话，讲什么不重要，只要讲话就可以了。

他说：柳北当兵去了？

她说：是呀，去了新疆。

说着话，两人就走回到了军区的家属院，看到院门的哨兵了，两人的身子不由自主地分开了一些。

26

那时学校已经很乱了，学习就变得不那么重要了，一些老师带着学生天天写大字报、小字报什么的。

刚开始，学校还能坚持上半天课，后来半天课也坚持不住了，不是开批判会，就是写大字报什么的。

望岛和柳南适应这种潮流是很快的，望岛死磨活缠求妈妈章梅不知从哪儿要了一身半新军装，柳南也写信给柳北，要了姐姐一套军装。军装穿在他们的身上显得有些大，但这并没有影响他们包裹在军装下的一颗红心。从那以后，两人成双入对地早出晚归，他们现在已经成了学校的领袖，只要手臂一挥便有成百上千的学生听他们的指挥。

两人当然没有忘记谈恋爱。他们现在已经捅破那种爱你在心口难开的纸了，所以，两个人在爱情的道路上，便显得轻车熟路。

学校自然不是约会的场所，在那种环境下谈情说爱，肯定会让人说公私不分。他们的恋爱，当然是业余时间谈的，铁路桥下和柳树堤旁，都留下过他们相亲相爱的身影。他们站在铁路桥下拥吻在一起的时候，显得一点也不专心，因为桥上每隔几分钟，便会有一列呼啸的列车隆隆驶过，震得整个地面也一摇一颤的。这时的两人是没法说悄悄话的，要说也得扯开嗓子大喊，对方才能听到。显然，铁路桥下不是谈恋爱的好去处。后来，他们就来到了柳堤旁，这里环境优美，一条大河缓缓流淌，大堤上长满了柳树。太阳西下的时候，景色是无比美妙的。

此时的柳堤一点也不宁静了，他们刚站在一棵树下，准备长抱拥吻，这时就来了两个人，一人手里提着糨糊桶，另一个腋下夹着大字报。两人不由分说地把他们拨拉开，在那棵柳树上刷糨糊贴大字报，一边忙活还一边说：这小破孩不务正事，净扯犊子。

显然，望岛和柳南受到了侮辱，那一刻，望岛攥紧了拳头，像一只好斗的小公鸡似的，随时准备扑上去。柳南按了他一把说：得了，咱们回家。

望岛想扑上去，终是有些胆怯，还是在柳南的拉扯下回家了。

家里是安静的，父母都上班了，柳东还没放学。柳东现在已经是初中生了，初中生革命积极性不如高中生高，于是柳东只知道上学，还不知道革命恋爱什么的。

这回，他们终于找到了恋爱的地方，就在柳南的房间里。他们只会拥抱接吻，双手在对方的身体上朦胧地探寻着。他们还不知道爱情的出口，只是朦胧着，朝那个方向努力着。

过了一会儿，又过了一会儿，爱情的时间总是过得很快的，柳南突然抬头看了眼时间，“哎呀”一声说：我妈快回来了。

望岛犹如听到了一声命令，马上放开柳南，逃命似的冲了出去。

就这样，有了初一，便有了十五，他们频繁地在柳南的房间里约会。百密终有一疏，一天，他们又秘密约会的时候，柳秋莎回来了。她昨天带回家的文件，早晨上班时忘拿了，下午还要组织全院的人学习，她只好回家一趟了。结果就发现了这惊人的一幕。

他们听到了开门的动静就快速地分开了。柳南急中生智，把望岛推到了自己的床下，床下的空间很小，还放着一些鞋盒子什么的。柳秋莎听到了动静，便推开了女儿的房门，柳南想做出一副镇定自若的样子，结果没有做出来，柳秋莎就轻而易举地发现了从床下伸出来的一双腿。柳秋莎什么都明白了，她过去，一下子就把望岛给拽出来了。那一刻，柳秋莎的脸都气青了。

她叉着腰，在屋里转了两个来回，不停地说：好哇，你们竟干出这种事了！

结果事态就严重了。回到医院的柳秋莎把这一消息先通报给了护士长章梅。经过柳院长夸大其词的宣扬，章梅也觉得了不得了。邱云飞也接到了柳秋莎的电话，下班的时候，急三火四地赶回来了。他们要三堂会审，把柳南痛痛快快地拿下。

邱云飞这次的态度和柳秋莎空前一致，老大柳北没有考上大学，当兵去了，这是一份梗在他心里的遗憾。他把所有的希望都寄托在柳南身上，希望她能够继承姐姐的精神，向大学里冲刺。后来的情况却不怎么美妙，学生罢课，闹上了革命，再后来又听说，高考取消了，要培养能文能武、又红又专的新一代人才。邱云飞心灰意冷，着急上火，他所在的军事学院比地方大学强一些，也强不到哪里去，学生不上课了，整日里学习文件，然后贴大字报。这阵子，已经有好多学生给自己贴大字报了，他气得要死要活。在这种时候，出了这样的事，他的心都快凉透了。

柳秋莎是这样想的，柳南是个女孩子，成不了什么大事，就如同自己一样，到现在也只能当个院长。也就是说，作为 个女人，想在社会上做一个有用的人，就要比男人付出加倍的努力才可以。现在柳南不努力，干一些不着调的事，年纪轻轻的就知道谈情说爱，那还会有好结果？于是，柳秋莎脸不是脸、鼻子不是鼻子地把柳南关在了房间里。

她说：你们都干啥了，还想不想好了？

事已至此，柳南已经没有退路了，经过起初的慌乱之后，她很快冷静下来，摆出一副好汉做事好汉当的样子说：我爱望岛，咋的了？

这一句话，噎得柳秋莎说不上话来。

邱云飞就说：柳南呀，你辜负了爸爸的心哪。

柳南又说：现在是新社会了，我们要革命，做一代新人。

柳秋莎上去就给了女儿一个耳光，吼道：放屁！你妈革命时你还不知在哪儿转筋呢，跟你妈谈革命，呸，你不害臊。

柳南是铁了心了，宁折不弯，她梗着脖子，做出一副女英雄的样子，捂着被打疼的脸说：革命者是打不败的，你们尽管打吧。

柳秋莎和邱云飞还能说什么呢？于是紧急商量，商量的结果是，不能让柳南再到外面疯去了，疯下去的结果谁也想不到她会干出一些什么事。白天要把柳南反锁在家里，不让她跨出这个家门一步。果然，第二天一早，柳秋莎出门的时候，在门外便用了一把特大号的锁，任由柳南砸门、哭叫。

望岛的结果同样也没好到哪里去，当天晚上，他又被胡参谋长吊到了门框上。胡一百气得牛一样地喘，他挥着手里的马鞭子说：小兔崽子，你想咋的，不学好哇？你老子三十多岁才结婚，想恋爱，你得有本钱，你说，你有啥本钱？

胡一百并不是北方人，可他来北方时间长了，一生气，说起话来完全变成了北方话，他也觉得东北话有劲，形象生动，比南方话强多了。于是，他在工作和生活中，便大量地使用北方语系。

望岛也是打死也不说的样子，经过一番折腾，他没吐一个字。那时，他胸中的爱情之火正熊熊燃烧着，他被爱情激励得浑身发抖。

胡一百和章梅商量的结果和柳秋莎、邱云飞商量的结果如出一辙，那就是把这小兔崽子锁在家里，看他能咋的。

父母上班走了，锁住了房子并不能锁住他们的心，他们用电话沟通。当得知他们都落到了如此境地时，很快望岛就想出了一个主意，他望着窗子说：别怕，我去救你。他放下电话，便打开了窗子。他家住在二楼，他很轻松地便跳了下去。

不一会儿，他就来到了柳南的窗外。柳秋莎家住在一楼，不一会儿，他们齐心协力地打开窗子，双双来到了外面。他们知道，家是不能待了，他们要远走高飞，当天便踏上了开往北京的列车。

他们在北京游荡了一阵子，从这个接待站到那个接待站，把北京的接待站转了个遍，接待站的人都不愿意接待他们了。最后，他们只能回来了。

他们去北京的日子里，家里都闹翻天了。两个家庭的四个大人聚在一起，开了一个会。胡一百情绪很激动，他背着手说：这小兔崽子是不能要了，都让这个社会教坏了。

胡一百说完这句话，知道自己说漏嘴了，马上又改口道：如果实在不行，就把他们送到部队，让部队这所大学校去教育他们。

柳秋莎望一眼邱云飞，邱云飞也望一眼柳秋莎，在眼前这种形势下，看样子只能走这条路了。

胡一百说：你们要是同意，这事我就要办了。

柳秋莎点点头。

两个人刚一回来，便接到了入伍通知书。当下有接兵的人把他们给接走了。当然，他们不是一个部队的，望岛去了内蒙古守备区，柳南去了吉林省军区。他们俩都没有时间研究，便被接兵的带走了。他们最后是怎么联系上的，又是怎么走到一起的，这都是后话了。

又过了一段时间，望朝也当兵去了。这次倒没让胡一百操心。由于当时的形势，家里像望朝这样的大小孩子也受到影响，他们或聚在一起生些事端，或浪迹社会无人照看。军区的老同志们看在眼里，急在心内，于是就想出了让大院的子弟集体入伍的保护办法。望朝就这样去了济南军区。望朝在家虽然淘气，但他比哥哥望岛有头脑，参军后努力上进，从没让父母操心。在部队从战士做起，一直干到师长的位置，让胡一百多年后甚感欣慰。

27

当柳秋莎和章梅在医院见面的时候，两人都显得无比宽心，笼在她们心头的烦心事终于被搬走了。两人心情不好时，便想到了从前，那时两人在留守处时，感情如同姐妹，那时曾信誓旦旦地指着对方的肚子说：要是生了男孩，他们就是兄弟；要都是女孩，就是姐妹；要是一男一女，她们就是一对亲家母了。

她们至今还记着这样的话，从心里来说，她们也不反对两个孩子能够相好，只是都觉得孩子还太小，担当不起这么大的事。十六七岁的孩子谈什么恋爱，要是出了什么事，那可如何是好。现在好了，一切都烟消云散了，两人又可以很轻松地在一起说笑了。

柳南走了，家里似乎一下子就空了。上了初中的柳东，性格还是那个样子，不说不笑的。以前，他是母亲的尾巴，一回到家里，母亲走到哪里，他就跟到哪里。现在大了，他不跟着母亲了，却学会了发呆。他经常回到家里后，待在自己的屋子里，手托着下巴望着窗外发呆。窗外有几根晾衣绳，还有两棵树，树上落了两只鸟。就是这些东西，他会看上半天，一动不动的。

柳秋莎很满意儿子现在这种样子，她经常抿着嘴不无骄傲地冲邱云飞说：你看我儿子，多懂事，长大了一定不会让我操心。她说到儿子时，总是说“我儿子”，在心里，她已经把柳东据为己有了。

邱云飞这些日子心情很不好，军事学院停课了，关于他的大字报是贴得最多的，他那时已经是教研室主任了，他教的不是军事，而是文化课。现在他们的文化教研室自然是多余的了。没有课上的邱云飞，只能天天躲在办公室里，对照着写检查。检查写了一份又写了一份，交给学院党委，党委对他的检查似乎总不那么满意，一次次打回来，也不说什么。打回来又不说什么，那就是不满意，于是他又要挖空心思写检查。

邱云飞情绪不高，他的处境柳秋莎是知道的，现在家里一下子冷清了，连说话的人都没有，于是柳秋莎就冲邱云飞说：要不让三叔和三婶他们过来住上一阵子吧。

邱云飞没说什么，只是点点头。晚上的时候，由柳秋莎口述，邱云飞执笔给三叔和三婶写了封邀请信。在这之前，三叔和三婶是来过家里的，那是一九六〇年，大家都知道，那是三年困难时期，全国人民都很苦。有一天，柳秋莎接到了三叔托人写来的一封信，信上写道：

> 芍药，咱们靠山屯遭了大灾了，树皮都吃光了，就差出去要饭了。我和你三婶腿都肿了。三叔和三婶想你和孩子，有空你回来一趟，带着孩子让我们看上最后一眼吧，晚了怕是看不上了……

柳秋莎读完信，眼泪就流了下来。父母死得早，在她的心里，早就把三叔和三婶当成自己的爹娘了。老家遭灾了，她受不了，当下她就决定，把三叔和三婶接过来。

晚上她回来的时候，把信拿出来给邱云飞看，邱云飞看过信，眼圈红了。送柳北时他见过三叔和三婶，那是两个厚道的农民，没啥说的，那还有啥说的，当下，他同意了柳秋莎的决定。鉴于三叔在信上说的腿都肿了，行动肯定是不方便了，柳秋莎便让医院派了一辆吉普车，连夜兼程，赶到了靠山屯。果然，三叔、三婶都下不来炕了，他们见到柳秋莎就哭了，他们一人拉着她的一只手哭道：芍药，你可回来了，再晚上两天，真的见不到你了。

柳秋莎抽出手，抹了一把脸上的泪花说：三叔、三婶，咱们走。

她把三叔和三婶抱到了车上。回城后，她把三叔和三婶先是送进了医院，他们的身体太虚弱了，等腿上的肿消了，能走路了，她才把他们接回了家。那时，他们一家吃的都是定量，三个孩子都是长身体的时候，能吃得很，但不管怎么说，部队的日子也比地方好过。

每次吃饭的时候，柳秋莎和邱云飞都不吃，装着忙自己事的样子。

三叔就说：芍药，你们两口子还忙啥呀，还不过来吃？

柳秋莎就说：三叔、三婶，你俩带着孩子吃，我还有份文件没看。

邱云飞也说：我还有一份教案没写，你们吃。

两人真真假假地躲在屋里忙乎着。

等孩子和老人吃完，他们就躲在厨房里吃点剩的，有时连剩的也没有，两人就分喝一碗米汤。

后来，还是让三叔和三婶发现了，两人就红着眼睛说：你们这是干啥呀，不是打我们两个老人的脸吗？你们还要工作，不吃饱肚子咋行。

两个老人就要走，态度很坚决。柳秋莎又怎么能让他们走呢，一下子就跪在两个老人面前，哭着说：三叔、三婶，这就是你们的家呀，有我们吃干的，就不让你们二老喝稀的。当年我们孩子在你家，你们不也是抠嘴里的饭，把孩子养大的吗？

柳秋莎说的是实话，也是真话。

从那以后，柳秋莎下班后不急着回家了，医院附近有个菜市场，她一下班，就换上便装去菜市场。那会儿，菜市场已经下班了，在那里，她总能捡到点菜帮菜叶什么的。刚开始还行，后来连菜帮菜叶也捡不到了。

周末的时候，三叔和三婶就带着柳北和柳南去郊外，那里有田地，田地刚刚收获，他们顺着垄沟走，总会拾到一星半点的颗粒什么的。日子总算过了下来。那一次，三叔和三婶在家里住了一年多，后来待不下去了，三叔和三婶告辞了。

三叔拉着柳秋莎的手说：芍药，我们住不下去了，你们的日子也紧巴，我们回去，农村地方大，总能找到填嘴巴的嚼裹儿，不像你们城里。

柳秋莎就不好再留了，买了车票，一直把两位老人送到了火车站。火车开动前，三婶拉着柳秋莎的手说：芍药，是你把我们救活了，你比亲闺女还亲。

三叔说：那可不咋的，亲闺女也没这么管过我们，以后有啥为难着灾的，就回靠山屯，我们养活你们一家。

三叔这句话，最后终于应验了，当然，这一切都是后话了。

三叔和三婶终于来了。这次不同上次，他们精神饱满，还提来了大包小包的农村特产。三叔说：这是今年新下来的高粱米，老家的高粱米可香了。

三婶说：这是黏米，等着腊八时熬粥喝。

三叔和三婶打量这个家时，才发现这里已经是人走屋空了。等三叔和三婶得知柳北和柳南都去当兵后，两个人的心也空了。三叔就抹一把脸说：两个孩子可受罪了，受死罪了。芍药，你咋那么狠心呢，让孩子小小的年纪就受苦去。

三叔和三婶把柳北和柳南带大，他们对两个孩子有着特殊的感情，他们不放心孩子。

柳秋莎就笑着说：让她们出去锻炼锻炼，省心。

说完便找出一些两个孩子的来信，让三叔和三婶看。不知为什么，两个孩子走了，都很少给家里来信，隔上一个月两个月的，报上一份平安。柳北每次来信都寄给爸爸，从来不给母亲写信。

三叔和三婶看到了信，如同看到了孩子，他们不识字，看不懂信，但仍把那些信一封封地掏出来，眼巴巴地看上一气，不断地说：你看这两个孩子出息的，信写得这么好。

柳秋莎和邱云飞每天还要上班，柳东去上学，家里就剩下了三叔和三婶，两人闲得发慌，就出去转一转，这一转就转出了内容。他们看到家属院门前有很多空地，种着一些花花草草啥的。

于三叔背着手冲三婶说：你看，这么多地闲着，加起来得有好几亩。

三婶也说：可不是咋的，少说也得有二亩。

三叔说：这城里人真败家，要是种上苞米，少说也能打上几百斤。

三婶也叹气，摇头，很可惜的样子。

三叔就和三婶商量：要不这么的，咱们反正也是闲着，把地给收拾出来，让芍药明年春天抽空把地种上，长出点苞米，让孩子们啃啃青，吃个新鲜。

两个人的意见一致，说干就干。还没干上多会儿，便来了两个战士，他们态度很不好地说：干什么，你们这是破坏公物知道不知道？

三叔就说：瞧你这孩子说的，这咋是破坏公物呢？我们这是开荒，明年种上苞米，让你们啃啃。

战士们不听他们乱说，把两人推推搡搡弄到了管理局。直到柳秋莎下班回来，才把三叔和三婶接回来，弄得柳秋莎冲管理局的助理又是赔礼又是道歉的。柳秋莎冲三叔和三婶哭笑不得地说：这是营院绿化，不能给拔。

三叔就说：绿化点苞米、高粱多好，种啥花呢，能看不能用的。

从那以后，三叔和三婶再也不敢乱动那些花草了。看还是看，一边看一边摇头说：这城里人竟干些不着调的事。

他们不仅看出了这些浪费的花草，还看到许多城里人没事可干，满大街地贴大字报，还喊口号，口号通过大喇叭广播出来，很是洪亮，震得三叔和三婶的耳朵嗡嗡的。

那天晚上，三叔和三婶就认真地冲邱云飞和柳秋莎说：我们要回去了，这城里太乱，乡下人受不了。

柳秋莎挽留了半晌也没挽留住。

第二天，正好是个周末，两个人一起把两位老人送上了火车。这回于三叔说：芍药，你听好了，要是城里待不下去了，就回老家靠山屯，有你叔吃干的，就不让你们全家喝稀的。

柳秋莎就笑着说：知道了，等过两年，我们全家回去看你们。

列车开走了，带着三叔、三婶的惊惧和遗憾。

柳秋莎和邱云飞的日子还得往下过。

医院里揪出了两个学术权威，都是延安时期的老医务工作者，跟当年的马院长一批从苏联学医归国的。现在他们成了靶子，弄不好还会给定为特务，隐藏在军队医院的特务。

柳秋莎显得很茫然，她是一院之长，每次开会她都得到场，于是，柳秋莎就感到很累。

邱云飞检查接着写，一份接一份的，每份都不能过关。终于，灾难降临了。

28

柳秋莎最担心的事情还是发生了。

邱云飞在写检查的日子里，显得很痛苦。每天晚上他都要坐在桌子前发呆，不知从什么时候起，邱云飞学会了吸烟，邱云飞就坐在灯影下的烟雾中。

这时的柳秋莎已经上床躺下了，她见邱云飞还没有上床的意思，便喊：你还睡不睡觉了？

邱云飞不答话，面对着白纸，一副不知如何下笔的样子。他该说的话已经说了，每次的检查都不能让人满意，他真的就不知如何下笔了。

这时，柳秋莎就披着衣服起来，走到书房里，见邱云飞痛苦的样子就说：云飞，咱不写了，这不是折磨人吗？

邱云飞就无助地说：不写行吗？

这时的邱云飞比以前一下子老了好几岁。柳秋莎看着邱云飞的样子就有些心疼了，她伸出手摸邱云飞的头发，灯下，她发现邱云飞已经有白头发了。

柳秋莎的心就颤了颤，她说：老邱哇，你都有白头发了。

邱云飞想笑一笑，可他笑出的样子却像哭。柳秋莎受不了了，她抢过邱云飞的笔，又关了灯说：咱不写了，他们爱咋的就咋的吧。

两人上了床，却都没了睡意，望着天棚走神，发呆。

邱云飞突然说：要不，我说回真话吧？

柳秋莎就惊怔地望着邱云飞。

邱云飞又说：每次说假话，我这心都快憋炸了。

柳秋莎又问了一句：那你有没有想到后果？

邱云飞说：大不了开除我军籍，那样也比现在好受。

柳秋莎什么也没说，一把抱住邱云飞的头。

两人从没这么紧密地靠在一起，柳秋莎伸手关了灯。从延安到现在，两人合合分分的。后来三个孩子相继出生了，她忙，他也忙，每天忙得很晚才能在一起，那时，他们已经困了，甚至都来不及认真地看对方一眼，便沉入了梦乡。第二天一早，他们又接着忙了。忙了一天，又忙了一天，孩子大了，时光流走了，他们突然发现，他们都有了白头发了。

柳秋莎就说：老邱，有时我也真想回老家，过几天宁静的日子。

邱云飞没有说话。

柳秋莎又说：咱们都快老了，还没有过几天清静的日子呢。

邱云飞还是不说话。

柳秋莎还说：以前，我可从来没想过过现在的日子。那时我想，在靠山屯，有两间房、一头牛，安安静静地过日子，多好。

柳秋莎神往着，这一阵子，她真的很想家，想靠山屯，那里埋着父母，还有她童年的记忆。有时，她的梦都回了老家，她站在夏日的山岗上，那里满山都开满了野花，她似乎又回到了童年，满山追逐着蝴蝶，还留下了一串串童稚的笑声。有时，她在梦境里醒了过来，会长时间地睡不着，就那么呆呆地望着黑暗。她想象着靠山屯的日子。如果自己和邱云飞去过那样的日子会怎么样呢？现实让她无法去想象。

结果，就在这时，邱云飞出事了。

他写了一封真情告白书，在告白书里，他真情实感地为党和军队担忧，为国家担忧，当然，他对当下也提出了质疑。

他先是把这封告白书交到了学院的党委，接下来他就没事似的回到了办公室，他把该说的话都说了，反倒落得一身轻松。他知道，他再也不会为每天写检查而绞尽脑汁了。

那天下班回来，他从来没有这么高兴过，柳秋莎在厨房里做饭，他还吹着口哨到厨房里站了站。

柳秋莎不明真相地问：你的检查过关了？

他没说什么，只是笑一笑。

结果，事情就弄大了，学院党委火速把那封“真情告白”上报到军区，军区有革命委员会。

后果便可想而知了。处理邱云飞的文件一层一层地传达下来——以邱云飞现在的觉悟和认识，没办法在部队工作了，他对革命很迷惘，甚至当了革命的逃兵，逃兵是部队绝不能容忍的，于是，文件上说：开除邱云飞的党籍、军籍。

柳秋莎得到这一消息时，她傻了似的坐在那里，嘴里一遍遍地说：怎么会这样，怎么会这样？

结果确实是这样。

接下来，领导便开始找她谈话，谈话的人是胡一百，军区的胡参谋长。柳秋莎很长时间没有见到胡一百了，他也老了，斑白的头发已经显而易见了。

柳秋莎坐在沙发上，胡参谋长背着手一趟又一趟在她面前走，走了半晌，又走了半晌，然后叹着气说：邱云飞糊涂，他真糊涂。

柳秋莎就说：参谋长，事都出了，就啥也别说了。

胡一百就跺着脚说：他简直不像咱们延安出来的人，说啥不好，偏说那些，那些事是他能说的吗？

柳秋莎就说：那是他的真实想法，不让他说，他会憋疯的。

胡一百就叹口气，恨铁不成钢地说：作为一个革命老同志，太没有耐心了，难道别人就不那么想吗，别人怎么不说？他偏说，嗯？

胡参谋长说到这，自知说漏了嘴，忙改口说：咱们党是讲原则的，是可以畅所欲言的，但嘴上不能不有个把门的呀。我看，都是他看书，把脑子看坏了。

柳秋莎站了起来，盯着胡参谋长说：老邱出了这事，我不后悔。组织上看咋处理我吧。

胡参谋长就深深地望了眼柳秋莎，低下声音说：我知道你们的感情，现在要保住你自己，看来，你不得不和邱云飞分开了。

柳秋莎一下子就睁大了眼睛，她惊惧地问：咋，让我和他离婚？

胡一百说：小柳呀，你是我看着成长起来的，当年在延安……不说这些了，看来，只有这条路了。

柳秋莎连想也没想地说：我不，我坚决不离开邱云飞，这时候我跟他离婚，我成啥人了？

这回轮到胡一百震惊了，他认真地看着她，半晌，又是半晌，他才说：看来，我没看错人，邱云飞也没看错人。

柳秋莎就说：参谋长，你跟革委会那帮人说，我柳秋莎不会离婚，就是让邱云飞去监狱，我也跟着他。

胡一百声音哽咽了，他想说什么，只说了一声：小柳……便再也说不下去了，他背过身去，冲柳秋莎挥了挥手。

柳秋莎没有回单位，而是直接回到了家里。邱云飞没了领章、帽徽，正在收拾东西，属于自己的东西。柳秋莎回到家，一下子就把柜门打开了，把属于自己的东西都翻腾出来了。

邱云飞惊怔地问：秋莎，你这是干什么？

柳秋莎说：我要跟你一起走。

邱云飞听了这话，一屁股坐在了那里，他颤抖着说：秋莎，你不能。

柳秋莎一边收拾东西一边说：有啥能不能的。说到这，停下了手，一字一顿地冲邱云飞说：别忘了，我是你老婆。

邱云飞突然手捂着脸哭了，哽哽咽咽的。

柳秋莎就说：这有啥好哭的，老邱把手拿下来，别忘了，你是个男人。

邱云飞听了这话，果然把手从脸上拿了下来。

他说：咱们走了，那小东呢？

柳秋莎说：当然跟着咱们走，回老家，回靠山屯。

后来，组织对柳秋莎的处理结果是：保留军籍、党籍，和邱云飞一起回乡接受改造、锻炼。

当然是胡参谋长努力的结果，如果没有胡参谋长的努力，她的命运也不会比邱云飞好到哪里去。

29

柳秋莎带着全家回到靠山屯时，做梦也没有想到，全屯的乡亲迎出了二里地，敲锣打鼓地欢迎柳秋莎全家。

队长刘二蛋站在队伍的前面，他先握了柳秋莎的手说：芍药，你是靠山屯走出去的人，今天，你回来了，乡亲们敲锣打鼓地欢迎你。

然后又握住了邱云飞的手道：你是靠山屯的女婿，从今以后，咱们更是一家人了。

刘二蛋还要试图去握邱柳东的手，邱柳东冷冷地站在那里，双手插在裤兜里，梗着脖子，没有和刘二蛋握手的意思。刘二蛋就收回了手，在头上挥了挥说：总之，咱们就是一家人了，以后我们全屯子人吃干的，就不让你们喝稀的。

刘二蛋代表全屯，这话就算讲完了，唢呐和锣鼓家什就劈头盖脑地响了起来。社员们吹《大海航行靠舵手》，还吹《社员都是向阳花》，曲调欢快而又明朗，真诚而又热烈。

柳秋莎抹了一把脸上的泪花，一手拉着邱云飞，一手拉着柳东，一遍遍地说：到家了，咱们到家了。

他们来得突然，村子里没什么准备，他们就暂时住在于三叔家里。于三叔显然是经过准备的，东屋腾了出来，墙又裱糊过了，还贴上了崭新的年画和伟人画像。一切都是崭新的。

队长刘二蛋就很突然地说：等过一阵农忙完了，就给你们盖房子，让你们一家老小住上新房，你们一家是咱们靠山屯的客人。

柳秋莎没有把自己当成靠山屯的客人，她早就想好了，这回回到靠山屯，就不走了，他们全家要在这里扎根了，和所有的村人一样，在靠山屯里过日子。

对于他们全家的到来，于三叔和三婶是最高兴的人了。他们情真意切地把柳秋莎家请到炕上，东北人招待客人最隆重的礼节就是让客人上炕，而且还要吃在炕头，只有这样才显示出客人和自家人是一样的。于是柳秋莎一家坐在炕上。柳秋莎已经不习惯坐炕上了，她的腿都盘不上了，于三叔就说：闺女，慢慢来，等你习惯靠山屯的生活了，你的腿就盘上了。

于三婶也说：闺女，你们想吃点啥好嚼裹儿？三婶给你们包饺子。

于是三婶就张罗去了。

在最初回靠山屯的日子，所有的屯人真的把他们当成客人了，三天两头就会有人拿着一些细粮，大米、白面什么的，给柳秋莎一家送过来。

柳秋莎知道，大米、白面对乡亲们来说也是稀罕物，只有过年过节，家里来客人了，主人才会做上一顿两顿细粮饭。她每次都要和这些送细粮的人推让一阵子，她哽咽着声音说：二大姑，我们以后就不是客人了，千万别这样。

她又说：大姨，我们以后不走了，你们吃啥我们就吃啥。

大姑或大姨就说：芍药，你们城里人吃惯细粮了，可不比我们乡下人，你们不吃好咋行呢？

柳秋莎就流泪了，面对着纯朴的乡亲，她时时都有一种被感动的感觉。

又忙了一阵子，在队长刘二蛋的带领下，村人找来了木料，做好了土坯，轰轰烈烈地在柳秋莎一家老房场的地方，盖起了一座崭新的房子。

上梁那一天，按照乡俗，在梁上系上了一块红绸子，还燃了一挂鞭。鞭炮热烈炸响的一瞬间，刘二蛋喊了一声：芍药回家了。乡亲们也跟着喊：芍药回家了。

那一刻，柳秋莎再也控制不住自己了，她流泪了，这就是乡亲们。她十三岁离开靠山屯，三十多年后，她又带着全家回来了，乡亲们这么厚待他们一家，她不能不感动。

邱云飞也感动了，他背过身去，不停地擦眼泪。

只有柳东无动于衷，他陌生而又新鲜地看着眼前的一切。

只几天的时间，房子就盖好了。

一家人住进了新房。这是一套三间房，典型的东北房屋的格局，东西两间是住人的，中间一间是厨房。夜晚的时候，柳秋莎和邱云飞躺在炕上，两人一时都没有睡意，窗外是月亮，明晃晃地照耀着。

邱云飞就说：秋莎，咱们现在真像延安那会儿。

这里的情境和月亮，让他想起了二十多年前在延安的岁月。

柳秋莎的心情更加复杂一些，三十多年前，就是在这里，父母被日本人杀害了，最后她走投无路，投奔了抗联游击队。那是怎样的场景呀。大雪封山，父母惨死在雪地里的情景仍在眼前。三十多年后，她又回来了，她在心里喊了一声：爹、娘——心里便潮涌般地荡漾了。

也就是从那以后，柳秋莎和邱云飞一起，拿着做活的农具，一把锄头或铁锹，在队长刘二蛋的钟声召唤下，他们和所有村人一起，自动地走到村头大柳树下集合，然后听候刘二蛋派工，或锄地或积肥。

柳秋莎和邱云飞已经是靠山屯的成员了。

邱柳东在公社中学接着读高中，这里的学校不比城里的学校，课还是照上，乡人们有一个意识，孩子总是要学习文化的。因此，这里的中学还是一派学习的景象。

早晨，邱柳东吃过早饭，便背着书包，走到五公里外的中学去上课。邱云飞和柳秋莎便下地做农活了。他们有在延安大生产的底子，对这里的农活并不陌生，可以说是得心应手。

中午回来，柳秋莎和邱云飞一起忙着做饭，吃过饭，还可睡会儿午觉，下午的时候，钟声一响，他们又出工了。晚上，夕阳西下，屯里又炊烟袅袅，鸡啼狗吠，做了一天活的牛呀、马呀的，在人们的轰赶下也回来了，人们也回来了。

每一家人推开院门走进灶间，村里的上空便会多一缕炊烟。这时的柳秋莎家也是一派繁忙的景象，柳东坐在院子里，面前摆着饭桌，他在那里写作业。

邱云飞抱柴火，柳秋莎做饭，这里的一切都是一幅人间通俗的景象。等一家人在院子里吃过晚饭，天便黑了，家家户户的灯便燃亮了。有时，他们走到于三叔三婶院子里，散坐在院子里的石头或木桩上，三叔在吸烟，烟火明明灭灭的。

三叔就说：今年不旱不涝，一准又是一个好收成。

邱云飞就说：可不是咋的。

他入乡随俗，很快就适应了这里的风土人情，甚至语言。

柳秋莎在给三婶揉腰，三婶年纪大了，腰总是疼，疼得哼哼哈哈的。

三叔又说：城里闹革命，革啥命，我看就是吃饱了撑的。咱这疙瘩的人，要活命，要想吃饱穿暖，不种地干啥。

邱云飞和柳秋莎在三叔的话语里，猛不丁地就意识到了三叔说的是真理。

回到家里的时候，柳秋莎缝补衣裳，邱云飞则坐在炕桌前，他要写日记。自从到了乡下，他就养成了写日记的习惯，把一天来的所思所想记录下来。

柳秋莎偶尔抬起头来，看到邱云飞的身影，会产生如梦如幻的感觉，仿佛又回到了延安，窑洞前那块操场上，她坐在两棵枣树下，听邱云飞讲课。她就是在那时爱上邱云飞的。

一晃二十多年了。当她清醒过来的时候，看见了邱云飞灯下鬓边的白发，她放下针，凑过去，扳过邱云飞的肩，为他拔下头上的一根白发，然后说：二十多年了，咱们都有白发了。

邱云飞也望着柳秋莎说：那时，你梳一条长辫子，当年我们多年轻呀。

柳秋莎就动了感情，哽咽着声音道：我当时咋就嫁给你了？

邱云飞笑道：你后悔了？

柳秋莎说：我后悔？后悔就不说这些了。

邱云飞又说：是我连累了你，秋莎，真的。

柳秋莎就忙用手捂住了邱云飞的嘴，半晌认真地冲邱云飞说：我愿意。

邱云飞叹口气又说：当初要是你不嫁给我，嫁给胡参谋长，那就是另外一种样子了。

柳秋莎就坚定不移地说：我不后悔，我愿意过这样的日子。

这时，邱云飞就想到了两个女儿，也不知柳北和柳南怎么样了。他们一家回到靠山屯不久，便由邱云飞执笔，给柳北和柳南分别写了信。不知为什么，到现在两人都没有回信。

30

邱柳北在新疆当兵，并没有吃多大的苦。她当兵不久，新兵连快结束时，军里的文艺宣传队到新兵连里挑选演员，邱柳北以一首《兰花花》征服了来挑选演员的队长和指导员。就这样，新兵连一结束，邱柳北便到军宣传队报到了。

那时，上至军区，下到团级单位，都有自己的演出宣传队。军区的叫文工团，是很专业的，大都由干部组成，军、师、团级的属于业余性质，除了宣传队队长、指导员外，其他的都是战士。当然，有男兵也有女兵。

刚到军宣传队的时候，柳北并不安于现状，她刚当兵时是怀着一颗红心的，那就是自己要干出一番轰轰烈烈的事业来，给母亲柳秋莎看一看。她甚至还下定决心，不干出一番成绩，决不回家。

她知道母亲重男轻女，母亲在家里时从没有把她当盘菜，母亲冲她和柳南总是唉声叹气，母亲当着她姐俩的面说得最多的一句话就是：你们俩要是男孩多好哇。母亲说这话时，目光和语气都充满了无奈。母亲的目光和语气，深深地烙印在她幼小的心灵里。最让她忍受不了的是，母亲望她姐俩的目光是灰暗的、毫无神采的，可一看到柳东，目光马上变得明澈和激动起来，因为柳东是男孩儿。

高中即将毕业时，她就把自己的出路谋划好了，她想着一毕业便离开这个家，远走高飞，走得越远越好。当时，父亲希望她考大学，她就认真地考了。她知道，要是考上大学就可以离开家门，远走高飞了，也就是说，她可以独立了。结果让她失望，大学没有考上，她另外的出路，就是找工作。当时找一份工作并不是一件难事，但她没有找工作，因为她知道，找工作容易，离开家难，母亲不会因为她有了份工作而对她另眼相看，她要让母亲认识到，男孩子能干的事，她也能做到。结果，她选择了当兵，一下子来到了新疆。她第一步远离家的目标实现了，接下来，她要为实现自己的目标努力了。

军里的宣传队，整日里干一些唱唱跳跳、吹吹打打的事情，当她熟悉这里的一切之后，她满怀的雄心便渐渐地枯萎了。她没来新疆前，对新疆的一切是满怀憧憬的，大漠、冷月、边关，她手持钢枪站在哨位上，万一这里有个战事，或者是敌特分子什么的，她就会挺身而出，让自己的鲜血溅洒在大漠的深处。新疆是祖国的前哨阵地，她有机会做出一些不平凡的事情来，只有这样，才是给母亲有力的回击。

没想到的是，她没能去成最前哨，反而来到了军宣传队，这里的工作和她当初的想法大相径庭，她没有热情也没有兴趣去唱歌、跳舞。当时她唱了一首《兰花花》完全是凭着一时的兴致，那时她不知道宣传队的性质和工作，结果歪打正着地被选上了。直到来到宣传队，熟悉了这里的工作，她才开始深深失望起来。这里毕竟是机关，远离部队的最前沿。邱柳北的情绪受到了空前的影响，她打不起精神去唱歌、跳舞。

宣传队的指导员姓吴，叫吴满天。人长得很清秀，一看就会让人相信他天生就是一个唱歌跳舞的材料。吴指导员吴满天就找邱柳北谈话，地点选择得看似很随意，有时在办公室里，有时在练功厅里，有时在吃完晚饭的机关营院里。

吴指导员就说：小邱，你要安心工作，你是个高中生，歌又唱得好，以后会大有作为的。

那时的高中生并不多，所以高中生走到哪里都很吃香。

邱柳北就低着头说：指导员，我要下部队去当一名真正的战士。

吴指导员知道了邱柳北真正的动机后，做邱柳北思想政治工作的劲头倒上来了，他从古至今，从工作岗位到理想情怀讲了个遍，最后他都讲得差不多口干舌燥了，才热切地盯着邱柳北的眼睛说：小邱同志，你想通了吗？

邱柳北说：我还是要下部队，当一名合格的战士。

吴指导员就愣在那里，好半晌才回过味来，他没想到，自己碰上了这么难缠的兵。以前，不论是谁有问题，他一通政治工作，保准能做通，即使暂时做不通的，隔上一阵子，什么问题就都解决了。他现在已经找邱柳北谈了五六次活了，邱柳北就是那一句话，他所做的努力就烟消云散了。吴指导员也是个拗劲十足的人，他不相信邱柳北这块高地他攻占不下来，于是办公室内、营院里都留下了他和邱柳北深谈的身影。

那时的邱柳北已经横下了一条心，一定要到祖国的最前哨去当一名真正的战士。吴指导员也下了最后的决心，一定要把邱柳北的工作做通，让她安下心来，成为宣传队里一名合格的文艺战士。

两人你来我往地便展开了拉锯战和持久战。当然，指导员和邱柳北谈话做思想工作，是在业余的时间里。在没有得到领导首肯的前提下，邱柳北唱歌跳舞以及正常训练仍是要进行的。

这一阵子邱柳北情绪很不高，每次面对父亲的来信，她不知说什么，多数情况下，她只能三言两语毫无热情地报一下平安。信写得很没有激情和壮志，她觉得自己在没有实现自己的想法前，没必要跟家里谈得更多。

就在邱柳北苦闷、徘徊的时候，她认识了夏天来。夏天来比邱柳北早一年入伍，也是个高中生，他在宣传队里是男声独唱，他的保留节目是《打靶归来》和《毛主席的战士最听党的话》。夏天来的嗓音宽阔、雄厚，天生就长了一副唱歌的嗓子，而且乐感很好。

夏天来生得眉清目秀，高高的个子，深得宣传队的女兵们喜欢。他的身边经常有一些女兵缠着，然后就小夏小夏地喊。他似乎也很愿意和女兵们打成一片，样子是嘻嘻哈哈的，眉目间多了许多愉悦和幸福的神情。

邱柳北从来不和男兵说笑，甚至女兵她也爱答不理的，按照她自己的话说是没心情。在这之前，她对夏天来也没有多么深刻的印象，她只知道他叫夏天来，女兵称他为小夏。

那天，他们训练完，兵们一哄而散跑回宿舍的洗漱间冲凉去了。蹦跳了一下午，他们都浑身是汗了。夏天来没有走，每次训练完他差不多都是最后一个离开，他要关窗子、打扫卫生、锁门什么的。邱柳北也没急着走，她怕指导员又拉住她去谈话。两个人便落在了后面。夏天来关完了窗子，便看见了她，她正准备走出去，这时夏天来叫了她一声：邱柳北——

她站住了，回过身来望他。

他说：你为什么不高兴？

她不说话，仍然望着他，心想：我高兴不高兴和你有什么关系？她心里这么想，嘴上却没说。

他又说：邱柳北，我知道你为什么不高兴。

邱柳北就冲他睁大了眼睛。

他接着说：你不喜欢咱们宣传队，你想下部队是不是？

她说：是又怎么样？

这是她冲他说的第一句话。

没想到的是，他冲她笑了，笑得满脸内容，意味深长。

她说：你笑什么？

他说：你和我当初的想法一样，我刚当兵那会儿，也像你这么想来着。

她说：那你为什么又不想了？

他说：后来我发现我的想法很幼稚，在哪里都是为人民服务。

她没说话，她想：最后他被指导员俘虏了，他现在说话的口气，和指导员的口气如出一辙，她没必要和他说什么了。她扭头便走。

他锁上门，跟了出来，在她身后说：我写过血书，也泡过病号。

她听了这话，立住了，认真地看了他一眼。

他说：真的，那时，我弄的动静比你大。

她一字一顿地说：那你为什么没有成功？

他说：后来我爱上了咱们的宣传队，在这里我找到了实现我理想的价值。

她长嘘了口气，心想：他果然背叛了自己。她咬着牙说：我不会当叛徒的，我一定要离开这里。

他吃惊，又认真地看了她一眼，然后说：祝你成功。

说完，他迈着大步从她身旁走了过去。她望着他的背影，一直消失在楼道的深处。

邱柳北没有料到的是，就是这个夏天来在她未来的生活中扮演了一个重要的角色，让她幸福过，也让她痛苦过，最后使她走向成熟。

31

邱柳北有了那一次和夏天来不同凡响的接触后，不知为什么，她开始留意起夏天来了。她也不知自己的哪根神经被夏天来打动了。

不久，两人被指导员安排在一起，排练了一个男女二重唱。夏天来的嗓子在男兵中是最好的，邱柳北是女兵中最好的。指导员之所以下那么大决心和毅力劝说邱柳北留在宣传队，他是有目的的，他要把邱柳北培养成宣传队的台柱子。

有一天，夏天来和邱柳北在操场上的一棵树下练习唱歌，这里没有人打扰，夏天来唱得很饱满，声情并茂，邱柳北却提不起精神来，她的样子给人一种昏昏欲睡的感觉。夏天来看出来了，便说：咱们不唱了，说说我的过去吧。

邱柳北对这个早她一年入伍的夏天来已经有些兴趣了，她没说听，也没说不听，就那么大睁着眼睛望着夏天来。

夏天来就说：知道我为什么选择到新疆来当兵吗？

邱柳北不点头也不摇头，仍那么看着他。

他又说：新疆是祖国的前哨，我要当一名真正的士兵，为祖国放哨。可新兵连结束，我却来到了宣传队，这算什么事？

她说：那后来你为什么又愿意在这里了呢？

这是她最关心也是最想听的，因为她此时就遇到了这种矛盾和困惑。

他说：我下部队演出过，去过哨所，那里并不像我们想象的那样。

她问：那是哪样？

他说：荒凉，孤独，条件很差。没有敌人，也没有我们想象的那么自豪。

她又说：可那里的机会毕竟比咱们这多。

他笑了笑，笑得很含蓄，说：我认为作为一个士兵，在哪里都是祖国的最前沿，如果有一天真打仗了，到那时，我们拿起枪，走向战场也不迟。

他简单的几句话，她似乎呼啦一下子就想开了。指导员找她谈过无数次，里里外外，深深浅浅的，能讲到的都讲了，可她并没有被指导员说服。他越那么讲，她越想下到部队，下到最基层去。

这话从夏天来嘴里说出来，她心里的什么东西就被触动了。

那天她望着他，望出了内容和希望。

这时他就不失时机地说：咱们再唱一遍。

这次，果然就不一样了，两人的感情都很充沛，配合得天衣无缝，也很投入，吸引了不少从操场路过的官兵。他们驻足在那里，向他们投来好奇和羡慕的目光。

从此，夏天来在邱柳北的心里有了立足之地。

一天早晨，邱柳北起来绕着操场跑步，她远远地看见夏天来站在操场上一棵树下，冲着远方大声地说着什么，直到她跑到了近前，才听到他在大声地朗诵着高尔基的《海燕》，他是那么投入，那么忘我。

她停在那里，神情激动地望着他，后来不知不觉地和他一起朗诵起来。刚开始是小声，后来就放开声音了，直到他们激情澎湃地把《海燕》朗诵完了，他才发现了她。他说：你也会？

她笑一下，接着又朗诵了一首莱蒙托夫的《帆》。后来，他也朗诵了起来，两人都那么投入。完了，两人四目相对，就那么久久地凝望着，他们都从对方的眼睛里发现了晶亮的东西。

那天，他们没有说更多的话，大部分话语都通过眼神交流了出来。后来，他们就走了。

从此以后，他们似乎时时都开始留意起对方来，不论是排练的时候，还是在食堂吃饭的时候，他们的目光经常碰在一起，很快他们又躲开对方的目光。邱柳北一碰到夏天来的目光，总是脸热心跳的，心里慌得不行，然后她就大声地和女兵们说话，来掩饰她心里的慌乱。

那些日子，邱柳北莫名其妙地兴奋，又莫名其妙地伤感。她不清楚这样的情绪来自何方，又要流到哪里去。总之，她睁眼闭眼总是会想起夏天来。由夏天来，她又想到了父亲邱云飞，她在夏天来的身上看到了父亲的影子，她觉得两个人很像，究竟哪里像，她一时又说不出来。

她经常在夜里大睁着眼睛思索这些问题，那时她的精力很充沛，想象力也很丰富，于是，她就在床上辗转着、想象着。

有一天，从食堂里出来，她低着头走得很快，因为在这之前，她只要发现夏天来吃完饭走出来，她就希望自己能追上他，哪怕看一眼他也好。就在这时，夏天来突然从一个墙角走了出来，他的样子很不经意。她吓了一跳，身子向后一躲，张大了嘴，愣愣地看着他。他什么也没说，从兜里快速地掏出一个东西，递给她，小声地说：给你的。说完转身便走了。

她那一刻心跳如鼓，不知自己的脸是白了还是红了，她拿着他递给她的两页纸没有回宿舍，而是径直来到了排练厅。时间还早，这里还没有人。她打开了那两页纸，那是一首诗，一首并不朦胧的爱情诗，她很快就明白了。那诗是这么写的：

你是一片云，
我是云中一颗雨滴。
你包容着我，
我是你的一个分子。
你可以把我抛弃，
可我离开你，
就会蒸发没了踪影。
你是我的泉呀，
在我生命里汩汩流淌，
奔向远方。
……

这是怎样的一首诗呀，她是邱云飞的女儿，不缺乏这种丰富的想象力，那时父亲也给母亲写过诗，可母亲并不领父亲的情。她读过父亲写给母亲的诗。那时她觉得父亲真好，母亲真幸福，可是她并没有看出母亲的幸福来。

对父亲的婚姻，她曾经有过这样的评价：母亲是现实的，父亲是浪漫的。这种现实和浪漫经常发生冲突，于是就有了矛盾，也就有了属于父亲和母亲的日子。她不喜欢这样的日子，所以她要逃离，逃得越远越好，于是，她来到了新疆。在这里，她幸福地遇到了夏天来，但她不是母亲，她是邱柳北，她有能力也有悟性，她能感悟到他的诗，还有诗里的那份情。

从那时开始，两人的情感便非同一般起来，是那种心照不宣的情感，也是地下恋情。部队有明文规定，战士不允许谈恋爱，恋爱是要受处分的。他们这份感情就别致起来，大部分时间里，他们陪着众人用眼神交流。两人在一起排戏的时候，心灵是默契的，只要一个眼神一个动作，他们就心领神会了，于是他们的工作便到了佳境，合作便天衣无缝起来，迎来一阵又一阵的掌声。

吴指导员又不失时机地找邱柳北谈了一次话，谈话的时间选择在晚饭后的营院里，这时的营院很有情调，已是战士们自由活动的时间，夕阳西下，树影婆娑。指导员心满意足的样子，他认为现在邱柳北的表现都是他谈话的功劳。那天他和邱柳北谈得很愉快。

他说：怎么样，想开了吧？

她说：想开了。

他说：我说过，是金子，在哪里都能发光。

她说：就是。

她说这话时，是一脸轻松和甜蜜。

他又问：现在你不想下部队了吧？

她说：不想了。

这么说完，她还偷偷地笑了一下。

这就是爱情的力量，现在就是赶她走，她也不会走，因为这里有夏天来。

那一次，他们的爱情有了进展。那是个周末，部队周末晚上总要在礼堂里放一场电影，在他们排队走进礼堂时，夏天来男兵的队伍已经落座了，夏天来坐在边上，他的身旁还有一个空座，因为那里偏，没有人愿意坐在那里。女兵们就你推我让的，这时，她朝那空座望去，他也正好朝这面望，她毫不犹豫地走了过去，在那个边座坐了下来。直到她坐下来，才发现这里真好，因为在最里边，也最隐蔽，没有人注意他们。

电影开演的时候，两人似乎都没有心思看电影，而是都在用心感受着对方。不知什么时候，他们的手碰了一下，又碰了一下，后来他就捉住了她的手。刚开始，她试图挣扎一下，后来就不动了。那是一种怎样的时刻呀，别人似乎都不存在了，影院里只剩下了他们两个人。

他们的眼睛看着银幕，可他们手在感受着、温存着、体会着，动作细微而又丰富。那是他们的内心世界。

直到电影散场了，两人才清醒过来。

回到宿舍后，熄灯号就吹响了，同宿舍的兵们在谈论着电影里的话，她没有参与，她甚至都不知道电影里发生了什么情节。她的手在脸上摸着，手上仍带着夏天来的体温。

她是多么幸福呀，这一夜，注定又是一个失眠的夜晚。

32

邱柳北的爱情在她的青春岁月中留下了如歌如梦的记忆。

那是一个夏天的午夜时分，邱柳北睡眼惺忪地去接岗，她做梦也没有想到的是，她上一班岗是夏天来，两人都吃惊地呆立在那里。正常的情况下，这班岗本来是另一个女兵接岗，晚上睡觉前，那个女兵突然肚子疼，向班长请了假，邱柳北便被调到了这班。她见到夏天来那一刻，立马精神了，眼睛在夜色的深处，幽幽地散着爱情的光泽。

夏天来立在那里，没有把枪给她，她也没有去接。

他吃惊地说：原来是你。

她立在那儿，呼吸急促，不知如何回答，她预感到有什么事情要发生了。在这样的一个夜晚，人的胆量和勇气比平时要大了许多。果然，枪在夏天来的手中倒了下去，接着夏天来一把把她抱在了怀里，在那一瞬，她等待这一抱似乎等了一万年了。她嘴里轻轻地发出了一声“哦”，便被夏天来温热潮湿的嘴堵上了。

这是他们各自的初吻，匆促、慌乱、气喘吁吁，半晌，又是半晌，他们僵硬地调整了姿势，这回又拥吻在一起，天昏地暗，地久天长。久久，她推开了他，气喘道：我上不来气。

他也大口地喘着，像一只被捕到岸上的鱼。两个人就张大了嘴，四目对视着，昏天黑地地那么喘息着。

他虽然反应过来，弯腰拾起枪，一把塞在她的怀里，可那枪“啪嗒”一声还是摔在了地上。他听到了枪响，突然止住了奔跑的脚步，立住，回过头来望她，他只看到了她的背影。她的背影仍在颤抖着，他大着胆子，又一次跑回来，再一次把她抱在了怀里，他们又热烈地吻了一回。

终于，她清醒了过来，推了他一把说：快走吧，一会儿指导员就来查岗了。

他说道：那我就走了。

这次，他重又弯下腰把枪捡了起来，递到了她的手上。她没再把枪扔掉，而是死死地把枪抓住，如同抓住了一把救命稻草。她站在哨位上，看着他的身影消失在宿舍方向。她站在哨位上，大脑却空白一片，她忘了时间，忘了地点，脑子里都是夏天来的身影。她伸出一只手，摸着自己的脸和唇，那里留下了夏天来的热吻。

指导员不知何时出现在了她的身边，她都没来得及问指导员的口令。

指导员用手电照了照她说：你怎么没问我口令？

她忙说：红旗。

指导员说："红旗"是昨天的口令，今天的口令是"星光"。指导员又用手电照了照她说：邱柳北，你是不是病了？

她上牙磕着下牙说：没、没病。

指导员：没病你抖什么？

这回她冷静了下来，镇静地回答：指导员，我真的没病。

指导员疑惑地看了看她，走了。

在那站岗的两个小时里，她第一次发现时间过得这么快，仿佛她刚站到哨位上，接岗的就来了。

从那以后，她和夏天来的胆子都大了起来，排练厅、宿舍、道具仓库，只要两个人有在一起的机会，便飞奔过去，死命地相抱在一起。她浑身发抖地说：天来，咱们要是被领导发现了怎么办？

夏天来说：大不了复员，到时你跟我回老家。

夏天来的老家在天津。

她说：我怕。

他说：怕什么，有我呢。

两人又一次热吻。

正当两人的爱情突飞猛进时，邱云飞出事了。邱云飞被开除党籍、军籍的决定被邮寄到邱柳北所在部队的政治部门，事情就大了。

那天，一个处长和一个干事来到了宣传队，他们先找指导员和队长谈。然后，指导员一脸乌云地来到了排练厅，那会儿，她正在和夏天来喜气洋洋地唱那首男女声二重唱，这首歌曲他们已经唱得声情并茂了。

邱柳北不知发生了什么，她跟着指导员来到了队部，结果，她什么都知道了。她做梦也没有想到，父亲会出这么大的事，开除党籍和军籍，这和反革命又有什么不同。

当时，她差点儿晕过去，最后还是手疾眼快的指导员把她扶住了。

接下来，各级领导便没完没了地找她谈话，谈话的内容无非是跟自己的父亲划清界限，揭发一些父亲的犯罪事实，接受考验之类的话题。

那时，指导员已经不让她正常训练和排练了，把她关在宿舍里写检查，还派了一个同宿舍的女兵陪着她。就是吃饭，也要让这个战士把饭打回来。也就是说，在她没有写好检查前，她的行为是要受到限制的。

她每天面对着纸笔，一想起父亲就哭，想止也止不住。她爱父亲，父亲也爱她。小的时候，父亲是她的榜样，知书达理，又会写诗，又有文化，甚至在她情窦初开时，她把自己未来择偶的标准定在了父亲这样的男人身上。

她在夏天来的身上就找到了父亲的影子，她越爱夏天来，越发现夏天来像自己的父亲。她面对着稿纸，几次拿起笔，就是一个字也写不下去，一想起父亲，她的眼泪就止不住地流。

指导员来看过她几次，看见她眼前一字没写的白纸，就语重心长地说：邱柳北，你可要想好，事关你的前途和命运。指导员还说：邱柳北，你德才兼备，以后是很有希望的……

不管指导员怎么说，她就是一个字也写不出来。这时她想到了夏天来，她一想到夏天来，浑身上下便多了分渴望和信念。她现在失去了行动上的自由，见不到他了，只能透过玻璃窗，望一眼夏天来集合站队的身影。有一次，她似乎看见夏天来抬起头来向她所在的宿舍窗口望了一眼，接着就低下头去，排着队走了。在这孤独的时候，她异常想念夏天来，她多么需要他的爱情给她带来勇气呀。

那天，她终于忍不住，问陪她的战友说：夏天来的二重唱又和谁搭组了？战友说：夏天来嗓子都哑了，他也唱不了了。那一刻，她的心疼了，她知道，夏天来一定是为她上火了。也就是在那一刻，她下定了给夏天来写封信的想法。于是，她就写了：

天来，你还爱我吗？要爱，我们就一起复员，我和你去天津。

短短几句话，她把这封信装在一个信封里，还封上了口，交给战友说：麻烦你给夏天来，最好别让别人看见。

邱柳北出了这事，是所有战友都没有想到的，他们都同情她。战友接过这封信，似乎明白了什么，又似乎什么都不明白，最后还是点点头。

中午打饭的时候，战友把信交给了夏天来。战友一回来，她马上就问：信给他了？

战友点点头。

她又问：他说什么了？

战友摇摇头。

接下来，她只剩下等待了。第二天，战友打完饭回来时，交给她一封信，信果然是夏天来写来的。夏天来一改往日的态度，口气很冷淡，脑子也清醒得很，他在信上说：

邱柳北战友，咱还是战友关系，我现在唯一能帮你的就是希望你和自己的父亲一刀两断，站稳自己的立场，重新做人。战友夏天来盼望你早日醒悟。

那一刻，她不相信这封信会是真的，会是夏天来写的。她哭了，晚饭都没吃，蒙着被子哭得呜呜的，比刚得知父亲的坏消息更伤心欲绝。

战友似乎意识到了什么，便劝她说：柳北，吃点饭吧，身体是革命的本钱。

那一次，她哭了一夜，想了一夜，什么都明白了。明白之后，她知道，家庭没有了，爱情也没有了，大难临头各自飞了。

第二天，她眼睛红肿着，坐在窗前，呆呆地望着窗外。她们的宿舍在二楼，窗外的树影和她的视线是平行的，于是，她就长时间地望着窗外发呆。树枝上落了只鸟，喳喳地叫着。

心如止水的邱柳北暗暗地下了决心，那天中午，在战友打饭的时候，她推开了窗子，爬上窗台，闭上眼睛，从那里跳了下去。

邱柳北跳楼事件，轰动了全军。

军长刘天山听说了这件事，一个电话打到组织处。

处长上前来汇报。

军长刘天山说：什么事嘛，搞成这个样子。

组织处处长就一五一十地把事情说了。当处长说到邱云飞的名字时，刘天山军长打断了处长的汇报，瞪大眼睛问：就是东辽军区的邱云飞？

处长说：是。

他又问：出事的是他女儿？

处长仍说：是。

刘天山一拍桌子道：带我去见这个女兵。

处长不知发生了什么，忐忑不安地把刘天山军长带到了军医院。

邱柳北并没有受大伤，只是小腿骨折了。跳楼后就被人送到了医院。

33

刘天山和王英在几个人的带领下，来到了医院。柳北不认识刘天山，更不认识王英。刘天山这时是军长，王英是军后勤处的处长，柳北是名刚入伍不久的战士，她对首长没有什么印象。她此时看了一眼刘天山，又看了一眼王英，知道这是两个首长，她现在连死都不怕了，自然也就不把什么首长不首长的放在眼里了，她横下一条心，闭上了眼睛，干脆采取不闻不看的状态。

刘天山就问：你父亲是邱云飞？

邱柳北把眼睛睁开一条缝，看了眼刘天山，点了点头。

王英又问：那你母亲叫柳秋莎？

邱柳北又把这条缝对准王英，点了点头。

什么也不用问了，什么也不用说了，刘天山冲跟随的人挥了挥手，众人便鱼贯着从病房里退了出去。

刘天山一下子就握住了邱柳北的手说：丫头，你咋不早说？我是你妈你爸的老战友。

邱柳北听了这话，睁大眼睛，她从来没听父母说过新疆还有他们的战友。她不知眼前一男一女二位首长来干什么，但从他们对待她的态度上，她知道他们是友好的、善良的。于是，她完全睁开了眼睛，定定地看着这一男一女二位首长。

王英也过来，捉住了她另一只手，女人毕竟要脆弱一些，王英流泪了，然后哽咽着声音说：孩子，让你受苦了。

只一句话，啥也不用说了，积蓄在邱柳北心中的委屈、不满和失落，在这一瞬间一下子爆发了。她再也控制不住，突然号啕大哭起来，哭得伤心透顶，悲恸欲绝。

躲在外面的处长、干事们，包括吴指导员等人，不知屋内发生了什么。他们重新回到屋子里，看到了眼前这一幕，他们仍不明白这一切到底为了什么，他们茫然、困惑地望着军长和邱柳北。

刘天山和王英也在抹眼泪，最后刘天山说：孩子，没事了，没事了。

刘天山当下指示组织处处长：这孩子的事到此结束了。

组织处处长一脸为难地说：可她父亲……

刘天山不高兴地说：她父亲是她父亲，她是她。我管不着她父亲，可我是她的军长，以后她有啥事，我负责。

军长这么说了，别人还能说什么呢。

组织处处长双脚并拢，得到指示后，向军长敬了个礼。

王英擦干眼泪，对仍在哭泣的邱柳北说：孩子，以后我们就是你的亲人了。

柳北听了这话，眼泪又哗哗地流了出来，这戏剧性的变化，让她措手不及，感情忽左忽右地在急速发生着变化。

刘天山和王英在延安结婚后，便随着刘邓大军开进了中原，参加过淮海战役，也打过海南岛，后来部队就开进了新疆，一直到现在他当上了军长。他们现在已经有了两个孩子，老大在云南当兵，老二刘中原就在军里的警卫排当排长。刘中原已经是二十多岁的大小伙子了。

刘天山和王英这种戏剧性的出场，彻底改变了邱柳北的命运。军长和王英走后，医院把最好的病房腾了出来，组织处的工作组撤掉了，现在只剩下吴指导员和演出队的战友们轮着班前来嘘寒问暖。吴指导员背着手，在邱柳北的病房里站着，然后说：你认识刘军长，怎么不早说？

邱柳北不想说话，此时，她心静如水，生活和爱情的磨难，让她彻底明白了。演出队的战友们相继来到她的病床前，一个战友还捎来了夏天来一封信，信上说：柳北，请原谅我做出的糊涂事，咱们以后还会是朋友吗？

这封信，只看了一眼便让她撕碎了。因为绝望她才跳的楼，因为夏天来让她绝望了。那时，她多么希望夏天来能和自己站在一起呀，兵她可以不当，跟着夏天来，哪怕去天涯海角她也不怕，只要跟他在一起。在她最需要他的时候，他投降了，变节了。

现在，邱柳北已经不为自己夭折的爱情悲伤了，这份爱情让她明白了什么是真正的爱情。

在她住院期间，王英又来医院看望过她，那时，她叫王英为首长。

王英就说：这孩子，一家人别说两家话，你就叫我阿姨吧。

王英给她带来了汤，很浓的排骨汤。王英说：孩子，把汤喝下去，你就好了。

她含着泪，把汤一口气喝完了。王英站在一旁，一直微笑着看着邱柳北，一边看一边说：你长得像你的爸爸。

直到这时，柳北才认真地问了一问：阿姨，你真的认识我爸我妈？

王英笑了，笑得拍手打掌的，然后说：不但认识，我和你妈在延安时住过一个窑洞，我出嫁时，你妈还给我当过伴娘呢。

当王英得知，为了邱云飞的事，柳秋莎也离开了部队，回老家生活时，她沉默了。她站在窗前平息了一下自己的感情，回过头来说：你妈做得对，要是我，也会这么做。

在医院的这些日子里，邱柳北已经重新审视了母亲和父亲这段感情，如果没有自己爱情的夭折，就是把她打死，她也不会明白这份大风大浪中的感情。那一刻，她学会了欣赏母亲。用欣赏的目光去看母亲时，以前所有的误解和不满，一下子就烟消云散了。此时此刻，她开始想念母亲。这是以前从来没有过的，于是她决定，给母亲写封信。

邱柳北的伤很快就好了，出院那天，刘天山的专车把邱柳北接到了家里。

那天，王英特意早回来一会儿，买了不少好吃的，很丰盛地做了一桌饭。刘天山下班回来时，特意喊回了在警卫排当排长的刘中原。然后刘天山就指着邱柳北说：以后柳北就是你妹妹了。

刘中原什么话也没说，红着脸给邱柳北敬了一个礼。

邱柳北就捂着嘴笑。

王英就用筷子指着儿子说：没出息的样，连话都不会说了。

刘中原愈发地红头涨脸，坐在桌前吃也不是，不吃也不是。

刘天山就说：要吃你就快吃，吃完你好归队。

刘中原得到了命令般地开始吃起来，刚开始只吃饭，不吃菜，几下米饭就下去了半碗，头上的汗都下来了。

邱柳北这回忍不住了，笑出了声，王英也笑了。后来王英把盘子里的菜拨了一些在儿子的碗里，说了声：你要别扭，就去屋里吃去。刘中原便逃命似的回到里屋吃去了。

刘中原一走，王英就说：我家的老二就这样。

刘天山说：那是没出息。

不一会儿，刘中原就出来了，把空碗往桌上一放，冲父母说：那我就走了。

然后又结结实实地给邱柳北敬了个礼，转身开门出去了。

刘中原一走，饭桌上就安静了。

那天，邱柳北说了很多的话，从父亲说到母亲，又从母亲说到柳南和柳东。说到家时，她第一次开始想家了，她不知道父母现在过得好不好，弟弟妹妹呢？她有些伤感。刘天山和王英看出来了，便说：柳北，以后这就是你的家了，啥时候想来，你就来。那天，邱柳北终于在这里找到了家的感觉，她一直在这里聊到很晚，然后刘天山又让自己的专车把她送回到了宣传队。

邱柳北又回到了宣传队，这次回来的心境和她跳楼离开时已经大相径庭了。离开时，她是想毁灭，此时，她是一身轻松。

有天晚上，她在操场上散步，看到了走过来的夏天来。在这之前，夏天来不论是在排练场，还是在食堂里，以及在队列里，一直用目光在寻找着她。她知道他在寻找着她，她已经认清他了，她知道自己不会和他有什么了。那时她的心如静水，什么都没有了。终于，他找到她单独一个人的机会，快步走过来。她装作没看见他，仍向前走着，他追过来说：柳北，你等等。

她站住了，用后背对着他。

他站在她后面，说：柳北，我错了。

她仍不说话。

他仍说：那时我真糊涂。

这回她转过了身，冷冷地看着他道：你不糊涂，你知道我为什么要跳楼吗？

他捂着脸，痛不欲生的样子，他说：柳北，都是我的错。

她冷笑一声：要是我现在还在写检查，你会说这样的话吗？

他不语了，放开手，就那么绝望地望着她。

她说：夏天来，我认识你了。

说完，她就跑了，跑到了宿舍，趴在被子上又大哭了一次，为了自己的成熟，也为了夭折的爱情。

年底的时候，夏天来复员了。

那天，他背着背包，一步三回头地走出了营门。她立在窗前，望着他的背影，轻声地说：夏天来，我恨你！

34

生活在靠山屯的柳秋莎和邱云飞，不知不觉间和邱柳北的通信多了起来。以前，柳北的信都是寄给父亲，信上的内容自然也是邱云飞传达。刚开始的时候，柳秋莎还能把信拿在手里，翻一翻看一看，后来，她渐渐发现，柳北的信，大部分内容是写给父亲一个人的，信上的内容大都是写一些花好月圆之类的话。那时她是一院之长，上班要操很多的心，下班之后，做饭，收拾屋子，还要操柳南和柳东的心，柳北的信，渐渐地就不看了。

有时在晚上吃饭的饭桌上，邱云飞说：柳北来信了。

她说：嗯。

邱云飞又说：柳北不想在宣传队干，想到部队去。

她又说：嗯，哪儿都一样。

在她的心里，现在部队已经不打仗了，在宣传队和基础部队没有什么区别，反正都是在吃闲饭。既然吃闲饭，在哪儿不是吃呢。渐渐地，邱云飞这种例行公事的汇报也没有了，那时，柳北信上的内容很空洞，一般都没什么实质性内容。对柳秋莎来说，她有那么多的心要操，做饭、洗衣的，忙活完，都是深夜了，躺在床上，还没等想起柳北的事，便睡着了，睁开眼睛，接着又是一天的忙碌。

只有到了年呀节呀什么的，饭桌上的饭菜丰盛一些了，也有了心情，这时的柳秋莎才长叹口气说：也不知柳北的节是怎么过的。

邱云飞正在思念女儿，听柳秋莎这么说，鼻子就有些酸，他没接她的话茬。也就是在这一瞬间，母亲有了思念，动了情。

自从回到靠山屯后，日子一下子就变了，她没有那么多心可操了，柳北、柳南在这之前都相继离开了家，身边只剩下了柳东。吃饭的时候，她面对着邱云飞和柳东，经常会愣神，饭桌上，应该有柳北和柳南的。小时候，她一把饭菜摆在桌子上，三个孩子就像小饿狼似的，从四面八方围过来，争着吃这个要那个，一会儿这个筷子掉地下了，那个又把饭碗摔了，她骂了这个，打了那个，哭声骂声此起彼伏。那时的生活是火热的，但同时也是忙碌的，忙碌长了，就麻木了。那时柳秋莎并没有觉得有什么，一切都习惯了，觉得生活本来如此，也应该如此。她那时还在抱怨，是邱云飞要孩子太多了，如果没有孩子，或者只有一两个孩子，那生活就会宁静许多，也会省心许多。

现在，她的心境却是另一番模样了。她走神的瞬间就会想起柳北和柳南，两个孩子是不是也在吃饭，她们还好吗?

农村的夜晚总是显得比较长，每天晚上吃完饭，三叔和三婶都要从自己的院里走过来，坐在院里的石头上或木墩上聊一会儿家常，这时，天已经黑了，三叔和邱云飞卷着旱烟，邱云飞入乡随俗，他已经学会抽卷烟了，两个火星明灭着。柳东躲在屋里在听收音机，或者看一些闲书。

柳东自从来到靠山屯就很孤独，他不习惯和村里的同学来往，也不和乡亲们来往，总是独来独往。放学回到家里，不是听收音机就是看书，要么有时站在院子里冲着面前的山影发呆，一呆就是好长时间。

夜晚的农村生活仿佛静止了，三叔和邱云飞的烟头在黑暗中明灭着，他们有一搭无一搭地谈着话。

三叔说：小北在时，就喜欢到小河里抓鱼去。

三婶补充道：吃饭了，喊她回来，她都不肯回。

柳秋莎又想到当时把柳北送到这里的情景，那时，柳北是多么不愿意离开父母啊，她和邱云飞都走出去好远了，还能听到柳北喊爸喊妈的声音。想到这，她的眼睛潮湿了。

三叔又说：小南来的时候还小，啥也不懂，在院子里满世界抓鸡屎吃。

三婶说：小南这孩子善良，有一次我上山拾柴，她跟着，看我背不动了，就说“奶奶我替你背吧”。

三婶说完就在黑暗中哏哏儿地笑。

那时，三叔和三婶都还年轻，他们有精力照看孩子。现在他们老了，腰都弯了，但他们还健康，不需要别人的照顾。三叔和三婶共生养了三个孩子，老大叫大贵，是男孩；老二是个女孩，叫大香；老三叫二权，是个男孩。三个孩子早就结婚单过了。柳秋莎从小就熟悉大贵、二权和大香。看到三叔和三婶，她不由得便想到自己的父母，如果父母活到现在，和三叔三婶的年龄也差不多。现在他们不在了，埋在后山的山梁上，还是当年三叔三婶一家帮着掩埋的。那便成了父母永久的墓地。解放以后，当地的民政部门在父母的坟前立了一块碑。碑上写着：抗联烈士柳大旺、张桂芝之墓。柳大旺和张桂芝就是她的父母。现在每年的清明节，都有中小学生在老师的组织下，到父母的坟前看一看，讲一讲当年的故事。

柳秋莎在刚回到靠山屯时，在一个夜晚曾偷偷到父母的坟前看过。那时她的心里很空。这么多年来，她一直在忙，忙得连父母都没有看过。那天夜晚，她跪在母亲的坟前。

她说：爹、娘，我是芍药，我回来了，以后就不走了。

她又说：爹、娘，我十三岁离开，就没看过你们，现在我不走了，就在你们的身边，啥时候想你们了，我就过来看一看。

她跪在地上给父母的坟磕了三个头。站起来的时候，风吹乱了她的头发，她望着眼前熟悉的山水时，才意识到，不管走多远，人是应该有个根的。她这半辈子从这到那，最后转了一圈还是回来了。她站在山上，泪水涌了出来，她望着山下，心想以后这里就是自己的家了。

她甚至想，等柳北和柳南从部队上复员回来，她要带着三个孩子，到父母坟前看一看，这里原来就是他们的家。他们以后还要在这里成家立业，过日子，过生活。

当她把自己的想法说给邱云飞听时，遭到了邱云飞的强烈反对。

他说：孩子应该过更好的生活，她们不能回来。

她说：咋的，这儿生活不好？这是我的老家，我父母就埋在这里。

他说：这是暂时的，咱们迟早有一天还会离开这里。

她说：你别做梦了，你的军籍都没有了，谁还要你。

他不说话了，坐在炕沿上，抱着头沉思。那些日子，邱云飞过得很苦。他的苦恼体现在与乡亲们的格格不入上。一群男女有说有笑，甚至开一些玩笑，邱云飞从来不开玩笑。在田间地头休息时，精力旺盛的村民总要唱上两句，当然是二人转，《王二姐思夫》《大西厢》什么的，乡下人没有那么多顾忌，自己喜欢的就是好的。你革你的，我唱我的。

这时的邱云飞从来不参与，他在看书，从城里来时，他带来了不少书，什么《青春之歌》《林海雪原》《反杜林论》等等。

有的乡人就说：柳家的女婿，别看洋书了，过来唱两口吧。

他就挥挥手，冲说话的人笑一笑，就又低下头看书去了。自从他来到这里，乡亲们一直称他为柳家女婿，在这里，他的名字邱云飞被柳家女婿取代了。

回到家里，邱云飞也在看书，有时柳秋莎都睡一觉了，睁开眼睛发现邱云飞趴在被窝里仍在看书。柳秋莎就说：别看了，明天还要上工呢。

他嗯嗯两声。柳秋莎睡去了，他仍在看，直到东方发白了，他才关灯躺在炕上。刚睡着一会儿，挂在树头柳树下的那口钟被队长敲响了，那是农民上工的号声，一家人便迷迷糊糊地起床了。

邱云飞不是看书就是写日记，他的日记一点也不枯燥，每天的日记都不一样，把一天来的所思所想写在日记里。有一次柳秋莎翻看了他的日记，读了两篇，脸便白了。她冲邱云飞急赤白脸地说：你还在写呀！

他说：怎么了？

她说：当初你不那么写，能有今天吗？

他说：这是为了明天我才写的。

她说：你不冤，这是在农村，要是在城里，就凭你写的这些，就该让你坐十年大牢。

他说：就是枪毙我，我也要说真心话。

她说：别忘了，我还是个党员，你在党员鼻子下干这些事，就不怕我揭发你？

他说：你要揭发早就揭了，也没有必要跟我来到这里受苦。

她不说话了，就那么呆呆地看着他，然后说：云飞，我求求你，把这些东西烧了吧，我怕迟早给你惹祸。

他平淡地说：我已经惹祸了，不再怕祸了。

她叹了口气，为了他的固执。当年，他吸引她的是他脑子里的文化，她爱听他讲课，也爱看他沉思时的样子。那是一个文化人的样子，就是这种样子，深深地吸引了她几十年。中间她也游移过，说过他是吃闲饭的，但她从来没有对他失望过。直到现在，她也坚信，他是对的。可白纸黑字，有些话不能那么说呀。她为他担忧，也为这个家担忧，更为两个在部队的孩子担忧。

那天晚上，两人躺在炕上，他严肃着神情说：秋莎，你信不信，这种样子持续不了多长时间了。

她去捂他的嘴。

他推开她的手说：你不让我说我也要说，这样的日子，迟早有一天会结束的。

她说：云飞，求你了，别说了。

他不说了，半晌又说了一句：不信咱俩打赌。

她说：我知道，自从你来到这里，从来没把这里当过家。

他摇了摇头，叹了口气，手抱着头，冲着天棚发呆。

邱柳北在最近的一封信中，提到了刘天山和王英，勾起了柳秋莎对延安的回忆。柳北在信里并没有提到自己的幸与不幸，她只是说刘天山军长和王英阿姨对自己很好，并向父母问好。

35

柳秋莎做梦也没有想到，女儿邱柳北就在刘天山那个军里，延安一别，他们也有几十年没见了。刚开始，他们还不断地听战友说起双方的一些情况。后来，他们就失去了联系，她只知道刘天山一家在新疆，没想到刘天山已经当军长了，就是王英也是后勤处长了。

想想自己的处境，只在靠山屯里做一个日出而作、日落而归的农民。是女儿柳北的来信勾起了她要去看望刘天山和王英，顺便看女儿的想法。柳秋莎这么多年，一旦决定下来的事，她从来不磨叽，定了，就要这么办。

那天她是在田地里一边劳动一边产生要去新疆一趟的想法，那一天，她的劳动显得有些心不在焉。

晚上回到家后，一家吃完饭，她就对邱云飞说了。那时邱云飞放下饭碗，拿过一本书正在灯下看。

她就说：我想去新疆。

邱云飞吃了一惊，目光离开书，望向她。

她说：我要去新疆，去看战友。

他的嘴唇抖了抖说：那地方远得很。

她说：当年咱们从东北一直打到海南岛远不远？

他见她这么说，便不说话了，合上书，望着窗外发呆。他知道，她对他说去新疆，并不是和他商量，这么多年，家里家外的事，都是柳秋莎做主，她认准的事就是十头牛也拉不回来。

想到这便又说：也好，顺便看看柳北。

她在他说这话前，已经翻箱倒柜地开始收拾东西了。其实也没什么收拾的，无非是出门前找几件衣服。她找出了过去穿过的军装，来到靠山屯后便压箱子底了，军装仍整整齐齐地叠在那里，压得棱是棱角是角的。久违了的军装出现在面前，勾起她对许多往事的回忆。从十三岁开始，她就一直穿军装，各种各样的。为了邱云飞，她把军装脱下去了。直到现在，她看见了那身草绿色的军装，心里怦怦地乱跳一气。她找了好几件衣服，最后还是觉得军装才能拿出手。她把那身军装穿在了身上，忍不住走到镜子前，以前缀钉领章的地方空了，那里留下了一个痕印。她在镜子里看着自己，左看右看总觉得少了些什么，最后才意识到，没有领章了。她抚摸着以前缀钉领章的地方，叹了一口气。接着她又在镜子里看见了自己鬓边的白发，风雨沧桑几十年，没想到，她已经老了。以往，她都没有时间去照镜子，即便照镜子，也从没有留意过自己，而是看看自己的军容风纪是否合格。现在她停在镜子前，一下子发现自己老了，心里便翻涌出一种别样情绪。

那天晚上，她躺在炕上，一点睡意也没有。她心情复杂地盼着天亮，因为天亮她就可以出发了。她在床上辗转着，后来她发现邱云飞也没睡着。她说：没想到，人老得这么快。

他说：都是我不好，连累了你和孩子们。

她翻了个身道：屁话，别说这些没用的，说点别的吧。

以前邱云飞也表达过无数次连累不连累的话，她觉得他说的话跟没说一样，事情都已经这样了，人还能重活一回咋的。既然都发生了，说这种话还有什么意思。

邱云飞就不说话了，望着黑夜，感受着柳秋莎。

她说：当年王英跟我住一个窑洞，她结婚时，我还给她当过伴娘呢。

他说：我知道，每次上课，她坐你后边，你一睡觉，她就伸手揪你的辫子。

回忆是多么好哇，年轻是多么好哇，当时并没觉得什么，现在回忆起延安操场上那些学习的日子，仿佛就在昨天，历历在目，那么清晰、感人。此时的柳秋莎恨不能有双翅膀，一下子飞到新疆。

第二天一早，柳秋莎就出发了，她坐汽车又坐火车，然后换车，再换车，终于赶到了新疆。当她出现在王英面前时，两人都怔住了，你看看我，我看看你，过了一会儿，又过了一会儿。

她们几乎同时叫一声对方的名字，接着就拥抱在了一起。二十多年后，两位在延安住一孔窑洞的战友，久别重逢了，那情景就不用细说了。

王英拉着柳秋莎径直回到了自己的家里，然后又一个电话打给正在上班的刘天山。王英还是以前的样子，粗门大嗓的，她就那么冲电话里说：天山，你猜咱家谁来了？

刘天山在电话里也粗声大气地说：是不是你二姑呀？

前几天王英的三姑刚来，说是二姑要来，所以刘天山第一个反应就是她二姑。

王英就说：你别瞎猜了，马上给我回来，回来你就知道了，要快！

说完挂上了电话。

不一会儿，先是听见外面有车响，又一会儿就听到了一个穿皮鞋的男人有力的上楼声音。然后门开了，刘天山满面红光地出现在了柳秋莎面前。柳秋莎站了起来，刘天山一眼就认出了她，大叫一声：我说是谁呢，小柳子，哈哈。

老战友相聚，还有啥说的，他们大呼小叫，拍胸打背地叫成了一团。

酒是要喝的，三杯酒下肚，刘天山的话就多了起来。

他说：小柳子，当年胡团长追你追得多苦，你说啥也不干，非得找那个白面书生邱教员，嘿呀，当年真是，哈哈哈——

他还说：前两天胡一百给我打电话，说他要到内蒙古看他们的儿子望岛。一眨眼，孩子们都长大了，你说这日子过得有多快。

王英也说：家里现在咋样？

王英这么一问，她能说什么呢，她和邱云飞现在只能做个农民了。她无言地放下端起的酒杯。

刘天山和王英意识到了什么，都不接着往下说了，只是热情地说：吃菜吃菜，这是新疆的羊肉，好吃吧？

她在这一瞬，想起了当年，如果当年自己嫁给胡一百，那现在的日子呢？

她抬起头看见刘天山和王英军装上光鲜的领章，又想到了自己，虽然她也是穿着军装来的，但是她现在只是一个保留军籍的人。想到这，她的心又怦怦地跳了几下，眼前的酒就喝不下去了。

刘天山干了一杯酒，然后不失时机地说：柳子，没啥，真的没啥。

王英也说：就是，没啥，我们早晚也得有你这一天，谁军装也不能穿一辈子。

话都说到这个份儿上了，没有什么可隐瞒的了，她突然流泪了，大滴大滴的泪水滴在酒杯里，叮咚有声。

刘天山就说：柳子，咱们老战友重逢，该高兴才是。来，干了这杯酒。

柳秋莎也把自己眼前的酒杯端起来了，她一口喝干了掺着泪水的酒。

此时，她羡慕刘天山和王英，他们活得简单，一点都不复杂，日子就过得有滋有味。想想邱云飞呢，整日里读书，书读多了，就把事情看得复杂了，人一复杂就痛苦。她真的羡慕刘天山这种简单生活了。

吃完饭，王英想起了邱柳北，一拍大腿道：光顾着咱们高兴了，还没见着你闺女呢。

当下，刘天山就打电话，让自己的司机去宣传队把邱柳北接来。

王英又一个电话叫回了自己的儿子刘中原。刘中原先回来的，他进门叫了一声阿姨，便坐在角落里。

显然王英很喜欢自己的儿子，她拉着儿子的手说：都当排长了，还怕生人呢。

母亲咯咯地笑，刘中原独自脸红着。

不一会儿，邱柳北来了，她进屋冲刘天山和王英叫了一声叔叔阿姨之后，才见到自己的母亲。她做梦也没想到母亲会来这里，短暂的惊愕之后，她叫了一声：妈——便扑在了母亲的怀里。

柳秋莎也没想到会以这样的方式和女儿见面。邱柳北在家里时，柳秋莎很忙，从来没有关心过女儿是怎么长大的，就是邱柳北没考上大学，来当兵，她也没觉得有什么。孩子大了本来就应该离开父母。一晃两年没有见到女儿了，女儿又长高了，也长大了。女儿又热热地叫一声

“妈”，这是女儿从前很少叫的。泪水再一次从柳秋莎眼里流了出来，弄得刘天山和王英也一阵唏嘘。

刘天山就搓着手说：柳北这孩子不容易呀，单位让她写检查，写和你们断绝关系，她就是没写。

直到这时，柳秋莎才知道，女儿受了这么大的磨难。她掀开女儿的小腿，抚摸着，一边摸一边问：闺女，还疼不？

柳北的眼泪也流了下来，她笑着冲母亲说：妈，早就不疼了。

母亲的心疼了，她怔怔地望着女儿，她发现，女儿真的长大了。那天晚上，她和女儿躺在招待所里的一张床上，两人说了一宿。女儿说自己刚当兵时的想法，又说到了自己的初恋，以及家庭的变故给自己带来的影响等等。母亲一边听，一边流泪。她心情复杂，想到女儿，又想到自己的处境。

那一次，她在新疆住了一个星期，跟女儿聊过了，又跟王英聊。后来她就住到王英家了，和王英住在一个床上，刘天山住到隔壁的屋里去了。

王英就说：闺女在我这儿你就放心吧，我们保准把她当自己的孩子看待。

柳秋莎放心，如果没有刘天山和王英，说不定这次就见不到女儿了。

王英又说：你看我儿子中原咋样？

柳秋莎不知道王英是何用意，便说：挺好的呀。

王英就说：没看出来吧，我儿子和你闺女是有点意思的。

女儿没有说这些，但她还是为女儿高兴。

王英就说：等到年底，柳北提干了，他们的事就让他们自己去办吧。

柳秋莎听女儿说她已经入党了，宣传队已经把她作为文艺骨干，将她的提干申请表报到军里去了。

柳秋莎这次新疆之行很有收获，看了战友又看了女儿，女儿即将提干，她不用为女儿操心了。重要的是，王英一家改变了她生活的观念。

36

柳秋莎从新疆回到靠山屯，似乎变了一个人。她回到家的第一件事，便是翻箱倒柜找出邱云飞所有的书，以及那几本已写满字的笔记本，她把这些书和笔记本堆在院子里，划火点着了，火焰很快吞噬了那些书和本。她嫌火烧得不旺，又找来煤油浇在上面，火顿时就大了、旺了，并且燃得有声有色起来。

从新疆到靠山屯，坐车换车的，需要一个星期的时间，在这一个星期里，她想明白了一件事，那就是，她现在之所以过得这个样子，都是邱云飞读书的结果。胡一百不读书，人家当上了军区的参谋长；刘大山也不读书，可人家的日子过得透明充实。其实，柳秋莎向往的就是这样的日子，可她一直没有过上这样的日子。以前，她曾对邱云飞有过不满，那是因为他没有仗可打，那样的日子，她焦灼、困惑。她看邱云飞，如同看一个在收获的季节里不会开镰的农民一样，望着丰收的庄稼，自己不知如何下手，那是怎样的一种心情呢？后来，随着战争的结束，他们一起进入了和平年代，每个人都没仗可打了。邱云飞不是功臣，自然做不了什么官，他只能做一个文化教官，脸色苍白着奔波于家和学院之间。那时柳秋莎没和人攀比，她不想当多大的官，只想忙自己的工作，只要有工作，她心里就踏实。那时，她是一院之长，每天早出晚归的，她都忽略了孩子和邱云飞。其实，那时的邱云飞已经开始愁苦了，按她的话说，净想一些不着调的事。

邱云飞满脑子的不着调，让他们一家吃尽了苦头。连累自己无所谓，因为她嫁给了邱云飞，她就是他的人了，嫁鸡随鸡，嫁狗随狗，她要跟他过一辈子，她无怨无悔。这次去新疆，柳北的经历，让她心痛了，无形中，孩子已经被他们牵连了。一想起柳北从楼上跳下来，她的心就发抖。别人的孩子可以无忧无虑地唱歌跳舞，唯独自己的孩子，连这样的权利都没有。如果没有刘天山的帮助，说不定柳北已经复员了。在火车上，她就下了决心，都是那些不着调的书害了邱云飞，害了他们全家。

她做这一切时，邱云飞还没有回来。书和笔记本在大火中终于灰飞烟灭了，她望着最后一点火星在她眼前消失，才长长地嘘了口气，此时她的心里，如同秋收后的土地，空荡一片。

邱云飞收工回来的时候，她甚至冲他笑了笑。邱云飞则是一脸疑惑，看了眼院子的灰烬，又看了一眼她的脸。

她像个没事人似的说：看啥，不认识了？

他意识到了什么，回到屋里翻箱倒柜地去找那些书。当然没有找到，他的脸白了，颤抖着声音问：书呢？

她仍没事人似的答：烧了。

他说：烧了？

她又说：烧了省心，那些不着调的东西，是帮咱们吃了还是帮咱们喝了？

邱云飞身子一软，便一屁股坐门槛上，抱着头，无限苍凉地望着院子中的灰烬。

她把饭菜摆在桌子上，坐了下来，喊：吃饭了。

出来的只有柳东。柳东已经放学回来了，母亲烧书的过程他全看在了眼里，他连问也没问，看了一眼，又看了一眼，就伏在桌前写作业了。

柳秋莎就赌气地冲柳东说：妈做的饭好吃不好吃？

柳东点点头。

柳秋莎就说：好吃就多吃点。

两人埋下头抢饭似的吃，那天他们的食欲竟出奇地好。两人吃完了，邱云飞还在门槛上坐着，还是那个姿势。

柳秋莎把碗筷都收拾完了，才冲邱云飞的后背说：有啥呀，又不是死了娘。

邱云飞就从牙缝里挤出一句：柳秋莎，你是秦始皇。

柳秋莎听清了，走过去站在邱云飞的身后，也一字一顿地说：我不是秦始皇，是武则天。

邱云飞似呻似唤地说：你这是焚书坑儒。

柳秋莎听了这话就哈哈大笑起来，她笑过了，一手扶门框，一手挥舞着说：我说老邱哇，以后咱就别说那些文绉绉的词了，整点明白的，有啥说啥。

柳东站在一旁，听着母亲的话，心里面充满了前所未有的快意，这份快意让他浑身颤抖个不停。他快乐有他的理由，他和母亲同样恨父亲那些书，不过出发点不太一样。从小到大，他见到最多的是父亲看书的身影。姐姐还在时，父亲不看书时，一定是跟柳北和柳南在一起说笑，他在一旁父亲就像没看到一样。那时，他不仅恨父亲的书，也恨两个姐姐。后来两个姐姐走了，父亲便一门心思钻到了书里，回家后便扎到书房里，不是看就是写的。就是吃饭了，他也要拿一本书放在桌子旁，吃上一口看上一气。父亲的目光从来不在他身上停留，那时他恨透了父亲的书。母亲焚烧父亲的书时，他在心里已经高声叫喊过无数次了。他喊的内容是：烧吧，烧吧，把火烧得越大越好。此时，他兴奋着，激动着。

他在城里上初中的时候，有一天，父亲在学院里没有回来，那时，柳南刚走没多久，睡觉的时候，他偷偷地溜进了母亲的房间。母亲以为儿子要和自己睡，很热情地把父亲的被子盖在了儿子的身上。

他凑到母亲的身旁，憋了半晌，鼓足勇气说了句：妈，我问你一件事，你要认真地回答我。

母亲不知他要问什么，但被他一脸严肃弄愣了，便拍拍他的肩说：啥事？你问吧。

他又说：你保证不骗我？

母亲说：我保证，快说吧。

他这才说：妈，你告诉我，我是不是我爸亲生的？

他这么说完，母亲一时没回过劲来，待她听清了，便哈哈大笑起来，笑得上气不接下气，一发不可收拾。半晌，母亲终于止住了笑，用手摸了一下儿子的头说：儿子，你没发烧吧？她这么说完，邱柳东深深地失望了。他叹了一口气，翻身从母亲的床上下来。母亲在他身后喊：今晚你就住这儿吧。

柳东头也不回地说：我烦他的味儿。

“他”自然指的是邱云飞。母亲那时很忙，儿子的表现，她没有往心里去。

自从来到靠山屯，邱云飞的情形依旧，一有时间，不是看书就是写字，连话都懒得和邱柳东说。他把自己受到的冷落，完全归结到父亲的书上。

母亲烧完了父亲的书，父亲和母亲有过如下一段对话，柳东印象深刻。

父亲说：你干吗烧了那些书？它们又没惹你。

母亲说：让你活得简单点，简单才能快乐。

父亲说：那样我会更痛苦。

母亲说：慢慢地你就不痛苦了。

父亲说：那样我活着还有什么意思？

母亲说：胡一百活着，刘天山也活着，活得都比你快乐。人家不读书，只打仗，因为人家简单。你呀，太复杂了。

父亲在门槛上坐着，坐到地老天荒的样子。

母亲睡下了，柳东也睡下了。不知什么时候，柳东被父亲弄醒了，柳东茫然不解地望着一脸泪水的父亲。

父亲冲他说：从今晚开始，你陪你妈睡去吧，我睡这屋。

柳东怔了一会儿，又怔了一会儿，突然抱起被子，飞速地奔到母亲屋里。他躺在母亲身旁，半晌，咚咚欢跳的心才平静下来。

母亲问：你爸在那屋干啥呢？

柳东答：谁知道他干啥呢。

接下来，两人都不说话了。

柳秋莎和邱云飞就这样开始分居了。邱云飞更加少言寡语，回到家便钻到自己的屋子里，直到柳秋莎叫他吃饭，他才从屋里走出来，胡乱吃上一口，然后又一头扎进自己的屋子里。有时，柳秋莎都睡醒一觉了，发现邱云飞那屋的灯仍然亮着，然后装作去外面上厕所的机会，在他门口大声地咳上几声，他在屋里一点反应也没有。她顺着门缝望去，看见他趴在炕上，在一堆草纸上写着什么东西，她又咳一声，走了。

第二天，柳秋莎见邱云飞一大早出去还没回来，便冲儿子说：小东，你到你爸那屋看看，他半夜三更写啥呢?

柳东说：我不去，愿意去你去。我烦他的味儿。

柳秋莎无奈地说：你看你这孩子。

没办法，她去了，翻箱倒柜地找，终于在一堆衣服下，发现了那堆草纸，这种草纸是当地农民卷烟的东西，发黄，但韧性很好。邱云飞用麻绳钉上了，做成了一个厚厚的本子。柳秋莎见上面密密麻麻地写满了字，她看了两页，也没看明白那上面到底写的是啥。这时，她听到邱云飞从外面走回来的脚步声，忙用衣服把那堆草纸盖上，没事人似的走了出去。

那天晚上，母亲和儿子躺在炕上，有如下的对话。

母亲说：小东，你爸这辈子就这么毁了。

儿子没说话。

母亲说：儿子呀，你大姐在新疆，你二姐自从当兵到现在，一点儿消息都没有，看来我只能指望你了。

儿子说：妈，以后咱俩过日子，等你老了，我养你。

母亲哭了，流了一脸的泪。

儿子用手去摸，摸到了一手的泪水。

在那天晚上，柳秋莎空前绝后地思念柳南，她不知道柳南过得好不好。

37

邱柳南和胡望岛兵当得干脆而又神秘，两人都不知道对方的去向。

胡望岛来到了内蒙古守备区，这也是胡一百和章梅两人精心策划的。胡一百从解放战争一直到抗美援朝，只用过一个警卫员，这个警卫员就是小温。抗美援朝之后，小温还跟随了胡一百两年多，在这两年多的时间里，他对胡望岛是有印象的。那时的胡望岛已经四五岁了，每次去幼儿园，都要小温接送。那时的望岛对小温别在腰上的匣子枪很感兴趣。战争刚刚结束，那时所有的领导和警卫员还有随身带枪的习惯。小温匣子枪把上飘着一块红绸子，样子很是威武。每天小温送他上幼儿园，他都要缠着小温，非要玩一会儿那把枪不可，不给他，他就大哭不止，或者以不去幼儿园相威胁。小温没有办法，从枪里退出子弹，把空枪递给望岛把玩。玩来玩去的，望岛胆子就大了，有一天，他对小温说：温叔，这枪今天归我了，我要带它去幼儿园。

小温说：老师会批评你的。

望岛说：我要用枪杀了小豆子。

小豆子是望岛的同学，昨天欺负了望岛。

小温说：那不行，我没枪了，首长该批我了。

望岛已经铁了心要用小温这把枪了，趁小温一时没注意，他拿着枪溜进了幼儿园。小温追到幼儿园连追三圈，也没能追上望岛。他心想，一把空枪，孩子要玩就玩吧。他这么想过了，就背着空枪盒子回来了。

结果那天就出事了。望岛有枪在手，胆子就大了，小豆子是大班的孩子，再有两个月就该上学了，没有枪的时候，望岛是很害怕这些大班的孩子的，这回他有了枪就谁也不怕了。不怕的结果是，他用这把匣子枪把小豆子的头给砸破了。

事情就闹大了，孩子哭老师叫的。胡一百那时是军区的副参谋长，他狠狠地把小温骂了一顿，差点儿就抽小温的耳光了。

小温很委屈地说：一个孩子，我想不会出啥事。

胡一百瞪着眼睛就说：枪是你的命，你咋能把枪给孩子玩呢？我要处分你，知道不?!

小温就低下脑袋没词了。

胡一百和小温的关系非同一般，两人出生入死的许多年了。警卫员是首长的半条命，如果没有小温，胡一百不知死过多少回了。胡一百虽然这么说，但他是下不了狠心处分小温的。

这事过后没多久，小温就离开了胡一百。小温离开胡一百是大势所趋，没仗可打了，首长身边不用带着这样的警卫员了。小温从十七八岁跟着胡一百，现在已经二十七八岁了，该给小温找条后路了。小温的老家就是内蒙古的，当胡一百征求小温的意见时，小温连想都没想就说：首长，你让我回老家吧。

结果小温就回到了内蒙古，在内蒙古守备区当了一名营长。现在的小温已经是守备师的师长了。

当年小温告别望岛时，把望岛抱在怀里，冲望岛说：叔叔要走了，明天就不能送你去幼儿园了。

望岛就说：我跟叔叔走。

小温说：叔叔去内蒙古。

说完就笑了，笑过就哭了。两年多了，每次他都接送望岛，有感情了，他真舍不得离开望岛。于是，小温抹把眼泪冲望岛说：望岛，等你长大了，来内蒙古找叔叔。

现在望岛真的来找当了师长的小温了。

这是胡一百和章梅为望岛精心安排的一条后路。胡一百觉得身边最近的人就是小温，这么多年了，两人都没断了来往。小温每有一次进步，都要写信或打电话告诉胡一百。胡一百就感到很高兴和骄傲，毕竟小温是自己的警卫员。

望岛一坐上新兵专列刚走，这边胡一百就给小温打了个电话，他在电话里说：小温啊，望岛那小兔崽子奔你去了。

小温在电话那头说：好哇，他来吧，首长你放心，我不会亏了望岛的。

胡一百又说：我不是那个意思，这东西不学好，你要替我好好教育他。

小温在电话那头就笑着说：孩子嘛。

胡一百又说：你别孩子孩子的，你要收拾他，收拾不好，我拿你是问。

小温就在电话里一本正经地说：是！

对于望岛的到来，小温还是显得很热情。新兵连的时候，小温就来看过望岛一次。他站在望岛面前，笑着冲望岛说：你还认识我吗？

十多年过去了，他没忘记小温叔叔，但小温的模样他早就忘记了。

他看了小温半晌，摇了摇头，又点了点头。

小温说：那你说我是谁？

他说：你是师长。

小温就哈哈大笑了起来，然后抹着脸说：你小子还是把我忘了。还记得当年我给你玩枪，你把幼儿园的孩子打破头的事吗？

这回望岛想了起来，他惊讶地说：小温叔叔。

两人这就算真正接上头了。

新兵连快结束的时候，小温把望岛接到了家里，好好地招待了一次。两人还不分大小地喝了一回酒。

小温就说：望岛啊，你咋又把你爸得罪了，这么小就送你当兵来？

望岛干了一杯，苦着脸就说：温叔叔别提了，在家里他和我妈啥也不让我干，我都快憋病了。

小温就说：咱们这里草原大得很，你想干啥吧，你说。

望岛的眼睛就亮了，他盯着小温说：温叔叔，我要当骑兵。

那时草原上还有骑兵团。

小温就说：你就不想干点别的？

望岛说：我就想当骑兵，这么大草原想咋跑就咋跑。

小温的意思是想把望岛留在身边，在机关工作，以后还有个照应什么的。望岛非得当骑兵，他就不好说什么了。送走望岛，他还是给胡一百打了个电话，把望岛的情况汇报了一下。

胡一百就说：他愿意干啥就干啥吧，当骑兵也不是啥坏事，等打起仗来，能冲在最前面。

就这样，望岛当了一名骑兵。

新兵连结束之后，他就开始想办法和柳南联系了。可以说，胡一百和柳秋莎把孩子们送到部队，想借此让两人失去联系，不再往来，事后看，他们的做法，完全是个败笔。

他们暂时分开，并没有因此而中断联系，反而使爱情的烈火在两人心中熊熊地燃烧起来。他们分头给家里的同学写了信，让他们打听对方的地址，就这样，他们轻而易举地打听到了对方的地址。他们几乎同时接到了对方的来信。他在信中知道她在吉林省军区话务连当上了一名话务兵，她知道他在内蒙古当上了一名骑兵。从此两人通信不断，在信中，他们相互倾诉他们的爱情和思念。

有一天，他训练完回到连里，通信员就叫他说：有你的电话。

他没想到会是她打来的，他以为又是母亲或者是温师长打来的，在这之前，他们都给他打过电话。他一接电话，发现是柳南，激动得话都不会说了。他只一个劲儿地说：柳南是你，真的是你？

柳南就在电话里说：我现在已经培训结束了，开始值班了。

望岛这才知道，柳南这回打电话方便了，她在吉林省军区总机值班，电话想打到哪里就打到哪里。而且，内蒙古和吉林又不远，一个电话就打过来了。

从那以后，两人经常打电话，当然，电话都是柳南打过来的，因为她打电话很方便。两人在电话里就相互倾吐思念什么的。有时，她在那边接挂电话，就对他说：你稍等。等她处理完了电话，才又和他讲。

她说：望岛，我想你。

他说：柳南，我也想你。

两人说完这话，就静默了下来，似乎找不到话题了。半晌，又是半晌，她说：咱们要是在一起该多好哇。

他说：那是。

她又说：稍等。

他知道，她又处理别的电话去了。当两人又接上话时，情绪受到了影响。他接电话的环境也不好，这部电话放在连部的走廊里，和连部的电话串着线，他一接电话，别人就无法使用电话。连部的通信员是个老兵，每次他接电话时，通信员都用很怪异的目光望他，还阴阳怪气地吹口哨。

有时连长或指导员要打电话，电话他占着线，通信员就冲他说：胡望岛，你咋这么磨叽呢，快说。

望岛只好冲电话里的柳南说：今天就说到这吧。

说完便挂上了电话。

这种远水解不了近渴的爱情让望岛大伤脑筋，有时，他恨不能顺着电话线，钻到柳南那里去，哪怕看她一眼，他也心满意足了。

后来，他给她寄去了一张骑马的照片，她也给他寄来了一张照片。两个人都穿着军装照的照片，两人对对方的样子既新鲜又陌生。

晚上，想对方想得无法入眠，便拿出对方的照片，躲在被窝里，打着手电看个没完。这样的日子又过了一阵子，他突然冒出来一个想法，那就是把柳南调到内蒙古来，那样的话，两人就会天天在一起了。他为自己的想法激动着。要想调柳南，不是他能办到的，他想到了温叔叔。

38

温师长并不知道望岛当兵前的故事，当望岛找到他要求他把柳南调到内蒙古时，他笑着冲望岛说：你调的这个兵，是男的还是女的呀？

望岛脸就红了，他难为情地抓着头皮说：反正是我的朋友。

温师长似乎什么都明白了，然后一针见血地说：是女朋友吧？

望岛就不说话了。

温师长这点忙是肯帮的，老首长的孩子在自己的手下当兵，不就是想让自己的女朋友调来嘛，这有什么难的，调来就是了。于是跟军务科交代，给吉林省军区发了一封商调函，自己又亲自打电话过问此事，没多久，柳南就调到了内蒙古，在师里的话务班当话务员。

柳南调来那一天，温师长还在家里摆了一桌酒宴欢迎柳南的到来。望岛骑着一匹高头大马来到师里，走进了师长家，那匹高头大马就拴在家属院外头，和温师长的吉普车并肩站立在一起。

温师长席间得知柳南就是柳秋莎的女儿时，他又一次震惊了，激动了。在老部队，资格老一些的人，没人不知道柳秋莎。不说别的，就说那次剿匪，她孤身一人，硬是把那些土匪带下了山。在这之前，要知道，胡师长曾带着一个师围攻了土匪四十多天也没有拿下土匪的老巢。军史里已经郑重写下了柳秋莎这一笔。温师长见过柳秋莎，那时他就是胡一百的警卫员了。提到柳秋莎，直到现在他还赞不绝口。

温师长就举着酒杯冲柳南说：为你妈妈，咱们军的女英雄，干杯。

干杯就干杯，三个杯子碰在一起，叮当有声。

胡一百和柳秋莎精心构筑的工事，在温师长的温情关照下，就这么土崩瓦解了。

温师长的家，从此以后，便成了两人频繁不断的约会场所。

柳南在师机关里当话务员，望岛在骑兵团当着骑兵，骑兵团所在地距师部还有几十公里，其间还要穿过一片草原，另外还要穿越大半个城市。每到周末的时候，望岛都要骑着马来到师部里和柳南见上一面，心情是可想而知的。望岛不停地催马扬鞭，马跑得已经很快了，但他还是嫌马太慢，直到看到了城市，马的速度才慢下来，一直跑到师部大门口，望岛才带了带马绳。刚开始，师部门口的警卫把望岛当成了来送信的通信员，每次都向他很庄重地敬礼。后来发现，这小子把马弄得通身是汗，完全是为了会女朋友——那个话务班的漂亮女兵时，警卫对他就不怎么礼貌了。他一骑马过来，就示意他下马。望岛是不可能下马的，他斜眼望着警卫，等警卫伸手示意，他的双腿一磕马肚子，马便一个箭步冲了过去。留下警卫一人干号：你下马，听到没有，下马！望岛早就打马过去了。

柳南可以说是师里最漂亮的女兵，在守备师女兵本来就不多，况且柳南又这么漂亮，便成了守备师的师花，走到哪里，都会引来一群人新奇的目光。当望岛出现，还有那匹马，两个人一匹马走到一起时，简直成了师部大院里一条亮丽的风景。他们走到哪里，都会引来一大片目光，以及一阵议论之声。

有人问：这女兵是哪儿的呀？

有人答：话务班的呀。

有人问：那男的呢？

有人答：骑兵团的，没看见骑着马吗？

有人问：咋这么牛呀？

有人答：听说是师长的关系。

有人感叹：我说嘛。

……

两人并肩走着，身后是那匹通身是汗的战马，两人走得快，那匹马就快些，人慢一些，马便徐一点。总之，人和马保持着一定的距离。两人每到一处，都会听到身后这样的议论，两人就一脸骄傲的样子。

有一次，他们迎面碰上了温师长。温师长走过来，看到两个人时，也惊呆了一阵子，望岛就过去冲师长敬礼。

温师长就说：去家里，去家里。

温师长张开双臂把两人迎到家里，鸡鸭鱼肉外加酒地就张罗了一番。喝酒前，望岛就说：温叔叔，酒就不喝了吧。

温师长就瞪着眼睛说：我十四岁当兵那年就能喝酒了，今年你十几了？

望岛就答：十八了。

温师长就睁大吃惊的眼睛，望一眼柳南又望一眼望岛，小声地说：你们才十八？

望岛问：咋的了？

温师长就说：你爸啥时候结婚的你知道吗？你爸结婚都三十多了。

望岛说：他是他，我是我。

这个话题温师长就不说了，一边倒酒一边说：你都当兵了，就是大人了，大人是可以喝点酒的。

送走望岛和柳南，温师长和自己的爱人有如下的对话。

温师长说：这两个孩子倒挺般配，天生的一对。

爱人说：可他们还是孩子。

温师长就摇摇头。

爱人又说：你说胡参谋长知道吗？

温师长这才意识到问题的严重性，一拍大腿说：我说老首长怎么关照我，让我好好收拾这小子呢。

爱人说：你收拾了吗？不仅没有收拾，还给他们提供机会。

温师长这才醒过神来，他倒吸了一口冷气。

爱人就和温师长商量：要不把这事告诉胡参谋长吧？

温师长就背着手在屋子里驴似的转圈，转了一圈又一圈之后，挥挥手说：不中，我这是失职，要是说了，首长还不把我骂死。

爱人也紧张了：那咋整？

温师长说：就这样吧，孩子不都挺好的吗，谈对象是小了点，可也没干啥出格的事呀。恋爱这东西，早晚不得谈？现在谈，就当实习了。

爱人把话拉回来道：可也是。

温师长一挥手，一锤定音地道：那就这么的了。

温师长以后就采取了睁只眼闭只眼的策略。隔三岔五地，他仍打电话向胡一百汇报。他在电话里打着哈哈说：老首长，最近身体可好，啥时候下来看看？又说：你是问望岛哇，他挺好的，小子现在当骑兵呢，把战马骑得飞快，出息了这小子。

胡一百就在电话里说：好，好，当骑兵好，我年轻时候也喜欢马，这小子像我，哈哈哈——又扯了一些没用的，电话就挂了。

温师长就笑着冲爱人说：咋样，首长挺高兴的。

爱人说：那是他不知道，要是知道了还不撤了你的职。

温师长就敲着自己的膝盖说：不会的，怎么会呢。

柳南和望岛是在那种情况下当的兵，他们到部队后，想法也出奇地一致，那就是，两人都没给家里写信，他们是记着被暴打的日子，也就是说，直到现在，他们还没原谅自己的父母。父母差点儿扼杀了他们的爱情，就凭这个，他们也不会原谅自己的父母。两人调到一起之后，为了保密，也商定跟外界要断绝一切往来。也就是说，两人过起了与世隔绝的生活。

渐渐地，两人对这种约会不满了起来。他们不管走到哪里，都有议论和指点。那一次，望岛就说：等星期天，咱们骑马去草原。

柳南来到内蒙古后，还从来没有去过真正的草原呢。她对草原早就心驰神往了。

星期天终于到了，望岛又骑着马风驰电掣地往师部赶。在这之前，柳南早就等在师部门口了，望岛骑马一出现，她就奔过去。望岛没有下马，而是一用力把柳南提到了马上，然后两人共骑一匹马，打马扬鞭向草原深处跑去。

此时，草原正是草长莺飞，鲜花盛开，有成群的蝴蝶在花丛中飞来飞去。两人走在这种景色之中，心情自然是无比的愉快。

他说：这里就是我们两个人。

她说：就两个人。

他说：草原多好哇。

她放眼望去道：草原真大。

最后两人就躺在大草原上，头顶是耀眼的太阳，晃得两人都眯起了眼睛。于是，他们在草原深处拥吻在了一起。

两个人除了每周见面之外，其他时间也没闲着，他们改成了打电话。他们都在一个师里工作了，打电话就很方便了。望岛每次给柳南打电话，都选择在晚饭后，因为这段时间里，连里总要举行篮球比赛，连长带一伙人，指导员带一伙人，吵吵嚷嚷地打球比赛。连部里只剩下通信员一人，这时望岛就一摇一晃地走过来，冲通信员说：你去看打球吧，我替你值班。通信员便撒丫子跑去了，他巴不得这样呢。然后，望岛就在电话里和柳南天高云淡地谈情说爱。有时柳南值班，有时不值班，她值班的时候，经常就会说稍等，他知道，那是她又去处理电话了。他们的聊天就是断断续续的。她不值班的时候，他们的谈话进行得很顺利，他们不时地在电话里笑。每一句话，他们都感到意味无穷。直到一场篮球比赛完了，他才恋恋不舍地放下电话。正当他们的爱情顺风顺水的时候，一件料想不到的事情发生了。

39

按理说，柳南和胡望岛这么明目张胆地恋爱，是和部队的纪律有矛盾有冲突的，但有温师长做他们的后盾，就什么都没有了。

温师长一边袒护着望岛和柳南，一边在和胡一百打着埋伏，每次他打电话给胡一百汇报望岛的情况时，都说形势大好，而且好得很。胡一百就在电话那头颇为满意地说：好哇，好，看来这小子让你给收拾出个人样来了。

温师长就在那天不失时机地说：首长，啥时候下部队来看看，小温想你呀。

胡一百就说：好嘛，好。

温师长每次都在电话里诉说对老首长的想念，击中了胡一百的软肋，他做梦都想下部队看一看，看那些嗷嗷叫的战士，也看一看小温，他的生死搭档，当然，他也会看一眼望岛，看一看这小子到底出息成啥样了。可他现在也身不由己，机关里的会很多，学完这种最高指示，又学那种重要文件，总之没有轻松的时候。一学习，胡一百就头疼，而且是真疼，针扎了一样。他经常把自己比喻成离开土地和雨露的庄稼，他冲章梅说：这么折腾下去，我老胡迟早要死掉的。

胡一百终于在百忙中抽出了时间，带着秘书，驱车来到了内蒙古的守备师。他几乎没有在师部停留，便带着温师长等人来到了骑兵团。此时的草原，正是天高地阔、草长花开的季节。

温师长命令骑兵团为首长表演了一番，什么以连为单位冲锋呀，还有一些骑马“叨羊”等功夫。当一队骑兵策马从胡一百面前烟尘滚滚地冲过去的时候，他在队列里看到了望岛举着马刀奔驰的身影。胡一百就激动了，他一激动就开始撸胳膊挽袖子的，还没等望岛在他面前站稳，他就冲过去，把望岛从马的背上拽下来，然后说：你小子弄的那是啥呀，花拳绣腿，看老子的。

说完飞身上马，熟练地一磕马镫，那匹训练有素的马，像箭一样地冲了出去。马快风疾，他又从腰上掏出了枪，这时，天空还有两只鸟飞过，他举手便射，枪响鸟落，赢得了观看人群的一片掌声。

胡一百纵马奔跑了一阵子，直跑得满头大汗了，才收缰回来。

温师长就迎过去，真诚地大呼小叫着：哎呀，首长，你还是当年的样子。

胡一百把马缰绳扔给望岛，冲众人说：你们是骑兵，可不能花拳绣腿，要来点真的，来点实的。

胡一百此次守备师之行，骑了马打了枪，又看了儿子望岛，不管怎么说，穿上军装的儿子也人五人六的，比在家时强多了，总之，胡一百的心情是愉快的。

温师长见老首长高兴，便不失时机地说：首长，咱回师部整两盅去？

胡一百高兴，一挥手就说：回师里去。

于是一行人开着车就走了。

望岛见到父亲是紧张的。他以为父亲发现了什么，结果父亲看了他骑马舞刀的，什么也没说，高高兴兴地走了，他这才长长地嘘了口气，用袖子擦掉了头上的冷汗。

在师部的招待食堂里，温师长和胡一百就都整高了，两人说到了当年又说到了现在，都很动情。

胡一百说：小温啊，从前打仗的日子多好，啥也不想，往前冲就是了。

温师长就说：可不是咋的。

胡一百还说：现在整天学习，我头疼。

说完就指着自己的头，头痛欲裂的样子。

温师长就碰了一杯，自己先把那杯酒干了，然后说：首长，以后心不顺就下部队来看看，咱骑马，咱打枪。

胡一百喝了口酒，叹口气说：温啊，我现在是身不由己呀，我真想下来跟你一样当个师长，那我这棵老庄稼就找到土地了。

两人说着聊着，渐渐就都有了酒兴。喝了一阵，胡一百突然看看表说：该走了，明天早晨还得赶回军区去呢。

胡一百说走就走，谁也留不住。正当温师长送胡一百往外走的时候，迎面过来一队话务班的女兵，柳南正在队前，她们还唱着歌。胡一百就顺着歌声望去，结果他就看见了柳南，柳南也看见了他，想把头扭过去，已经来不及了。他就“咦”了一声，又“咦”了一声。温师长意识到要坏事了，忙打着哈哈说：首长，这女兵是话务班的。

胡一百就认真地望一眼温师长，吸了吸鼻子道：小温，你跟我打埋伏。

温师长装着糊涂说：没有哇。

胡一百就晃晃脑袋说：那柳南怎么在你的师里？

温师长怕啥来啥，他没想到，柳南会在这里和胡一百不期而遇。

胡一百就沉下脸道：小温，你要把这件事跟我说清楚，她怎么从吉林来到这里的？

温师长支支吾吾的，自然说不清，这时司机把车开到了胡一百的身边。秘书下车把车门打开，胡一百上车了，最后还是摇下车窗冲温师长说：我等你的电话。

说完车就走了。

温师长冲车的背影叫了一声：首长，你走好。然后就冲着车的方向敬了一个军礼，久久没有把手从头顶上拿下来。

胡一百回到家里后，抽空就把在内蒙古看到柳南的事跟章梅说了。

章梅一听也吃惊不小，她大睁着眼，喃喃地说：这么说，咱们的心思白费了？

胡一百生气地说：都是小温干的好事，看以后我怎么收拾他。

章梅没了主张，在屋里团团乱转，嘴里唠叨着：这可怎么好，这可怎么好？老胡你倒是拿主意呀。

胡一百又说：望岛那小子我见了，混得人模狗样的，比在家那会儿强多了，还是部队这所大学校好。

章梅又问：那他们的事就这么算了？

胡一百拍着头说：让我想想。

胡一百还没想出好招，邱云飞那边就出事了，很快柳秋莎和邱云飞就去了靠山屯。这一切柳南都不知道。胡一百再想把柳南和望岛两人拆开，就说什么也下不了这样的决心了，他背着手在屋里转来转去的。

章梅就说：咋办，咋办？

胡一百就停住了，哽咽着声音说：柳南这孩子，父母都不在部队了，以后就没人管她了，怪可怜的。

章梅也沉吟起来，她也是有儿女的人，一想到柳南的处境，心也软了。她眼巴巴地望着胡一百，似呻似吟地说：那你说咋办？

胡一百就说：柳南以后就是咱们的孩子，不能让她有啥委屈。

章梅点着头，毕竟是女人，为此还流下了眼泪。

胡一百拿起电话就接通了小温的电话，他在电话里冲小温命令地说：小温你听着，柳南她父母那啥了，嗯，以后柳南在你那里要是有啥差错，我拿你是问！

胡一百这一百八十度的大转弯把小温给弄糊涂了。胡一百前几天的电话中，还斩钉截铁地冲他说，让他限期把柳南和望岛分开，否则撤了他的师长职务，今天又咋的了？

于是，他在电话那头问：不把他们分开了？

胡一百觉得话说得比什么都明白了，不想和这种糊涂人磨叽了，说完便把电话挂上了。

温师长手握着话筒，琢磨半天才明白过来，然后放下电话，冲身后的爱人说：记住，咱们以后要待柳南比亲闺女还要亲。

爱人就不解地问：又咋的了？

温师长就挥了挥手说：就这么定了。

爱人就点点头。

爱人是温师长老家的，温师长当了团长之后才随军到这里，现在在军人服务社上班。她对温师长的话言听计从，说啥是啥。接到了温师长的命令，马上就开始包饺子。包完饺子又颠颠儿地去话务班把柳南找了过来。

柳南看了一眼桌上的饺子，就什么都明白了。前几天，她与胡一百不期而遇，就知道纸包不住火，要出事了。她已经和望岛商量好了，他们怕是又要分开了。所以，她现在什么也不怕了。

她望一眼饺子，又望一眼温师长道：师长，这是送行的饺子吧？

在她的想象里，吃完饺子，师长就要把她送走了，送回吉林的部队或者别的什么地方。出乎她的意料，温师长异常平静地冲她说：吃吧，这是阿姨为你包的饺子。孩子，你以后就把我这里当成你自己的家，有什么困难你尽管说。

柳南坐下来，开始犹犹豫豫地吃饺子。

温师长就坐在柳南的对面，不停地劝慰道：柳南，多吃点，以后想吃啥跟你阿姨说。

柳南见没有把她调走的意思，便又问：师长，你是不是想把望岛调走？

温师长说：走啥？你们谁也不能走，都在我这儿，只要我还当这个师长，你们就不会受啥委屈。

温师长这么回答，大大出乎柳南的意料，这回，她开始放心大胆地吃饺子了，一口一个，香甜无比的样子。

柳南就说：阿姨，你包的饺子比我妈还香。

阿姨就说：香你就多吃点。

温师长有些动情了：柳南，你妈是咱们部队的老革命了，是为咱部队立了大功的。

柳南说：师长，你别说她了。

温师长隐忍着就说不下去了。

40

生活在靠山屯的父母也时时刻刻惦记着柳南。

自从柳南走后，没给家里来过一封信，这让柳秋莎深深地失望了，她当着邱云飞的面，没提过孩子一次，但她的心里无时无刻不在记挂着柳北和柳南。她是个女人，更知道一个女人生活在这个世界上的艰辛。她想生男孩，因为男人就可以不走她的路了，她一直认为，在这个世界上，男人才是做大事情的。柳秋莎多么希望自己的两个姑娘能有出息呀。柳北当兵了，走了也就走了，那时，柳秋莎还没有学会为孩子的前途着想，大学没有考上，当兵对孩子来说，也许是一条出路。

那时，她真希望柳南能争口气，活出个人样来。可没想到的是，柳南比柳北还不争气，小小的年纪，中学没毕业就知道谈情说爱了。谈情说爱的结果就是结婚，生孩子。生了孩子的女人，还能干什么？这一点，对柳秋莎来说可谓教训深刻。她自己为了生孩子，错过了一次又一次打仗的机会，男人们热火朝天地在前线浴血奋战，女人在后方吃闲饭、生孩子，她想起这些就脸红。

她希望自己的孩子能把她没有完成的事业继承下去，可没想到的是，柳南小小的年纪不学好，学会了谈恋爱。她打了女儿，最后别无选择地把柳南送到了部队。这孩子也是，一去不回头，连个音信也没有。

刚开始，柳秋莎并没把柳南的事情当回事，就像没把柳北去当兵当回事一样。可自从来到靠山屯，日子一下子别样起来，她开始抓心挠肝地想念两个女儿了。柳北她见到了，对柳北现在的处境她满意也不满意。满意的是，柳北终于有了一个归宿。刘天山夫妇把柳北当成了自己的孩子，她有了落脚之处。不满意的是，她并不喜欢刘天山和王英那个儿子刘中原，她从刘中原的身上看了邱云飞当年的影子。说好听一些，刘中原生性文气，甚至还有些软弱。她一直弄不明白，性情都跟钢一样的刘天山和王英为什么生出了软了吧唧的刘中原。

中原那个孩子她只见了一面，这一面给她的感觉很不好。她知道，刘天山和王英很喜欢柳北，他们希望柳北能做他们的儿媳妇。她不知这是一件好事还是坏事。

操心女儿的婚姻大事，她又想到了自己年轻那会儿，她也说不清自己为什么要喜欢文质彬彬的邱云飞。也许那会儿她见到的男人都像胡一百那样，熟悉了，就不新鲜了，突然又有了另外一种形象的男人，于是，她就一往无前地爱下去。如果没有当年胡一百的死缠烂打，她也许不会那么快和邱云飞相爱甚至结婚。因为胡一百，她没有别的退路，只能走那条路了。有时想到这儿，她都会把自己惊出一身冷汗。直到现在，她才意识到，其实婚姻也是一种命运。嫁给邱云飞是这种命运，如果她当初嫁给胡一百呢？她真的不敢想下去。

柳南的无音无信让柳秋莎坐卧不安。从柳北的处境，她又想到了柳南，自己和邱云飞的处境一定影响了柳南，孩子现在生活得还好吗？

她无法知道女儿柳南的处境，便给章梅写了封信，希望通过望岛知道自己女儿一星半点的消息。章梅很快就回信了，她也是刚知道柳南的消息，那时，胡一百刚从守备师回来。章梅跟她通报了柳南的消息。这让她吃惊又有些欣慰，吃惊的是，柳南又和望岛在一起了；欣慰的是，女儿柳南找到了庇护所，她可以很好地生存了。

两个女儿相继有了消息，柳秋莎长出了一口气。女儿是否来信，认不认这个妈已经不重要了，重要的是，孩子们现在安全地生活着。于是，她把关注的重点放在了柳东的身上。

柳东现在已经高中毕业了，那时，早就不能考大学了，在靠山屯自然也无法就业，柳东便整天无所事事。柳东生性孤僻，在靠山屯生活这么长时间了，仍不能和靠山屯的人融在一起，没事便躲在屋子里看书。

柳东一看书，柳秋莎就着急。家里已经有邱云飞一个看书的了，现在又多了一个柳东。柳东上学那会儿，看书写字的，她觉得这很正常，学生总是要写作业的。现在柳东都毕业了，闲在家里，便整天躲屋里看书，柳秋莎就看在眼里急在心上。

有一天，柳秋莎推开柳东的房门走了进来，冲柳东说：儿子，咱别看书了，别像你爸一样，除了看书，别的干啥也不行。

柳东说：妈，你不让我看书，我还能干什么？

她说：咱们下地，挣工分呀。

柳东说：我不当农民。

她说：儿子，那你想当啥？

柳东就说：我想下乡。

柳秋莎就吃惊地望着儿子，怀疑儿子发烧了，但手摸儿子的头，发现儿子的头并不热，然后才说：你现在不就下乡了吗，还要下哪门子乡呀？

柳东就说：我要过知青点那样的生活。

靠山屯有个知青点，那里住了十几个青年男女，整日里嘻嘻哈哈的，出工也是三天打鱼两天晒网的。晚上没事，就干一些偷鸡摸狗的营生，弄得满村子鸡犬不宁的。靠山屯的人，对知青点这些知青没有什么好印象。

柳秋莎就沉下脸，冲儿子说：柳东，你咋不学好呢？

柳东就说：我孤独，我压抑。

柳秋莎第一次听柳东嘴里说出这些新名词，她感到震惊。她望着儿子，柳东生得白白净净的，目光中还带着一丝忧郁，这就是她喜欢的儿子。如果她不回靠山屯，还生活在军队大院里，也许柳东不是当兵，就是就业了，那时的柳东会是个什么样子呢？她不敢想，她没法想。现在儿子闲在家里，她觉得是自己和邱云飞连累了孩子。那天，她怀着挺沉重的心情离开了儿子的房间。

从那以后，柳东一到晚上便不着家了，他去了知青点。那十几个知识青年都是从城里来的，读了一些书，也开阔了一些眼界。晚上的时候，他们就聚在知青的院子里，吹口琴，也拉手风琴，这些东西都是他们从城里带来的。男知青、女知青便伴着口琴或手风琴压低声音唱《三套车》《红河谷》，也唱《莫斯科郊外的晚上》，很抒情，也很浪漫。

柳东非常喜欢这种氛围，说白了，这里有城市青年的氛围，柳东虽然身在靠山屯，但他一直把自己当成城市青年。他和知青们一起唱歌，说话。折腾到了半夜，饿了，有人就出主意，去老乡家偷鸡。老乡家的鸡很好偷，鸡窝在外面，胆大心细一些就可以了。于是男青年们便三五一伙潜进村子里，女知青们烧水，准备煮鸡。偷鸡摸狗的事，他还没学会，只帮助女知青们抱柴火，把火烧得旺旺的。男知青偷鸡的活干得并不顺利，靠山屯的家都被他们偷遍了，村人们都很警觉，一有狗吠鸡啼之声，主人便拿着木棍出来了。他们现在已经不在靠山屯偷了，而是跑到了邻村，邻村的人不是好惹的，经常他们前脚偷完鸡刚走，后脚人家就追来了，弄得黑夜里鸡鸣狗吠的，热闹得很。

在柳东夜不归宿的日子里，柳秋莎便怎么也睡不踏实。她一会儿坐起来听听外面的动静，又一会儿下地开开门，向外面张望。

邱云飞一副事不关己的样子，他趴在炕桌上不知在那堆草纸上写着什么。

柳秋莎就说：柳东到现在还没回来，你也不出去看看。

邱云飞头也不抬地说：有什么好看的，他又不是个孩子了，像他那么大，我都去延安了。

柳秋莎一听这话就有了气，她披着衣服起来，在屋子里转来转去，然后用手指着邱云飞说：我知道你从小就不喜欢柳东，他都这么大了，你也不为他操点心。

邱云飞放下笔说：操心，我怎么操心？

柳秋莎说：不能让他这辈子就这么样吧。

邱云飞说：大学不让考，又不能就业，你说让他怎么办？

邱云飞这么说，柳秋莎就没词了，她对柳东眼前的处境束手无策。

她望着邱云飞突然就有了火气，然后大声道：写，你就知道写，你要是不写，孩子会有今天？

说完，伸手把灯关上了，黑暗便降临了。邱云飞坐在黑暗中，久久，他才叹口气，沙沙啦啦地把纸笔收了起来。这是他的短处，柳秋莎一说到他的短处，他便无话可说了。的确是因为他影响了一家人的生活和前途，他还能说些什么呢？

两人躺在炕上，辗转着。直到外面有了动静，柳东回来了，一直来到屋里，柳秋莎才起来，走到儿子的房间，看到儿子躺下，她也躺在了儿子的身边。柳秋莎在黑暗中看着儿子，柳东躺下后很快就睡着了，柳秋莎借着月光凝视着儿子，不一会儿，泪水便流了出来，滴在儿子的枕边。

41

在靠山屯的日子里，柳秋莎开始为儿子柳东的前途命运担心了。柳北和柳南她并没有操多大心，那时，她甚至对两个丫头也没抱什么希望，无所谓希望，也就无所谓失望。现在两个丫头都在战友的庇护下有了着落，挂念还是挂念，但孩子的前途和命运与她的想象并没有多大差距，于是，她也就省了那份心。从心里说，两个丫头能活到今天这个份儿上，她就算知足了。

柳秋莎对柳东的期望与想法却不那么简单，应该说，自从柳东出生降临到人间，她就对儿子充满了希望，因为儿子是个男人，是男人就该干大事情。现在柳东高中毕业，游手好闲，无所事事，着实让柳秋莎担心了。

柳东在白天总是昏睡不醒的样子，一到晚上，他就来精神了，把衣服搭在肩膀上，走起路来还一摇一晃的，这是他在知青点和那些城里的知青学来的。他学着知青的样子，向知青点走去。那里吹口琴、拉手风琴，还有歌声，以及男女知青们不时地爆发出的少年不识愁滋味的笑声，这一切对柳东来说，已经足够了。

柳秋莎望着儿子远去的背影，又一脸愁苦地望向邱云飞，邱云飞还站在院子里，背着手冲西天的晚霞痴迷地想着什么心事。

她就说：柳东这样下去也不是办法。

邱云飞就转过身子，毫无主张地说：那你说咋弄？

邱云飞又把柳东这个球给踢回来了，柳秋莎说这句话时，并没有让邱云飞为自己排忧解难的意思，她是说给自己听呢。这么多年了，家里的大事小情历来都是柳秋莎做主，邱云飞只要执行就是了。此时此刻，柳东这个样子，柳秋莎还能指望什么呢？

想到这，柳秋莎转身就走了，她要去大队书记家。大队书记姓孙，年纪和柳秋莎差不多，在柳秋莎离开靠山屯后，有一段时间这位姓孙的父母为抗联通过风报过信。土改的时候，孙支书的父亲当了第 ·任支书，后来老了，前几天又去了，孙支书便成为大队的领导了。

孙支书在家里刚吃过晚饭，坐在院里的一块石头上正在剔牙，柳秋莎就走进来了。孙支书忙立起来，又是让婆娘倒水拿凳子的，全屯子的人，都对柳秋莎充满了崇敬。柳秋莎离开靠山屯，就成了这里的一个奇迹，后来他们又听说，柳秋莎去了苏联，又去了延安，后来在军区当了大官。那时，一屯子的人，因为有了柳秋莎都感到骄傲。那时，他们全屯子的人都把柳秋莎当成了一个人物，在外面做大事情的人物。

她相继把两个孩子放到了靠山屯，那时全屯子人都把柳北和柳南当成党的孩子了。全屯子的人都心甘情愿地拿出自己家最好吃的东西，送到于三叔家里，他们用这种方式支援着柳秋莎的革命。当时，全屯子人说得最多的一句话就是：芍药连命都不要了，为了她的孩子，我们少吃两口算啥。

可以说，柳北和柳南是吃全屯子的百家饭长大的。这里的乡情和对柳秋莎的崇敬之情喂养大了两个孩子。

柳秋莎走进村支书的家。孙支书冲屋里的婆娘说：快倒水，多放点糖。

对柳秋莎的到来，孙支书显得局促。柳秋莎是为柳东来的，坐下后，她就开门见山地说：支书，求你件事。

孙支书就摆着手道：芍药，可别说求不求的，有啥事你就说，就是头拱地，我也为你办。你是功臣，现在遭难了，我们全屯子的人不能瞅着。

柳秋莎就说到了柳东，说到他的前途和命运。柳秋莎的语气里，充满了忧虑和无奈。

孙支书也是一脸凝重了，他开始抽烟，抽了一支，又抽了一支，然后说：柳东是革命的后代，这谁也没说的。其实柳东高中还没毕业我就想到了，让他去当兵，让他去上大学，这我都想过，可政府这一关他过不去呀。

那时，农村青年最理想的出路就是当兵或者当工农兵大学生，这两条路是走出农村、走出土地最有效的办法。因为名额有限，一个大队要想送一个工农兵大学生出去，几年都不一定有个名额。因为竞争，便要求得异常严格，单凭政审这一项，就会调查祖宗八代。当兵自然也是。

在这之前，柳秋莎也想到了，她想让柳东去当兵，她还想到了让部队那些战友帮忙，但是柳北、柳南已经难为那些战友了，柳东的事她真的说不出口了。

柳秋莎就沉默了，她对柳东的前途命运真的不知如何是好了。

孙支书就开动脑筋想办法。他点点头，又摇摇头，后来把烟屁股扔在脚下，踝了又踝，然后冲柳秋莎说：芍药，你看这样行不行？咱们大队现在还有一个赤脚医生的名额，让他当赤脚医生，你看行不行？你要说行，这个名额就给柳东了。

柳秋莎沉默了，她对柳东的期望可不仅仅是名赤脚医生，她期望儿子能干一番大事，显然，一个赤脚医生与她的期望，落差太大了。她竟一时不知如何是好。

孙支书就为难地说：我知道，这委屈孩子了，可这是眼下最好的出路了。

柳秋莎又想到柳东整日里无所事事的样子，最后还是咬了咬牙答应了。那一刻，柳秋莎的心里充满了悲壮和绝望。她不知怎么走到家里的，她也不知怎么在院子里坐到半夜的。在这期间邱云飞催了她好几次，让她睡觉、休息，她像没听见一样，就那么呆呆地坐着。她对儿子未来的悲哀，比当年对自己是个女人而无法打仗那份悲哀不知沉重多少倍。此时，她真心实意地为柳东的前途和命运而悲哀了。

直到柳东半夜三更回来，她一直追到柳东的屋里，把孙支书的意思告诉给了柳东。柳东沉默了一会儿之后，就答应了。

柳秋莎心里的一块石头落了地。她现在已经有些认命了，她承认自己心比天高，命比纸薄。她怪自己对柳东的期望越高，最后失望也就越大。柳东整日里这样无所作为，她心里急，总不能让柳东这辈子成为一个游手好闲的人吧。如果柳东认了，她也就认了，哪怕柳东 ·辈子就是个农民，她也认了。农民有农民的活法，只要柳东适应这种农民的活法，她那颗不安的心，或多或少也会得到一丝安慰。

柳东之所以这么快就答应下来，对他来说，他并没有认命。他答应下来的理由是，大队卫生所里，有一名知识青年在当赤脚医生，这名知青的名字叫杜梅。杜梅的年龄和柳东差不多大，她在这里插队已经两年多了，她的父母在城里就是医生，还是中医世家，小时候耳濡目染的，她就爱上了医生这一行，不用学，大病小病的，她就能看个八九不离十的。就这样，杜梅插满一年队后，成为大队卫生所的一名赤脚医生。

杜梅的样子长得很甜美，大眼睛，圆脸，眼睛很黑，一闪一闪的，说话办事也快人快语。脸色红润，脚步落地有声，很健康的样子。又会拉手风琴，还能唱歌，把一首《红莓花儿开》唱得柔婉动听。

邱柳东去知青点的大部分时间里，都在关注着杜梅。杜梅虽是赤脚医生，但还吃住在青年点里。柳东为了更加走近杜梅，他硬是接受了赤脚医生这个工作。

从此，柳东的新生活开始了。

42

柳东被孙支书送到县城医院学习半个月之后，便回到大队的卫生所上班了。和杜梅在一起，是柳东朝思暮想的。刚开始，杜梅并没有把柳东当回事，在她的眼里，他还是个没有长大的孩子，虽然他们的年龄差不多，但杜梅天生心理成熟，便有了这种距离感。

柳东在县城医院半个月的时间，并没有真正学到什么，好在他从小对医院就不陌生，柳秋莎当院长时，他一放学就扎在医院里，等母亲下班，于是，他对医生护士什么的，就有了一种亲近感。他很快就学会了打针，开个头痛感冒药什么的。其实，大队一级的卫生所，本来也治不了什么大病，也就是扎个针开个药什么的。

但村民们都不这么认为，他们来看病是找最好的医生，在他们的眼里，杜梅就是最好的医生。因为杜梅在柳东之前，已经在卫生所工作一年多了，在这一年多的时间里，她曾为无数村民治好了头痛感冒的病，于是，杜梅在村民的心里威信就很高。

小小的卫生所经常出现这样的场面，柳东的桌前，空空荡荡，而杜梅的桌前却排起了长队。村民们一口一个杜大夫地叫着，用余光瞄着闲得无事的柳东。

柳东就说：杜医生忙不过来，到我这来吧。

村民就冲柳东笑笑道：那啥，反正我们也没事，再等等。

柳东见村民这么说，便也不好说什么了，在那里又尴尬又难受地坐着。有时杜梅忙不过来，便让柳东过来帮助拿药，那十几种常用药就放在药箱里，很显眼地摆在印有红十字的柜子里。

柳东帮着拿完药，村民不信任地看着药袋，又看一眼柜子，然后就含蓄地问：小邱啊，没拿错吧？

村民们称杜梅为大夫，称柳东从来就是小邱小邱的，这给柳东的自尊心带来了前所未有的伤害。

这种伤害还不是最重要的，最重要的是来自杜梅的轻视。没有病人的时候，杜梅便手捧《赤脚医生手册》或者《中医学概论》看，从来不对柳东多说一句话。书看累了，她就站在卫生所的窗前，一边望着外面，一边轻声哼着《红莓花儿开》的调调，自得其乐的样子。

能和杜梅在一起工作，是柳东在那一时期最大的梦想。让他没有想到的是，杜梅并没有把他当回事。这让柳东的心里很不是滋味。有一天，他就硬着头皮冲杜梅说：杜医生，村民找你看病，为什么不找我？

杜梅就笑一笑，然后望着他说：你呀，嘴上没毛办事不牢，当然没人敢找你了。

柳东的脸就红到了脖子根，他又嗫嚅着道：你嘴上也没毛呀。

杜梅就笑了，笑得不可收拾的样子。

在杜梅的笑声中，柳东明白了杜梅话里的隐深含意，从那一刻他就发誓，自己要超过杜梅，只有这样，她才会正眼来看他。

从那以后，他一下班便回到家里，知青点他不去了，甚至连家的小院他都很少走出去了。他捧着《赤脚医生手册》和《中医学概论》没日没夜地看了起来。

柳东的变化，得到柳秋莎的表扬，她用手爱抚地摸着儿子的头说：儿子，你出息了，这才是我儿子。

柳东并不领母亲的情，他拨拉开母亲的手，在日记本上认真地记下了学习心得和体会。

晚上会经常出现这样的情景，东屋里邱云飞在那堆草纸上写着东西，西屋柳东也在挑灯夜读。农村都有早睡早起的习惯，别人家这时早就进入了梦乡。柳秋莎这屋看看，那屋瞅瞅，就说：别写了，睡吧。

邱云飞就说：我又没影响你，你就睡呗。

邱云飞为了不影响柳秋莎睡觉，还在灯泡上用纸板做了个伞状的灯罩，让那团光束只照着自己的桌面。

柳秋莎又走到西屋，冲柳东说：儿子呀，明天再看吧，书一晚上是读不完的。

柳东不说话，神情专注的样子。

柳秋莎就又冲柳东说：儿子啊，饿不饿，要不妈给你做点啥吃的？

柳东就没好气地说：妈，你一边待着去吧，烦不烦啊！

柳秋莎从东屋到西屋，都没达到自己的目的，热情就受到了伤害，然后背着手走出来，望着满天的繁星，自言自语道：写吧，看吧，看你们能弄到啥时候。

她来到院子里的猪圈。她已经和农民一样养起了猪，猪也睡着，她去叫猪：啰啰啰——猪不理她，只哼了两声。她没趣了，便又看看鸡窝关得牢靠不牢靠，然后就没滋没味地回到了东屋，脱巴脱巴躺下了。

她躺下了，又望一眼邱云飞。邱云飞此时把后背冲给她，弓着身子在那写着，一团巨大的黑影罩着她。她突然爬起身，冲他说：你是猪呀，记吃不记打，你要是不写能有今天呀。

邱云飞就头也不抬地答：书让你烧了，又不想让我写，你到底想咋的？

柳秋莎就说：我想睡觉，明天还下地干活呢。

邱云飞说：我又没影响你睡觉，我写我的，你睡你的。

柳秋莎就说：你这样我睡不着。

邱云飞无奈，起身拉灭了灯。他没躺下，仍然坐在那里，沙沙啦啦地卷叶子烟吸。不一会儿，他听到了柳秋莎的鼾声，这时，他又把灯打开，想一会儿，写一会儿。日子就这么不紧不慢地往下过着。

柳东经过一段时间的卧薪尝胆，终于有了不大不小的起色。他开始敢往自己身上扎针了，针是银针，长长的，颤颤的，先用手指摸着身上的某个穴位，然后一闭眼，一扎下去，他嘴里怕冷似的咝哈着。

柳秋莎看见了，大呼一声奔过来，惊惊乍乍地说：儿子，不要命了，针这么长，你受得了哇？

母亲这么一惊乍，让柳东的手一抖，没扎准穴位，偏了手法，针就弯了。柳东就没好气地说：妈，你能不能少说两句。

柳秋莎就颤抖着走过来，看着儿子满身的针，想摸又不敢的样子，她气喘着说：儿呀，咱这医生不当了，太受罪了，儿呀，你疼不疼？

柳东就说：亏你还当过兵，打过仗。

这句话把柳秋莎说着了，她打过仗也流过血，可她那时连眼皮都不眨，现在针扎在儿子的身上，她受不了了。

有一天，她见柳东脱光了膀子，又要往自己身上扎针，她真的受不了了，把儿子的衣服穿上，扒下自己的衣服说：儿子，给妈扎吧，妈不怕疼。

柳东就说：妈，快穿上衣服，这不是疼不疼的事，这要先自己感受，才能给病人用。

说完又脱下自己的衣服，毫不犹豫地向自己扎去。柳秋莎站在一旁，怕冷似的抖，上牙磕着下牙，样子似生病了。

后来，柳秋莎终于想出了一个招，她一回到家，见柳东又要扎自己，便哼哼哈哈地过来了，然后就说：儿子，妈病了，你给妈看看吧。

柳东就说：咋的了，你哪儿不舒服？

柳秋莎就指了腿又指了胳膊说：哪儿都疼，疼死我了，给妈扎几针吧。

柳东神色就正经起来，对待病人似的让柳秋莎躺下，把一根针拿出来，先是消毒，又打开书，找到书上所说的穴位，一针又一针地给柳秋莎的胳膊扎进去。过一会儿又摸又捻的，还不停地问：妈，麻不麻？

柳秋莎就说：麻了，麻了。

又过了一会儿问：妈，热不热？

柳秋莎就说：热了，热了，快热死我了。

母亲敏感的反应大大地激发了柳东的斗志，他差不多把所有的银针都扎到母亲的身体上，然后惊喜地等着母亲的反馈。母亲的每一句反馈，都给他带来了成功后的巨大惊喜。

从那以后，差不多每天晚上，母亲都哭爹喊娘地求儿子往自己身上扎针，每次扎完针母亲都长嘘一口气，精神抖擞地从炕上爬起来，冲儿子说：儿子，你的针真管用，妈哪儿都不疼了，真好。

不知多少个日夜，母亲用这种办法帮儿子练习针灸，儿子在这种实践中，渐渐找到了当一名赤脚医生的自信。

那时，母亲是幸福的，只要儿子不受苦，让母亲做什么都可以。在这种学习过程中，母亲渐渐体会到针灸的好处，针灸有时让她浑身放松，有时又热血沸腾的，就连睡眠都好多了。有了这种感受后，母亲情真意切地冲儿子说：儿子，你能当一个好医生，真的。

母亲第一次这么认可儿子，她终于觉得儿子会成为一个有用的人。一段时间以来，她曾为儿子担心，为儿子茫然，她喜欢的儿子性格太像他父亲。她几乎对邱云飞失去了信心，没想到的是，她又在儿子身上找到了这种信心。她为儿子感到高兴，同时也为自己感到高兴。

43

在柳东卧薪尝胆的日子里，杜梅对他仍是不理不睬的。爱情之火让柳东变得坚毅起来，针灸水平正在突飞猛进。

北方天气冷，得老寒腿的人就比较多，严重的，路都不能走了。春暖花开的日子里，来卫生所看老寒腿的病人就比较多。他们抱着希望而来，带着失望而归。杜梅在老寒腿上并没有什么高招，只是开点膏药或者一些止痛药。在那个年代里，别说一个小小的卫生所，就是县城的医院拿这种老病也是束手无策，那是个缺医少药的年代。

那天，耿老八拄着棍子来了，他的老寒腿已有些年头了。年轻时的耿老八在靠山屯也算是个人物了，单枪匹马，用刀砍过几百斤重的野猪，还赤手空拳抓过一只豹子。后来就得了这种老寒腿，英雄一世的耿老八，一到冬天，便在炕上唉声叹气地蜷着了，所有的英雄与梦想，只能在梦里实现了。

耿老八是卫生所的常客了，他恨不能立马就把老寒腿治好了，可他每次从杜梅手里拿过一些膏药或止疼药时，只能长叹口气，无神无采地往外走。

这一天，正当耿老八又想往出走时，柳东站起来了，他冲耿老八的后背喊：耿爷，你的腿能不能让我试试？

耿老八就停下脚，转回头，浑浊的眼睛望着柳东，然后说：你能行？

柳东就把银针拿出来比画了一下道：就用这个，我自己试过，管用。

耿老八似乎看到了救星，用棍子杵杵地道：行，死马就当活马医吧，你耿爷就信你这一回。

接下来，耿老八就躺在了治疗床上，柳东不急不慢地把那些长长的银针，一根接一根地扎在了耿老八的腿上。

柳东做这些时，杜梅吃惊地望着，她的嘴张着，久久没有闭上。

接下来，柳东又忙前忙后的，他在银针上又捻又扯的，一会儿问一句：耿爷，热不热？

耿老八就说：有点热。

他又问：耿爷，麻不麻？

耿老八就说：好像有点麻。

第一天，就这样扎了一次。当天，耿老八没说什么，拄着棍子走了。第二天来了也不说话，往床上一躺道：小子，来，再给我扎咕扎咕。

柳东受到了鼓励，又在耿老八的腿上扎满了长长的银针，然后又问：耿爷，昨天好受不？

耿老八就答：好，松快点。

就这样，耿老八扎了一次又扎了一次，后来，他似乎上瘾了，一天不来卫生所扎几针，浑身就难受得不行。终于有一天，耿老八又出现在卫生所里，竟奇迹般地没拄棍子。

柳东成功了，他在老寒腿上，终于取得了成就。

在那些日子里，村里有老寒腿的人，排着队来卫生所找柳东扎针，柳东的名气十里八村的人都知道了。那些日子，柳东忙得很，白天在卫生所里扎针，晚上他背着药包还要出诊，到家里去为病人扎针。

耿老八成了柳东的活广告，他走到哪里都说：芍药家里的那小子，真有两下子，我这老寒腿都十多年了，他愣是给我扎咕好了。

听的人就说：敢情，人家是谁呀，芍药在部队大医院当过院长，他的儿子能有错？

柳秋莎听到了，她的腰板空前绝后地挺拔，从此以后，她就那么一直挺直腰板走路、出工，人前人后的，她为柳东的成绩感到骄傲和自豪。每天晚上，柳东出诊都要深更半夜才回来，柳秋莎一直坐在门槛上等儿子归来，锅里做了一碗疙瘩汤，她要慰劳有出息的儿子。柳东一回来，柳秋莎便把一碗热气腾腾的疙瘩汤端上来，幸福无比地看着儿子喝汤。

柳东喝完汤就看见了母亲，这才想起来似的问：妈，这么晚了还不睡？

柳秋莎就幸福地答：你不回来，我睡不着。

柳东就很欣慰的样子，躺在炕上又看开了书。

柳秋莎便小心翼翼地替儿子把门关上，走回到西屋里，邱云飞点灯熬油地还在纸上写着。柳秋莎过去，一把抢过邱云飞那团草纸，揉巴揉巴扔到一边说：你天天写呀写的，都写出啥了？你看儿子，看书看出了出息，他都成名医了，我敢说就是比军区总医院那些医生，儿子也不差哪儿去。

邱云飞下地把那团纸找回来，小心地展开，抚好，然后说：行了，不就是给人扎几针吗？

柳秋莎不高兴了：扎几针咋的了，不服你也去试试，你整天写，当饭吃呀还是当水喝呀？

邱云飞就说：这是两回事，我写的是小说，是文艺作品，精神食粮。

柳秋莎撇撇嘴道：那你掰一块让我尝尝是啥滋味，还小说呢！

邱云飞便不吭气了，伸手拉灭了灯，躺下了。

柳秋莎一时半会儿是睡不着的，她有千万条理由这么兴奋。她从小到大就喜欢儿子，儿子终于有出息了，她没白疼儿子，她从儿子的身上看到了希望和未来。于是，她大睁着眼睛望着黑夜，独自兴奋着。

杜梅开始对柳东刮目相看了，现在所有的病人都来找柳东了，杜梅往日忙碌的场景不见了。有一天，卫生所里没病人，杜梅就冲柳东说：柳东，你啥时候学会这手的？

柳东不说话，笑一笑。

他此时心跳如鼓，她终于主动和他说话了，这是以前从没有过的现象。那一刻，柳东感到很幸福，同时也很骄傲。

杜梅望着他的目光就多了些神采和内容，柳东就感受到了这份内容。他脸红了，心跳了。他突然冲她说：杜梅，你唱首歌吧。

她一愣，但还是问：唱什么？

他说：就唱那首《红莓花儿开》。

她不知道怎么了，就轻轻地唱了起来。他从抽屉里拿出一把口琴，这把口琴是他在公社供销社商店买的，他自从发现杜梅会吹口琴后，就买了一把，一直在抽屉里放着。此时，他吹响口琴为她伴奏，她扭过头红着脸说：你的口琴吹得真好。

他仍不说话，又是那么一笑。

从此，杜梅在柳东身上发现了越来越多的优点。

接下来的日子里，两人便开始聊天了。

她说：柳东，你以后打算干什么？

他说：给人治病，当一名好医生。

她的眼睛就一亮。她是中医世家，从小到大耳濡目染，就喜欢医生这个职业，没想到，他的理想和自己的竟如出一辙。

她就那么两眼发亮地望着他。

她又问：你没想过回城？

他一下子变得底气不足了：我跟你们不一样，你们是知青，迟早有回城的那一天。我是和父母下放的，也许没有那一天了。

她的眼神也暗淡了下来。接着两人就沉默了。

没有病人的卫生所很安静。柳东在看那本《赤脚医生手册》，杜梅在钩一个假领。那个年代假领很时髦，用白线钩出各种图案，钉在衣领里面，既保护了衣领，又是一个点缀，许多年轻女人都会为自己的男人或者朋友钩这种假领。

杜梅钩这种假领时，柳东的心里就很不是个味儿，他知道，女人不需要这种假领，只有男人需要。这么说，杜梅是钩给男人的，也就是说，说不定，杜梅已经有男朋友了。这么想过之后，他心里空前绝后地悲凉起来。他表面是在看书，其实，他一点内容也没看进去。

过了几天，他在自己抽屉里发现了一个小纸包，叠得整整齐齐放在那里。他不知是何物，打开，竟是一只假领。现在，杜梅已经不钩假领了，他看到了假领，便用目光去望杜梅。杜梅就说：送给你的。

她说完这话，还红了脸。

那一刻，柳东又心跳如鼓了。他没想到，原来杜梅钩的假领是送给他的。他的情绪如一只鼓胀的气球，一下子就饱满了起来。

那些日子，他和杜梅一下子话语少了起来，他们大部分时间里都在用眼睛说话。两个年轻人的眼神里，包含了丰富的也是火热的情感和话语。

柳东是兴奋的，也是幸福的。回到家里之后，经常吹口琴，吹的就是那首《红莓花儿开》。

有一天，柳秋莎推开了儿子的房门，看见柳东冲着窗外神情投入地吹着口琴，那首歌被柳东吹得多愁善感，并且如泣如诉。柳秋莎听了一会儿，又听了一会儿，悄悄退出去了。她发现儿子变了，变得她都不认识了。以前的柳东沉默寡言，他的存在感极低，现在柳东的脸上经常洋溢着微笑，看人的目光都变了。柳秋莎是过来人，她隐约地感到，儿子将会有大事发生了。

44

初恋的柳东和杜梅是在工作中加深他们的感情的。

那些日子，正是上山采药的季节，卫生所自然也有采药的责任和义务。柳东和杜梅也是早出晚归地上山采药。他们把采到的药晾晒在卫生所门前的院子里，于是，那些日子，小院子里飘荡着柴胡、芍药等混合的气味。

柳东和杜梅关系的进展，发生在一场大雨之中。那天早晨，两人上山采药前，还是艳阳高照的，一点也没有下雨的迹象。两人的心情很好，杜梅照例哼着《红莓花儿开》的歌，两人便相跟相携地进山了。山里很美，鸟语花香的，这和他们的心情很相配。就当他们即将结束采药的工作，一场大雨不期而至，两人慌不择路，找到了一个山洞挤了进去。

山洞不大，刚好容下两个人。两个人还从来没有这么近距离地待过，一时都有些不适应。刚才还有说有笑的，突然，他们都噤了声，抱紧自己的身体，望着外面的雨。其实，他们的心思都没在雨上，而在对方的身上。两人就那么又紧张又难受地僵持着。突然，一只壁虎从一个石头缝里爬出来，杜梅尖叫一声，一下子扑到了柳东的怀里，柳东就势把杜梅抱在了怀里。接下来的结果是，壁虎存在与否已经和他们一点关系也没有了，他们就那么紧紧相依相偎着，似乎都想从对方身上找到一个缺口。缺口终于找到了，那就是对方的唇，他们在雨中完成了他们的初吻，那初吻比一万年还要长。当他们气喘着抬起头来的时候，雨已经停了，西天挂起了一条彩虹，那条彩虹很完整，也很美，像他们的初吻。

她喃喃地说：雨停了。

他也说：可不是，真的停了。

不知为什么，他们都逃离似的离开了那个山洞。他们在回来的一路上，竟一句话也没说。

第二天，他们在卫生所相见时，不知为什么竟都红了脸。接下来，他们就开始工作了。为村里几个感冒的人打了针，开了药，然后他们就坐在屋里分拣那些挖来的药材，小小的卫生所里弥漫着混合药材的气味。

不知什么时候，两人的目光又相遇了，倏地又躲开了。后来，他们拣药材的手一下子碰到了一起，他们一下子抓在一起，随之，他们的身体又抱在了一起。他们气喘着，疯狂地拥吻着。

他说：杜梅——

她说：柳东——

他说：杜梅，我要死了。

她说：我也是。

……

后来，两人终于分开了。两人都气喘吁吁地望着对方。

他突然问：你要回城怎么办？

她说：我不走了，在这里陪你一辈子。

他说：真的？

他说：真的。

两人又一次抱在一起，生死相依，地老天荒的样子。直到天黑他们才摸出卫生所的小屋。

他们相恋了，海誓了，山盟了。

这时，柳秋莎一家的情况发生了变化。几天前，柳秋莎接到了军区胡参谋长的一封信，胡一百在信上说：邱、柳二位同志，你们受委屈了，军区党委最近有望研究你们的问题，你们做好回军区的准备。

邱云飞和柳秋莎接到那封信后，没有明显的激动，他们当年下乡时，就没打算再回去，况且，他们已经习惯了靠山屯这种日出而作、日落而息的生活。远离兵营，远离争斗，他们过得平安无事。

那天晚上，两人躺在炕上就有一搭无一搭地说话。

她问：你愿意回去吗？

他说：无所谓，我的小说还没有写完。

她说：我没问你的小说，我是说你愿不愿意回去。

他仍答：无所谓，回去干什么？

她也就不说话了，睁着眼睛望着黑暗，只有柳东仍在读书，屋里的灯光射过来一道。她一生中在靠山屯的日子里，从来没有这么踏实过。由当初的不适应，到现在终于适应了，她感到幸福、满足。胡参谋长那封信，在她心里没有掀起什么波浪，她很快就睡着了。

第二天一早，她似乎已经忘了那封信，该干什么还干什么。

直到有一天，两辆军区的车开到了靠山屯，开到了柳秋莎家门口，后面还跟了一群看热闹的孩子。

章梅从车上跳了下来，柳秋莎一见到章梅真是百感交集，两人紧紧地拥抱在一起。

章梅说：妹子，我都想死你了。

柳秋莎又想起过去的青春岁月，她的眼睛也潮湿了。

柳秋莎抹一下眼睛道：你干啥来了？

章梅就睁大眼睛：前几天写给你们的信没收到？

柳秋莎这才想起胡参谋长那封信：收到了，咋的了？

章梅就说：我来接你们了，你们的问题平反了。

柳秋莎这才意识到，靠山屯的日子果真到头了。她愣在那里，一副茫然无措的样子。邱云飞也立在那里，他的心情和柳秋莎没什么两样。

章梅就冲车上的几个战士挥挥手说：快挪吧。

几个战士下来，七手八脚地把屋里的东西往车上装。

章梅冲柳秋莎道：柳东呢，咋不见柳东？

柳秋莎这才想起还在卫生所上班的柳东，说一声：我找柳东去。

柳秋莎赶到卫生所时，柳东正在吹口琴，杜梅正在钩假领，她已经不知为柳东钩了几个假领了，此时的两个人正沉浸在爱情的氛围中。柳秋莎突然闯了进来，吓了两人一跳，两人都怪怪地望着柳秋莎。柳秋莎气喘着，一时说不出话来。

柳东惊问：妈，出什么事了？

柳秋莎就说：收拾东西，咱们回家去。

柳东惊呆了：回家去干吗？

柳秋莎：军区的车来接咱们了。

柳东一点思想准备也没有，他望一眼母亲又望一眼杜梅。杜梅大睁着眼睛，看看这个望望那个。

柳东这时才想起杜梅，想起两人曾海誓山盟的那些话语。

他突然说：我不走。

柳秋莎以为自己听错了，又问：你说啥？

柳东又答：我不走，我就留在这里。

他一副铁了心的模样，在爱情和回城之间，他选择了爱情。这时杜梅也站了起来，两人肩并肩地站到了一起。

柳秋莎说：不走咋行？我和你爸都走，这里就没咱家了。

他说：那我也不走。

这时杜梅说话了，她对他说：柳东你走吧。我迟早也要回城的，你先回城等我。

直到这时柳秋莎才认真地打量杜梅，眼前这个姑娘，她越看越熟悉，看着看着，她竟想起了年轻时的自己。自己年轻时，活脱脱就是眼前的杜梅。她从他们的话语和态度上，感受到眼前这姑娘和儿子的关系已非同一般了。于是，她就认真地盯着杜梅问了一句：姑娘，你叫啥？

杜梅答：杜梅。

柳秋莎就答：好，我记下了。

说完拉起柳东就走。

柳东之所以下定决心要走，完全是因为杜梅那几句话。因为杜梅早晚要回城的，那他就先走一步。

车已经装完了，本来就没有多少东西，这时全村的人都知道柳秋莎要走了，都过来为他们一家送行。

最热情的当然还是于三叔和三婶，三婶扯着柳秋莎的胳膊说：闺女，咋的也吃顿饺子再走哇。

章梅已经坐在车上催促了，她说：秋莎快走吧，晚了天黑前就回不去了。

柳秋莎只好依依惜别三叔三婶，和乡亲们告别了。

于三叔和三婶就都哭了，他们抹着泪说：你们啥时还能回来？

柳秋莎说：三叔、三婶你们放心吧，我在城里安顿好了，就回来看你们。

车已经启动了，柳东在人群里仍没有找到杜梅的影子，他一直在找着。车已经开到了村头，他发现杜梅在后面追喊着：停一下，停一下。

车停下了。杜梅气喘吁吁地跑过来，把柳东的口琴递过来，还有一个整齐的白纸包。

杜梅冲柳东招着手说：你在城里等我。

车开了，柳东泪眼模糊。

他打开纸包，是一个假领。柳东的眼泪滴在假领上。

柳秋莎看在眼里，喜在心上，她冲儿子说：儿子，你的眼光不错，你比你妈当年强多了。

45

军区还是那个军区，人还是那些人，一切似乎都没有变，一切似乎又都变了。

柳秋莎走在军区总院的一个角落里，这里的一草一木还是当年的样子，只不过是人变了。院长很年轻，是当年的崔助理，柳秋莎当年一口一个小崔地喊着，如今的小崔已经是崔院长了，章梅也已经是副院长了。当年医院里那些老人都还记得柳秋莎，他们见了柳秋莎不知如何称呼，迟疑片刻，才热情地打招呼：老院长回来了。然后敬礼，握手。

柳秋莎走在医院的每一个科室里，情形大体都差不多。还有那些年轻的医生护士已经不认识她了，当她走过，那些年轻人就问那些老人：这是谁呀？知道的便答：咱们的老院长，柳秋莎。问的人便说：哦，是她呀。

柳秋莎被明确下来的职务是医院的顾问，她的办公室和崔院长的办公室对门，门上就添了一块牌子，上面用红笔醒目地写着两个字：顾问。她办公室里的摆设和崔院长办公室的摆设竟也分毫不差，有电话有沙发，还有两盆君子兰摆在窗台上。

她的门是打开的，崔院长办公室的门也是打开的。崔院长办公室里很忙乱，电话不断，来人不断，来的人大都是请示工作的，很详细地和崔院长汇报工作，然后呈上批件，崔院长就在批件上写上这样或那样的意见。崔院长最后总是关照那些人说：请柳顾问过一下目。

那些人便笑容满面地从崔院长办公室走过来，很谦逊地说：柳顾问，崔院长请你过目。说完，便把批件呈上去。

刚开始，她还认真地看那些批件，一页一页的，那样子比崔院长看得还仔细。来人就不耐烦的样子，在屋里踱了两步，后来索性坐在了招待客人的沙发上，点上支烟，轻轻淡淡地吸。柳秋莎闻到烟味，就下意识地拧紧眉头，来人注意到了，把吸了半截的烟掐掉了。

柳秋莎再去看崔院长的批示，崔院长的批示写得龙飞凤舞，她有时能看懂一两个字，有时一个字也看不懂。批件送到你这里了，按规定也是要写上自己意见的，这些柳秋莎懂，提起笔来，想了一会儿，又想了一会儿，就写了几个字：同意崔院长的意见。便把批件还给来的人，来的人便拿着批件走了。

渐渐地，柳秋莎对这种工作厌倦了，不就是看看文件嘛，她知道，看也是同意，不看也是同意，难道她还不同意崔院长的意见？时间长了，她就有了自己是个闲人的感觉，她这样的人多一个不多，少一个不少，既然这样，那还回来干什么？还不如她在靠山屯，每日出去，做一些自己能做的。在靠山屯的日子，她是踏实的；回到医院的日子，她是个闲人。不行，决不能过这种闲人的日子，她这么想过了，便锁上办公室的门，来到了军区胡参谋长办公室。

胡参谋长办事说话依旧，他正冲电话里喊：这事是军区党委定的，执行也得执行，不执行也得执行，你要是办不好，我就把你的师长撤了。

说完呱嗒一声放下电话。抬起头来，才看见了站在门口的柳秋莎，他不认识似的看了一眼柳秋莎，然后才惊呼一声：小柳，原来是你，快进来，快进来。柳秋莎坐在招待客人的沙发上，胡参谋长一屁股也坐了过来，亮着嗓子说：你回来我还没去看你，你倒来看我了。

柳秋莎就公事公办地说：胡参谋长，我要工作。

胡一百就吃惊地问：你不是有工作了吗？

柳秋莎：就那个顾问？

胡一百：小崔是个新同志，你要给他当好这个顾问，你是老同志了，你要帮助小崔。

柳秋莎又问：我的工作是谁定的？

胡一百就说：军区党委呀。

柳秋莎就又说：那要是我不当这个顾问呢？

胡一百终于明白柳秋莎来的目的了，便说：小柳啊，你年纪也不小了，党委考虑你离开岗位这么多年，让你担任顾问，先熟悉熟悉情况，以后再说。

柳秋莎心凉了，她知道自己工作的路快走到头了，自己哪还有以后，再以后就该退休了。想到这，她不说什么了，站起身来对胡一百说：看来组织是想让我吃闲饭了。

胡一百就说：小柳，你误会了，这是组织对你的关心。

柳秋莎就走了，顺着长长的楼道往前走着。

胡一百在后面喊：小柳，生活上有啥困难提出来，组织一定给你解决。

柳秋莎没有回头，一直走到军区办公楼外，她再也控制不住自己了，眼泪哗哗地流了下来。她流泪、伤心，不是为了自己的得失，而是为了自己是个闲人，她为了自己终于成了一个闲人而感到悲哀。

后来章梅找到了她，两个女人有了如下的对话。

章梅说：柳呀，我今年都快五十四了，到了五十五就该退休了。你呢，今年也有五十三了吧，再有两年就该退了，顾问就顾问吧。

柳秋莎就说：那以后我们就都吃闲饭了？

章梅说：这是客观规律，强求不得。

柳秋莎又说：那男人为啥能干到六十，我们咋就不能？

章梅道：这是国家的规定，国家有国家的道理，就是干到六十，最后不也得退休？话说回来了，谁让咱们是女人来着。

柳秋莎就说：下辈子说啥我也不再当女人了。

章梅笑了，她望着柳秋莎说：柳啊，你还是当年那个样子。

从那以后，柳秋莎似乎摆正了自己的位子，再有人来请示报告时，她不那么费劲巴力地一页页地看了，而是在崔院长的批示下面写上“知道了”，就算完成自己的工作了。后来，她连这三个字也不写了，她学会了画圈，于是，她就开始画圈了。

这样一来，大家都很满意的样子，来的人再也不用坐在沙发上等，或点支烟什么的了，而是匆匆地来，把批件往她前面一放，她很干脆、麻利地画了一个圈，写上一个柳字，工作就顺利地完成了。

来人就谦恭地对她点着头说：谢谢顾问。

她冲着远去的背影，露出一脸茫然和困惑。然后拍拍桌子，冲着窗外发呆。

邱云飞的境况和柳秋莎的大相径庭。他现在已经是学院的负责人了，正领着一帮专家、老师的，筹备恢复军队院校招生。学院已经十年没有招生了，而是变成了轮训队，师资力量大批地流失，一切都要从头再来。邱云飞是学院的老工作者了，于是，邱云飞便成了新一届学院的领导人之一，被任命为主管教学工作的副院长。

邱云飞已经不是以前的邱云飞了，他整天到晚忙得很，一大早，便有专车停在楼下，他一边嚼着饭，一边夹着包往外走。晚上回到家后，仍忙得很，一边看文件一边批示，还不停地打电话联系工作。

那一阵子家里的电话铃声不断，刚开始柳秋莎还赶忙地去接电话，打电话的人都是找邱副院长的。从那以后，柳秋莎不再接电话了，而是一有电话铃响她便喊：邱云飞，邱副院长，电话。

邱云飞就急三火四地从书房里跑过来，冲电话里这样那样地指示一气说上一气，然后才放下电话，放下电话还没忘了指示柳秋莎两句：以后有电话你就接，别大呼小叫的，这样不好。

说完便走回书房。柳秋莎来气了，她尾随着邱云飞走进了书房，指着邱云飞的鼻子说：你把话说清楚，我哪样不好了？

邱云飞就不耐烦地挥挥手说：没工夫和你磨牙。

说完便伏案继续看自己的文件去了。

柳秋莎一摔门，坐在了客厅的沙发上，赌着气道：不就当个破副院长吗，有啥了不起的？哼，看把你美的。

柳秋莎只能独自生闷气了。

不一会儿，电话铃又响了，她刚想大声喊邱云飞，想了想又停下了。电话铃声在响，她干脆用手把耳朵堵上了，做出一副耳不听心不烦的样子。

邱云飞接完电话，看了她一眼，哼一声走了。

没过两天，来了一个通信班的战士，把家里的电话干脆扯进了邱云飞的书房里。

那些日子，柳秋莎的心空落得很，闲来愁肠瞌睡多，有时晚上，柳秋莎都睡醒一觉了，身边的位置仍然空着，抬起头来，见书房的灯仍然亮着，她悄悄地起床，走到书房门口，看见邱云飞还在那里写写画画的。她站在那里愣了一会儿神，最后还是走了回来，躺在床上，望着暗夜发呆。

46

柳东自从回城后，日子似乎也不顺心。他无事可做，便整日闲在家里。以前他的那些高中同学大都去当兵了，没有当兵的，也都有了工作，早出晚归的。他没有去处，便整日关在家里，看《赤脚医生手册》或《中医学概论》。在寂寞的日子里，他开始刻骨铭心地思念着靠山屯，思念在那里的杜梅了。

每到夜深人静的时候，他都在给杜梅写信，倾吐自己的思念和迷惘，第二天，便把信寄出去。接下来的一天时间里，他都觉得无事可做，郁郁寡欢的样子，他似乎又回到了从前。柳秋莎注意到了儿子的变化。她现在是个闲人了，开始关注身边的闲人了。

有一天，她很早就回来了。她推开屋门，见柳东正躺在客厅的沙发上看书，他对她的回来，连哼都没哼。她放下手里提着的菜就坐在了柳东的对面，茫然地审视着柳东。

柳东就突然说一句：早知道这样，还不如不从靠山屯回来呢。

这句话说到了母亲的心坎里。柳秋莎现在这种样子，还不如让她退休呢，退了休她就可以名正言顺地待在家里，现在呢，她每天上班就为了去画那几个圈，这些圈对任何人来说都可有可无，柳秋莎的心里比别人更清楚。莫名地，柳秋莎就把火发在了邱云飞的身上，因为一家三口人，只有他一个人忙。

柳秋莎就说：咱们回来，是给你爸回来的，你看他忙的，都找不着北了。

柳东就说：妈，我不想这么整天在家待着，我要工作。

柳秋莎就问：柳东，你给妈说，你想干啥？

柳东就答：我想当医生。

柳秋莎就愣在那了，待业青年归街道办事处管，想当医生，她就不知道哪儿管了。她一脸迷惑地望着儿子，两双目光就那么对视着。他们在对视的目光中，竟有了同病相怜的意味。

柳秋莎说：儿子，你要是找个一般的工作，妈现在就领你去街道办事处登记，你要当医生，妈就没招了，你爸是个大忙人，看看他能不能帮帮你吧。

柳东就说：那就算了。

他知道指不上父亲什么，这么多年，父亲闲着的时候也没有关心过他，何况现在父亲成了忙人。

晚上，邱云飞一回到家，匆匆忙忙吃完了饭，便一头扎进了自己的书房，什么材料报表的，一大堆，摊在桌子上。

柳秋莎就推开了门，抱着肩膀站在那里。

邱云飞就抬起头来问：怎么了，有事？

柳秋莎说：柳东的事你管不管？

邱云飞说：他怎么了，不是挺好的吗？

柳秋莎说：你说，柳东都二十几了？

邱云飞就用笔敲着脑袋说：二十，二十一，是不是？

柳秋莎就大声道：儿子都二十二了。

邱云飞一脸迷惑地说：二十二怎么了？

柳秋莎说：二十二的大小伙子，连个工作都没有，还闲在家里，你看着不着急？

邱云飞就挥挥手说：找工作去街道，找我有什么用，我又不是街道主任。

柳秋莎这回不抱膀子了，改成叉腰了，于是她就那么叉着腰说：邱云飞你放屁，我能找街道还跟你说，柳东要当医生。

邱云飞说：那我就更没办法了，医生都是大学毕业，经过专门培训的，他那个赤脚医生的水平，还能当医生？

邱云飞的口气满是不屑。

柳秋莎也急了，干脆大敞开门不走了，她拿了把椅子坐在邱云飞对面，指着邱云飞道：姓邱的，我看你变质了，你可以不关心我，但你不能不关心柳东。他是咱们共同的儿子，不是我一个人的。

邱云飞说：我不是说过了吗，这事我管不了。

柳秋莎道：你不管可以，你总得说句人话吧。

柳秋莎摆出了一副不达目的不罢休的样子。

邱云飞就说：我不忙着呢吗，现在学院百废待兴，我要抓紧工作。

柳秋莎的火气也上来了，她三把两把便把邱云飞桌上那些文件报表掀翻在地上。她的举动，大大出乎邱云飞的意料，他目瞪口呆地望着柳秋莎，一时竟不知如何是好的样子。

柳秋莎叉着腰说：姓邱的你行，全国全军就你一个人忙，你连儿子都不管了。

邱云飞回过神来，声音颤抖地说：柳秋莎同志，我这是在工作，你也是当过领导的人，你知道工作有多么重要。

说完弯下腰去收拾地上那些文件。

柳秋莎一摔门，冲着屋里的邱云飞吼道：你好好当你的官吧，以后你就别回这个家了。

她转身回到卧室，回身把门插死了，倒在床上痛哭了一场。此刻的柳秋莎真的是彻底失望了，她失望自己连个正经事都做不成了，她是闲人了，邱云飞却成了一个有用的人，这让她想不通，很是想不通。自己当年风风火火干革命的时候，邱云飞只有在一旁看着的份，现在轮到自己没事干了，邱云飞却风风火火起来，柳秋莎真的伤心到了极点。

那天晚上夜半时分，邱云飞回屋睡觉，却怎么也打不开门了，门早已被柳秋莎从里面反锁上了。他敲了半晌，柳秋莎也没有开门的意思，无奈，邱云飞只好在沙发上将就了一宿。

第二天，邱云飞索性不回来了，他搬到单位去住了。

柳秋莎想找一个发脾气的人都没有了，她只能和柳东面面相觑了。

柳秋莎就冲柳东数落邱云飞：儿子，你爸翅膀硬了，不想要咱们了，他现在是春风得意了，你妈现在没事干了，这公平吗？不公平呀！你妈十三岁就开始打鬼子，革命了一辈子，也算能上能下了，轮到现在，你妈只剩下给人当顾问画圈了，这世道变了。

柳东望着母亲也是一脸愁苦的样子，他颤着声音说：妈，我不想在城里待了。

柳秋莎抹一把鼻涕眼泪，问：儿子，那你要去哪儿呀？

柳东就说：我想回靠山屯，还当赤脚医生去。

柳秋莎没有答应，也没有不答应，她背着手在屋里走了一圈，又走了一圈，她要好好想一想，想想儿子想想自己，最后终于想出来了，然后一挥手道：去吧，妈支持你。你回靠山屯，等过两年我退休了，也回靠山屯，咱们在靠山屯过日子

柳东得到了母亲的首肯，便开始连夜收拾东西了，他真的是归心似箭了，他想念靠山屯的日子，更想念杜梅。

就在他第二天早晨准备出门时，在信箱里发现了一封来自靠山屯的信，信是杜梅写来的。杜梅在信中说，自己马上就要回城了，高考就要恢复了。杜梅还在信中说，等回城后，两人就要学习，一起参加高考，当然高考的志愿是医学院。

柳东看完信又带着大包小包的东西回来了。柳秋莎把柳东送走，没

想到一转身的工夫，人又回来了，柳秋莎就惊诧地问：咋了，不去了？

柳东就说：不去了。

柳秋莎就很失望，她抱着肩膀冲着窗外发了会儿呆，然后就上班去了。

几日后，杜梅果然回城了，不仅她回城了，所有的知青都回城了。接下来的日子里，杜梅和柳东两个人躲在屋子里整天翻着数理化的书在看。

柳秋莎推开门，望着两个人就说：人家在外面到处找工作，你们把自己关在家里看闲书，看书能看来工作？

柳东就说：妈，我要考大学。

柳秋莎就问：考大学干啥，将来像你爸那样？

柳东答：想当医生就得考大学。

柳东就把她推出来了。

柳秋莎独自一人坐在沙发上，她怎么也想不明白，以前她一天学都没上过，就能革命，现在找个工作，为啥又要上大学呢？她以前一直认为，看书呀写字什么的，那是瞎耽误工夫，不还是得拿起枪杆子革命吗？不革命日本人能投降，蒋介石能逃到台湾？看书能代替革命？

邱云飞那么没用的人，现在都当上了副院长，她革命了一辈子，只当一个有名无实的顾问。柳秋莎真的大惑不解了。

不久，柳东和杜梅参加了高考。又过了不久，两人双双接到了本城医学院的录取通知书，欢天喜地地去上大学了。

又一晃，柳秋莎被宣布退休了。也就是说，顾问也不是了，她只能在家里发愁上火了。

47

一天早晨，柳秋莎下楼倒垃圾，看见章梅穿戴齐整，推着自行车匆匆往出走，柳秋莎不知章梅这么匆忙有什么事可干，便喊住了章梅。章梅停下来冲柳秋莎说：秋莎，我现在在地方一家医院给他们当顾问。

柳秋莎就不解：顾问，顾什么问？

章梅就解释：我是护士出身，他们那家医院现在缺这方面的人才，请我去给他们当顾问。说完就看看表，匆匆地道：现在时间来不及了，有时间再和你谈。

章梅骑上自行车，匆匆地走了。

柳秋莎望着章梅的背影，垃圾都忘了扔了，就那么呆呆地站着。回到家后，她照了一回镜子，镜子中的自己，头发蓬乱，下身穿着军裤，上身穿着睡衣，刚才在外面，竟还穿着拖鞋，她为自己眼前的样子感到悲哀了。她望着镜子里的自己，自言自语地问：你就是柳秋莎？你就是以前的柳秋莎？

问到这里，她才恍悟过来，开始洗脸梳头，然后又把自己穿戴整齐了。做完这一切之后，她又怔在那里，仍自言自语道：我穿这么整齐干什么？我去干什么？我没什么可干的了，我退休了。

她突然坐在那里，双手捧着脸，呜呜地哭了起来。她一边哭一边说：我柳秋莎没人要了，我没事可干了。

从此，柳秋莎开始了真正意义上的退休生活。

每天早晨起床做饭，家里现在只有她和邱云飞两个人了，柳东考上了大学，只有周末的时候回来住一晚上，周一一大早就又走了。邱云飞还那么忙，早出晚归的。现在的邱云飞显得更有文化了，鼻子上还多了一副眼镜，柳秋莎不知道那是花镜，她只恶狠狠地冲邱云飞的背影骂道：你净装相，你就装吧。

邱云飞一走，家里就剩下她一个人了，她从这屋串到那屋，又从那屋串到那屋，不管她怎么串，反正家里就她一个人。她不梳不洗也不打扮，穿着个拖鞋，趿拉趿拉地走。有时，她郁闷得无聊，就把电视机打开了，电视机已经是彩电了，电视里很大声地播放新闻或唱歌跳舞的，演播的是什么，已经不重要了，重要的是，里面有动静能陪着她。

一天傍晚，她从外面买菜回来，在院里又看见了章梅。章梅仍然一身齐整，见到她这次从容了许多，拉着她在外面的花坛上坐了一会儿。

柳秋莎上下打量着章梅道：这么晚了，你从哪儿回来呀？

章梅就答：我刚下班呀。

柳秋莎这才想起章梅是给人家当着顾问的，便问：当顾问有意思吗？

章梅就答：整天忙死了，我这个顾问是有权的，要管护理部，还要管门诊部，一大摊子，都快把我累散架子了。

说完还夸张地拍腿打背的，样子劳累得很。

章梅就又说：秋莎，你别闲在家里了，岁数不大，你看看你都快成什么了？

柳秋莎对照章梅看自己，真的就没法看了，她往章梅眼前一站，不知道的人，一定以为她比章梅大上十岁。她失落，她悲哀，然后她起身就走了，气哼哼的样子，仿佛是章梅得罪了她。

她做完饭，开始等邱云飞回来，邱云飞一回家，家里便有了人气。她现在很看不惯邱云飞，可这个家又不能没有他，他一回来便把所有房间的灯都打开了，一会儿接一个电话，一会儿又打一个电话，满屋子都是邱云飞的声音。那一刻，柳秋莎感到充实。

这天，邱云飞却没按时回来，柳秋莎不等了，自己吃过了饭，又把饭菜热在锅里，然后打开电视，摸黑坐在那里。电视里没什么节目，她看了一会儿便困了，躺在沙发上睡了一觉，竟做了一个梦，又梦见自己当年在阵地上抢救伤员，热火朝天的样子。

如果这时邱云飞不回来，她的梦也许还会做下去。这时邱云飞就回来了，并打开了灯，她就醒了。显然邱云飞在外面吃过了，打着响嗝，红头涨脸的样子。她的火气莫名就上来了，她冲邱云飞吼：你不在家吃也不告诉我一声，害得我等你这么晚。

邱云飞就赔着小心道：对不起，忙忘了，学院来客人参观，后来吃了点便饭。

邱云飞这么说了，她仍不依不饶：那你就不能打个电话呀，害得我做了那么多。

邱云飞道：光顾着陪客人了，下次一定。

柳秋莎穷追不舍的样子：我从早到晚伺候你，你心里根本没有我，我当年真是瞎了眼了。

邱云飞就说道：有事说事，扯那么远干什么？

柳秋莎爆发了，她站在邱云飞面前，神情激动地说：我告诉你邱云飞，别说你现在是副院长，就是军区司令，我也不怕你。

邱云飞就摇摇头，从沙发上站起来，向书房里走去。她见他要躲，火气就更大了，一把按住他道：姓邱的，今天你给我说清楚。

邱云飞立在那里：让我说什么？

柳秋莎：你心里到底有没有我？你一天到晚不着家。

邱云飞：这是工作你懂不懂？

邱云飞甩开柳秋莎的手，走进了书房，随手关上了门，然后留下一句：你该去医院看看。

柳秋莎听到了，咆哮道：看啥，我又没病。

邱云飞说：看看你的更年期。

柳秋莎站在书房门口，一脚踢开了门，叉着腰冲邱云飞道：告诉你姓邱的，老子从明天不伺候你了，我要出去找工作，给人家当顾问去。

邱云飞平心静气地说：去吧，省得在家里闲得闹心。

说完便忙自己的工作了。

柳秋莎失去了对手，回到电视机前，把音量开得大大的，吵得一屋子都发颤。邱云飞摇头，把书房的门关严，最后又把自己的耳朵堵上。

第二天一早，柳秋莎穿戴齐整，真的就出去找工作了。她在军区总院工作这些年，地方医院还是认识一些人的，章梅能找到工作，她凭什么不能？她对找到一份工作充满了信心。当她走进医院，找到那些熟人时，才知道，人家聘用的顾问，并不是她想象的那么容易，不仅需要文化，还需要多年的临床经验，这样的人，才能被聘为顾问。她在医院工作过，当院长、当顾问，干的一直是行政领导，现在各行各业什么都缺，就是不缺领导。

柳秋莎一连找了几个单位，得到的回答千篇一律。她没想到找个顾问的工作竟这么麻烦，心灰意冷地往回走，她想到了章梅。章梅有文化，她是护校毕业来到延安的，这么多年干的就是医院的工作，她现在应该成为专家了。柳秋莎又想到了自己，十三岁参加抗联，文化基本上没学过多少，她现在能看懂信、看懂报纸，还是她参加革命后断断续续学来的。

此时的柳秋莎空前地怀恋那些峥嵘岁月，那些个日子才属于柳秋莎，现在这个世界，已经开始远离她了，她是个没用的人了，她才是吃闲饭的。她以前一直认为邱云飞是吃闲饭的，没想到，自己走到今天这一步，也成了吃闲饭的人。从那一天开始，她终于看清了自己。

那天回到家里后，她把自己的军功章都翻腾出来，大大小小摆了半张床。然后，她又仔细地把一枚枚军功章别在了胸前，她冲着镜子看着自己，每枚军功章都有一个故事，每个故事都成了她美好的回忆。她在向过去的柳秋莎告别，她冲镜子里的自己说：柳秋莎，你也有今天哪。柳秋莎你啥都没有了，你只剩下回忆了。

她流着眼泪，又一枚枚地把那些军功章收了起来，最后放在箱子里，她把过去的柳秋莎埋藏了。

胡一百也退休了，柳秋莎现在在院子里经常能看见胡一百在小树林里转来转去。胡一百见了她就问：小柳啊，觉得咋样呀？

她就答了：老胡，你也吃闲饭了？

胡一百就笑，笑过了就答：吃闲饭了，吃闲饭了，人早晚都有这一天呀。邱云飞还好吧？

一提邱云飞柳秋莎的气就不打一处来，她铁着脸说：他那个书呆子还蹦跶呢。

胡一百就笑：现在咱们国家缺的就是知识分子，小邱还不老，还能干几年。

柳秋莎就说：章梅还当顾问吗？

胡一百又答：忙呢，一天到晚比谁都忙。

显然，胡一百也是失落的。失落的胡一百，只能在院子里转来转去了，他这么转来转去，轻而易举地就能和柳秋莎转到一起，然后两个人就一起转一转，说说当年的事，他们很容易就说到了延安。一提到延安，自然跟年轻时候联系在一起了。

胡一百就说：小柳呀，当年你的两条大辫子是那么粗、那么亮，真的是年轻呀。

柳秋莎就说：得了吧，老胡，你那匹马的马蹄子挂了几个掌，那么响，吵得人都睡不好觉。

胡一百就哈哈大笑，眼泪都笑出来了，然后说：你对小邱是铁了心了，你要是不那么快就和他结婚，说不定我抢也把你抢过来了。

说到这，两人都不说话了，都想到如果那样的话，结果又是什么样子呢？两人都不敢想，也不能往下想了。

他们现在已经是亲家了。前几天，柳南和望岛来信了，两个孩子已经在内蒙古结婚了。现在望岛已经是连长了，柳南也是通信部的排长了。也就是说，不管他们承不承认，孩子又把两家人的情感更紧密地联系在一起了。

胡一百就说：小柳呀，没想到咱们会成为亲家，咱们这辈子没缘，孩子们替咱们圆上了，这也是一种缘哪。

柳秋莎还能说什么呢？

48

邱柳北回来了，她回来之前没有任何的信息，她不是一个人回来的，她带着五岁的儿子刘小疆。

邱柳北的突然回来，改变了柳秋莎沉闷的生活，她变得有事干了。邱柳北这次回来就不准备走了，部队精简整编，她和刘中原都被确定转业了，她是回来联系工作的。刘天山和王英也退休了，退休后的他们回了老家，邱柳北不想跟着刘天山他们一起回老家，便决定回来联系工作。刘中原现在还在新疆，他等着办手续，也就是说，邱柳北这次回来是打前站的。

柳秋莎这是第一次见到外孙子，她第一次去新疆时，柳北和刘中原还没有结婚，正处于眉目传情的阶段。那时，柳北刚和夏天来结束了那场你死我活的恋情，心里急需找到一份慰藉，后来刘中原就及时出现了。柳秋莎第一次见刘中原并没有留下太深或者说太好的印象，只觉得那是一个很腼腆的小伙子，正在军区警卫排当排长。

后来，柳北写信告诉他们，她已经和刘中原结婚了，那时，柳秋莎还在靠山屯。柳北对自己的婚姻在信里轻描淡写地提了一笔。后来柳秋莎又想，嫁出去的姑娘泼出去的水，只要柳北自己愿意，也就随她去吧。在以后的信件中，柳北仍写得很简短，后来告诉他们，生了个男孩。也就这些，别的也就没什么了，至于生活得是否幸福、美满，则在信里省略了。

那时邱云飞还长吁短叹地惦记着柳北，他一提柳北长柳北短的，柳秋莎就不高兴，她认为纯属多余。自己十三岁离开靠山屯，这么多年让谁惦记了，她不还是生活得挺好？不管姑娘还是儿子，只要离开这个家门，他们就应该独立，去奋斗去生存，别的都是扯犊子。父母能跟他们一辈子吗？日子是儿女自己过的，父母能替他们去过日子吗？

从那以后，邱云飞就不好意思在她面前提想孩子们的事了。

柳北的回来，还是打破了家中的宁静。那一阵子，部队转业干部很多，都想找一份满意的工作，因此，不惜调动一切社会关系，挤门盗洞的。柳北最先征求了母亲的意见。

她说：妈，你看我转业回来，干点什么工作好？

柳秋莎就说：只要你自己愿意干的，干啥都行。

邱柳北的意思是想让母亲帮帮忙，母亲那么多熟人，有不少在地方上当着局长、处长的，没想到，母亲没搭这个茬儿。

接下来，柳北就单刀直入了。

柳北说：妈，帮我找找人吧，我在新疆这么多年，谁也不认识。

柳秋莎就陌生地看着柳北，然后说：我不认识谁，路还得靠你自己走。就这样，她三言两语地就把柳北的路给堵上了。

柳北别无选择地找到了父亲。邱云飞对柳北的回来是举双手赞成的。他曾经说：在哪儿好，也不如在家好哇。

这是他自从送柳北参军后，第一次见到柳北，那时柳北还是个孩子，单薄的身体背着行李走上了军车。现在柳北都三十岁的人了，她已经是孩子的母亲了。

他和柳北突然见面时，他的眼圈红了，站在那里半晌没有说出话来。还是柳北颤声叫了一声：爸。

邱云飞就说：好，好，回来好哇。

柳北的回来，邱云飞表现得最积极，他收拾房间，还主动地去买了一回菜，把柳秋莎做好的菜一盘盘地端到桌上。那天，他还喝了点酒，邱云飞是不胜酒力的，喝一点酒就脸红了，然后他就说些酒话，他说：柳北回来好，就差柳南了，要是柳南回来，咱们家就齐了。

柳秋莎不爱听这些话，便打住邱云飞的话说：你就少说两句吧，柳南人家生活得好好的，回来干啥？

邱云飞就不说话了。

柳北已经跑了几趟军人安置办公室了，并没有什么结果。一天晚上，便来到父亲的房间，还没等她说话，父亲先开口了：联系工作是不是有些困难？

柳北就叫了一声“爸”，眼圈就红了。

邱云飞就说：你妈不帮你，我帮你。这么多年，自从你走，没求家里啥，爸一定帮你。

接下来邱云飞就不停地打电话联系，他现在是军事学院副院长，这几年不比以前了，学院、大学的很吃香，邱云飞认识了许多社会上的人。三联系两联系的，就联系成了，他不仅为柳北联系好了工作，还为刘中原也联系好了工作。

接下来，柳北就自己跑了，接收手续、调函什么的。

在柳北联系工作的日子里，柳秋莎和刘小疆的关系掀开了历史的新篇章。

刘小疆的性格像柳秋莎，这是她自己总结出来的，她说和外孙有缘分，两人一见面就开始相互喜欢了。

白天的时候，柳秋莎领着外孙，满院子乱转，她逢人就说：这是我外孙，叫刘小疆。来，小疆，给爷爷打一趟拳。

刘小疆不知在哪儿学会了一路拳术，表演给柳秋莎看过，柳秋莎看了，就更加地喜欢这个长得虎头虎脑的外孙。

刘小疆的拳脚在众多人面前表演过，都得到了一致的好评。这天，柳秋莎又带着刘小疆在胡一百面前表演了一番。胡一百看完了拳脚就评论道：好，不错，将来一定比你姥爷有出息。

胡一百这么多年，一直都不认为邱云飞有多大出息，在爱情上他败给了邱云飞，但他一直认为，没有真正打过仗的男人不是好男人。现在虽然邱云飞当上了副院长，还有滋有味地工作着，但他认为，这样的工作谁干都可以，但打仗不行，不是每个人都能指挥千军万马的。所以在他的心里从来没把邱云飞当成过人物。

柳秋莎见外孙子得到了这么多好评，一激动，在体育用品商店里给外孙买了一把三节鞭。那东西是铁做的，摇起来哗哗地响。刘小疆就挥舞着那把三节鞭在院子里横着走路，经常冲比他大的孩子叫号，他说得最多的一句话就是：咋的，不服哇？不服就过来遛遛。

柳秋莎听到了，不仅没批评他，反而拍手打掌地笑，还鼓励道：行，行，我们家的小疆有种。

在新疆的时候，刘小疆就让柳北操碎了心。他只要去幼儿园就一准闯祸，今天把这个小朋友打了，明天又把那个咬了。柳北就跟救火队员似的，跟被打孩子的家长今天检讨，明天又赔不是的。

柳北也打过刘小疆，可是不管用，没两天就又惹祸了。惹完祸他还梗着脖子冲人说：咋的吧，我爷爷是军长，不服咋的？

接下来的结果就是柳北暴打一顿儿子，但这种收效并不大。在教育孩子的问题上，柳北曾和小疆的爷爷奶奶发生过激烈的冲突。

刘天山说：孩子哪有不淘的，除非是傻子，淘孩子才有出息，我小时候就淘，那一年我放牛……

王英说：淘小子，浪闺女，小子淘点没啥。

这次柳北下定决心不跟刘天山一家回老家，也有这方面的原因。没想到的是，柳秋莎对待刘小疆和刘天山比起来，有过之而无不及。

柳北就冲母亲说：妈，以后你不能这么惯小疆，他这样下去，以后就管不了了。

柳秋莎就说：不能管，孩子也没犯啥错，管他干啥，再管不把孩子管傻了？

柳秋莎的腔调与刘天山如出一辙，柳北的脸就黑了，她预感到，以后为了孩子不会少和母亲争吵的。那时她就想，等刘中原一回来，就搬出去，离开这里越远越好。

49

不久，刘中原就回来了。

刘中原回来那天，柳北去车站接他。邱云飞为了表示重视，还专门派出了自己的车。当柳北去接刘中原时，邱云飞显得忐忑不安的样子，他一次也没有见过刘中原，因此他有些兴奋。

他一遍遍地向柳秋莎询问：中原这孩子咋样？

柳秋莎坐在那里看电视，用眼睛翻邱云飞，她在有意吊他的胃口。邱云飞就在屋里转来转去的，然后又问：中原这孩子，是高还是矮？

柳秋莎就没好气地答：不高也不矮。

邱云飞又问：是胖点还是瘦点？

柳秋莎依旧答：不胖也不瘦。

那、那他的性格呢？邱云飞恨不能立马把刘中原的祖宗三代都问个遍。

柳秋莎终于忍不住，吼一声：一会儿你看了不就知道了。

邱云飞没词了，他似乎还有一肚子话要问柳秋莎，可张了张口，又把那些话咽回去了，他知道，问了也白问，还讨个没趣。于是他就一遍遍想象着刘中原到底是个什么样的人。

终于，柳北领着刘中原进门了。刘中原进门时，柳秋莎连眼皮也没抬一下，继续看着自己的电视，是邱云飞上前开门。刘中原仍然穿着军装，只不过是没有领章帽徽了。刘中原进屋就给邱云飞敬礼，柳北介绍道：这是我爸。

刘中原就干干脆脆地叫一声：爸。

邱云飞就伸出一双潮湿的手，和刘中原热烈地握在一起，刘中原就红了脸，咧开嘴笑。

后来刘中原又来到柳秋莎面前，硬着声音叫了一声：妈。

柳秋莎就不紧不慢地说：来了，坐吧。

刘中原就坐在了柳秋莎身旁的沙发上，邱云飞也过来坐下了。柳北忙着去做饭了。

柳秋莎就把身子坐正了，望着刘中原，一本正经，严肃认真地说：中原，我问你几句话。

刘中原低下头，像个待嫁的闺女似的答：妈，你说。

柳秋莎就说：你跟柳北到我们这儿来落户，你爸你妈同意？

刘中原的头就更低了一些，小声地答：我听柳北的。

柳秋莎又问：你自己愿意来吗？

刘中原又答：我听柳北的。

柳秋莎就不说什么了，扭过头去看电视。

邱云飞可捞着机会了，和刘中原从新疆到东北，天上地下，东南西北地说了个遍。谈这些的时候，刘中原似乎轻松了些，不那么拘谨了，但还是一句一答，从没主动说过什么。

吃完饭之后，天就晚了，柳北一家进屋休息了。柳秋莎也关了电视，回到了自己的房间，邱云飞似乎早就等着这样的机会了，也跟着进了屋。

邱云飞就搓着手说：不错，不错，我看中原这孩子不错。

柳秋莎就答：不错个屁，你看那样子，三棍子打不出屁来，还有啥不错的。

邱云飞受了抢白，显得很不服气的样子说：这孩子本分听话，我看挺好。

柳秋莎又答：听啥话，连父母的话都不听了，就听老婆的话，这样的男人还有啥出息。

邱云飞自顾自地说：柳北以后不会受委屈，挺好，挺好，我看挺好。

柳秋莎就说：狗屁，一个男人，哼，真是的。

她不说什么了，抱过被子把自己蒙上。说心里话，她对自己的女婿真的很不满意，她心目中的男人就不应该是这个样子，而是高高大大，孔武有力，说话办事利利索索，干脆果断。

在刘中原身上看不到这些，她失望。于是她就想，部队整编，不整这样的人还整啥样的人。这样的人就不适合在部队工作，如果有一天打起仗来，能打败敌人吗？她想到了刘中原，又想到了身边的邱云飞，突然把头抬起来吼了一声：你们都是一路货色。

这声吼吓了邱云飞一跳，邱云飞正沉浸在对女婿的想象中，眯着眼睛，很放心的样子。

邱云飞望眼柳秋莎，就说：你发啥癔症呢，怪吓人的，我和谁一路货色了？

柳秋莎没好气地说：说你们呢，等到打起仗来，都是吃闲饭的货。

一提起打仗，邱云飞就悲哀了，在过去的岁月中，他的确没有可圈可点的功绩，就是立过的那次功也是因为采访，不及柳秋莎，每次立功都是硬邦邦的。邱云飞一想起往事也感到汗颜，可眼下毕竟不是从前了，他现在是个有用的人了，他不仅是副院长，还是学院专家组的成员，许多过去的作战事例要分析，要制定教学大纲，等等，都少不了他。所以，他对柳秋莎的话不敢苟同，想到这便说：三十年河东，三十年河西，人呢，可不能那么看。

柳秋莎一听来了脾气，呼一下坐了起来，指着邱云飞的鼻子说：就你那两下子还河东河西，不服咱们一个人带上一个过去比画比画。

邱云飞不可能和她去比画，便说：睡觉吧，别比那些没用的了。

说完盖上头。

柳秋莎又把邱云飞蒙在头上的被子揭开，冲邱云飞说：啥叫有用的，啥叫没用的，你给我说说。别以为我不知道，你就是纸上谈兵行，你知道怎么抓俘虏，知道怎么抓土匪？

邱云飞没词了，憋了半晌答：现在打的是科技战，你说的那些事都是老皇历了。

他说完这句话，真的不理柳秋莎了，背过身去，闭上了眼睛，留下柳秋莎一个人在那里气哼哼地坐着。她伸手关了灯，把后背冲给邱云飞，睡下了。

在家里没人的时候，柳秋莎很郑重地把柳北叫到了自己的面前。她一字一顿地冲柳北说：丫头，你给我听好了，人不能忘本。你最难的时候，刘中原的一家保护了你，现在刘中原来咱们家了，你要对得起人家。

柳北就答：妈，我知道。

柳北说这话时，眼里含了泪水。

柳秋莎就又说：自己的闺女自己知道，我知道你不满意刘中原。

柳北的眼泪就下来了，她硬着声音说：妈，你别说了。

柳秋莎又说：可他对你好，能听你的，这就成了。

柳北不说话，低着头。

柳秋莎：你爸要是不遇上那个事，你也不会嫁给刘中原。

柳北很快又想到了天津的夏天来，很快，只在脑子里一闪。她在最危难的时候走近了刘中原，她知道刘中原是爱自己的，这就够了。刘天山和王英对自己也很满意，这就让她知足了。

后来，她平淡地和刘中原结婚了，她初恋的激情已经燃烧完了，和刘中原恋爱到结婚，她一直没有找到对夏天来的那种感觉。她曾对自己说：柳北你要清楚，恋爱是恋爱，婚姻是婚姻。

婚后的生活，刘中原可以说对她言听计从，她说东他不说西，于是就有了日子。后来，部队开始精简，她和刘中原都属于被精简的对象，许多干部都留在新疆了，那里天高地阔，有许多发展的机会。后来，她还是下定决心离开新疆，离开这让她伤心的地方。刘中原便别无选择地跟来了。

柳秋莎又正色道：丫头，你记住，以后不许离婚。

柳北点了点头，说道：我记下了。

柳秋莎说完这一切，长嘘了一口气。

不久，刘中原和柳北都上班了。他们刚转业回来，单位还没有分房子，按理说，柳秋莎这时已经准备让柳北一家常住在这里了，房子也宽敞，柳东只有周末才回来，平时就柳秋莎一个人在家，也闷得慌。从理从情上讲，柳秋莎都希望柳北一家在这里常住下去。

不料想，柳北突然决定，要搬出去住。房子是租来的，离单位不远。柳北的理由是，这样上班离单位近一些。这是她说出来的理由，心里想的却是，她怕母亲把刘小疆给宠坏了。现在的刘小疆已经把谁都不放在眼里了，这手拿枪，那手拿着三节鞭，当然都是柳秋莎给买的。

刘小疆一会儿打枪，一会儿舞三节鞭，杀这个打那个的，已经无法无天了。他眼里只有姥姥，姥姥是他最崇拜的人，也是他唯一可以听从的人，别人都不行，包括柳北。

柳北决定的时候很突然，柳秋莎都没回过味儿来，只不解地问：家里住得好好的，搬走干啥？

柳北就说出了一大堆理由，当然，这些理由在柳秋莎心里都不是理由，一条也站不住脚。柳秋莎最后就无奈地说：要搬可以，你得把小疆给我留下。

柳北当然不会同意，她搬走的目的主要是为了刘小疆。

柳北就又说：小疆要上幼儿园，马上就上小学了，你年纪大了，照顾不了他。

柳秋莎拍着胸脯说：我行，别说让我带个孩子，就是现在让我去抓俘虏，也能抓个俩仨的。

她说归说，最后刘小疆还是被柳北强行给带走了。在这些问题上，刘中原是一点意见也没有的，来就来走就走。

柳秋莎被柳北伤了自尊心，她冲柳北一家远去的背影喊着：走就走，以后别再登我这个门。

柳秋莎的日子又回到了从前，她一时又不知该如何是好了。

50

柳北一家一搬走，柳秋莎的生活顿时空了，她又回到了从前的样子。邱云飞上班，房子里就空了，然后柳秋莎背着手这里走走，那里看看，两个房间都看过了，也没有什么新鲜名堂。她又背着手走到楼下，她一走到楼下便轻而易举地见到了胡一百。

胡一百也还是一副百无聊赖的样子。胡一百手里拿了把刀，刀上还系着一块红绸子，只不过那红绸子因为有些年头了，颜色有些发暗了。胡一百正在小树林里舞扎着那把刀，柳秋莎立在那里看了一会儿，就说：老胡，你这是花拳绣腿。

她这么一说，胡一百就停下了，气喘着道：小柳子，不服咋的，不服你来两下子？

柳秋莎刚开始并没有舞刀的意思，见老胡这么“杠”她，她就撸胳膊挽袖子走过去，一边接刀一边说：舞就舞，谁怕谁呀。

柳秋莎就把刀舞了起来，在抗联的时候，刚开始没有武器，他们操起什么家伙就是什么家伙，反正能杀鬼子就行。因此，柳秋莎是用过这种刀的。只不过现在老了，有些力不从心了，砍两下杀两下就开始喘了，然后就立刀收势，把刀还给老胡。

老胡就说：小柳子，你这两下子就不容易了。昨天早晨，我让章梅帮我擦刀，她连刀都拿不动，你说这个小知识分子有啥用。

柳秋莎一下子和老胡找到了共同语言，立马来了精神，她冲胡一百抱怨道：当年你非得让我去医院，我要是不去医院，能多杀多少敌人。

胡一百就说：不是我不愿意，是上级不允许，你一个女同志上前线不行。

柳秋莎就说：不让我打仗，耽误我一辈子，现在可倒好，让那帮小知识分子红火了。

胡一百和柳秋莎就坐在了一个石台上，两人一下子就走近了，他们似乎有了许多共同语言。

然后两个人就坐在温暖的阳光下，你一言我一语地聊开了。

柳秋莎说：老胡我跟你说，你当初小瞧人了。

胡一百道：我没小瞧你，在延安时，我看你第一眼，就知道你这人行。

柳秋莎又说：啥行不行的，你就是小瞧人。

胡一百也说：我要是小瞧你，能一次又一次往你那里跑？

柳秋莎此时，仿佛又听到了马蹄声，不知为什么，她竟红了脸。但她还是说：我这辈子过得窝囊，该打仗没打上，到现在成了个闲人。

胡一百也说：仗打了也就打了，我每场仗都没落下，又咋的了，不也和你一样了？

两人就沉默了。半晌，胡一百抬起头来看了柳秋莎一眼，又说：咋样，那个邱云飞也快退了吧？

柳秋莎就说：他是秋后的蚂蚱没几天蹦跶了。前几天他填离休报告表让我看见了，他还不承认。

说到这儿，柳秋莎就笑了，样子很开心，很痛快。

胡一百就愤愤不平地说：想当年，他们这些知识分子不行，打仗都靠边站，现在轮到他们吃香了。

胡一百说的他们当然包括章梅、邱云飞等人。

柳秋莎也问：章梅咋样，还给人家当顾问呢？

胡一百说：我看也快到头了。

胡一百说完也笑，脸上是幸灾乐祸的表情。

笑完了，胡一百就说：小柳我跟你说，我跟章梅过这一辈子，遭老罪了。打仗那会儿还好点，就这两年，生活好了点，她就开始要讲究，吃这个不行，那个也不行，一天还要洗好几次手，你说我也没摸屎，老洗手干啥？

这回轮到柳秋莎笑了，笑得她都弯下了腰。

胡一百就一本正经地说：你笑啥，我说得不对咋的？我就爱吃口肉，喝口酒，你看章梅，横挡竖挡的，就是不让我吃，不让我喝。

柳秋莎就说：那你就不会到外面馆子里去吃呀？

胡一百摆摆手说：别提了，我要是在外面吃顿饭，她恨不能把我的皮扒下一层去，说我带回细菌了，有这个炎那个炎的。

柳秋莎这回不笑了，她有些同情胡一百了，然后就说：老胡，你啥时候馋了，到我家喝两口去，我陪着你。

胡一百就说：那敢情好。

接下来，胡一百就望天空，太阳暖烘烘的，两人就都眯上了眼睛。

胡一百自言自语地说：要是当年你嫁给我，我就不会过这样的日子了。

柳秋莎说：拉倒吧老胡，咱俩要是在一起，一天还不得吵八架，就你那脾气，我这脾气。

胡一百就挥着手说：不能，一定不能，咱俩脾气投缘，可以往一处捆，劲儿往一处使，不会吵，不会吵的。

两人说着唠着，就分手了。

有一天，柳秋莎真的做了一锅红烧肉，打电话把老胡叫来了。那时，邱云飞已经下班了。

这是老胡第一次光顾柳秋莎这个家。他好奇又陌生地打量着眼前的一切，手脚没处放没处搁的样子。

老胡在饭桌前坐下了，邱云飞就说：参谋长，这么多年，我们让你操心了。

老胡就说：你这个小邱，哪儿的话，现在咱们是亲家，一家人不说两家话。

柳秋莎忙完了菜，就过来倒酒，给老胡满上了，给自己也满上了，唯独没给邱云飞倒酒。老胡就说：给小邱倒上，倒上。

柳秋莎把酒瓶子重重地放在桌子上说：他不喝。

老胡就无限惋惜的样子，咂着嘴说：咋不喝呢，你看你，你闻闻这酒多香。

说完自顾自地品了一口，不断地点头称是。

刚开始老胡还有些拘谨，两杯酒下肚之后，他就开始放松了，话也多了起来。他已经不把邱云飞当回事了，不停地和柳秋莎碰杯，还不断地说小话给邱云飞听。

他说：邱院长，最近工作可忙呀？

邱云飞就说：还行，就那样。

他又说：你们现在吃香了，我和小柳子都不中了，靠边站了。

邱云飞说：这是大势所趋，我早晚也有退下来的那一天。

邱云飞几口就吃完了饭，然后说：你们慢吃，我还要看一份文件。

说完便匆匆地去了书房。

老胡就问柳秋莎：咋的，是不是不高兴了？

柳秋莎就说：他就那个样，咱不管他，吃肉喝酒。

然后举杯，很豪气地和老胡碰杯，两人都大口喝酒，大口吃肉，样子豪气得很。

老胡就说：痛快，真痛快，我好久没这么喝、没这么吃了。

柳秋莎就大着舌头说：亲家，你高兴就多喝点，多吃点。

老胡也硬着头说：你做的肉真香，章梅从来不会做这些东西。

柳秋莎也说：亲家，咱哥俩对撇子，来，干了这杯。

最后老胡就整高了，迈着一步三摇的脚步就走了。柳秋莎就送他，一边送一边说：亲家，你慢点走。

老胡就说：没事，就这点酒不算啥，过去我提拔干部，不想喝酒的都靠边站，不会喝酒就是怕死，怕死还能打胜仗？

两人一个门里一个门外就那么摇晃着说。最后老胡一挥手说：行了，小柳子，我走了。

柳秋莎一直看着一摇三晃的老胡走远了，才关上了门。

老胡一走，邱云飞就推开书房的门出来了，他帮着收拾桌碗。柳秋莎什么也不管了，靠在沙发上，冲邱云飞乐。

邱云飞就说：这么大岁数了，喝这么多酒干啥？

柳秋莎就说：邱哇，你不喝酒不知喝酒的好处，好哇，喝完就都没啥了。

邱云飞就说：这有什么好，你就不怕喝出点毛病来？

柳秋莎说：啥毛病，就你们知识分子知道爱惜生命。你们知识分子怕死，打仗的时候不敢往前冲，现在不打仗了，你们冲得挺积极。

邱云飞就说：别胡说了。

邱云飞说完，脱下柳秋莎的袜子，又端来一盆洗脚水，放在柳秋莎面前。柳秋莎已经睡着了。

邱云飞无奈地摇摇头，他为柳秋莎洗脚，又扶着柳秋莎走进了卧室。

老胡一回去，又免不了一场战争。章梅正在家里等着他呢，老胡就满身酒气地回来了。

章梅就说：又去哪喝去了？

老胡就豪气地说：跟我亲家母喝去了，咋的吧？

章梅对老胡这个样子，又无奈又好笑，便用手指着他的头说：你看看你，这么大岁数人了，喝这么多酒，不怕喝出毛病来呀？

她的话和邱云飞的话如出一辙。

老胡就说：拉倒吧，就你们不喝酒，能干成啥大事，我哪次打仗，不都先喝酒？这叫英雄酒，知道不？

章梅这时无话可说，便打来洗脚水为他洗脚，最后还要扶着他上床。不一会儿，老胡就鼾声雷动了，章梅睡不着，望着天棚发呆。

51

自从柳北一家回来后，柳秋莎的日子就有了念想。虽然他们搬出去了，周末这一天他们全家还是要回来的。柳秋莎盼着这样的日子，从周一盼到周末。

周末的时候，柳北带着刘中原和刘小疆就来了，这是柳秋莎最高兴的日子。在这之前，柳秋莎把吃的喝的早就备下了，柳北和刘中原把这些荤荤素素的菜做熟就可以了，她腾出时间和外孙刘小疆疯玩一阵子。

周末的时候，柳东也回来了，有时他自己回来，有时带着女朋友杜梅。两个人都很与众不同，他们的胸前别着大学校徽，白底红字，耀眼得很。那时的大学生很吃香，在社会上属于凤毛麟角。两人就很安静地坐在那里，样子像客人。

一家人坐在桌前的时候，两个大学生坐在一角，显得很是与众不同。这时的邱云飞显得前所未有的高兴，不停地为柳东和杜梅夹菜。两人就含蓄地谦让，很有知识很有礼节的样子。柳北和刘中原都是军人出身，吃起饭来速度很快，有些狼吞虎咽的样子。

邱云飞望着柳东的样子就一脸的慈祥了，当然还有许多关爱的成分，然后就说：小东呀，你是咱家第一个大学生，看来以后，只有你接爸爸的班了。

邱云飞这么一说，便拿目光去望柳北，当年柳北也全力以赴地考过大学，只不过是没有考上。柳北就有些惭愧的样子，头就低了些。

柳秋莎不爱听了，就说：柳东该当兵的，不当兵的男人，一辈子都缺滋少味的。

这回轮到柳东和杜梅讪讪的了。

两人在这之前还想很文化地吃饭，很文化地陪家人，这下子，他们三两口便把饭吃完了。吃完饭之后，两人就回到小屋里，或学习，或花前月下了。

吃完饭之后，刘中原就拿目光寻找柳北，意思是该走了。

柳秋莎一时半会儿还是没有让他们走的意思，正和刘小疆玩得热火朝天。两人拿着玩具枪，不停地射击，一会儿你趴下了，一会儿我又倒下了。

刘小疆就问：姥姥，你打过仗吗？

柳秋莎就说：姥姥当然打过仗，姥姥十三岁就开始打仗了。

刘小疆眨着眼睛，仍然穷追不舍的样子：那你为啥没当官？我爷爷也打过仗，他就当军长了。

刘小疆这么一说，就捅到了柳秋莎的软处，她怔在那里，一时不知如何回答。

刘小疆又说：姥姥你是逃兵吧？

柳秋莎就泄了气地说：姥姥是个女人，姥姥要不是女人，都能当司令。

柳秋莎从那时开始，情绪就很不好了。这时，柳北及时地提出要走了，柳秋莎也不留了，挥着手把一家三口人送走了。

刘小疆一走，柳秋莎心里就空了，坐在电视机前，呆呆地看电视，电视里演的是什么内容，都没有往脑子里去。

过了一会儿，又过了一会儿，柳东的房间里有了响动，是柳东送杜梅出来了。两人的脸孔都红扑扑的，那是爱情滋润的结果。

杜梅走到柳秋莎身边打个招呼：阿姨，我走了。

柳秋莎仍然恍惚着，她口是心非地问：不多玩一会儿了？

杜梅就答：回家还要看书，快期中考试了。

柳东就把杜梅送走了，两人在门外免不了又要磨叽半晌。柳东后来就醉酒似的回来了，他是想绕开母亲，直接回到自己的房间里。

柳秋莎就把柳东叫住了，柳东站在母亲面前，很茫然地望着母亲。柳秋莎就说：站着干啥，坐下呀。

柳东就坐下了。

柳秋莎就说：柳东你是个男人，你现在是个大男人了。

柳东就翻着眼睛说：咋的了？

柳秋莎就说：是男人就该干一些男人的事，别整天偷鸡摸狗的。

柳东就变了脸色：我咋偷鸡摸狗了？

柳秋莎莫名地就有了火气：男人都是干大事的，别只知道和女人在一起，老婆就是老婆，娶到家里，就算完事了，别费那么多心思。

柳东真的不明白母亲要说什么了，他脸红一阵白一阵的。

柳秋莎又说：你是咱们家唯一的男孩，你该做大事……

没等柳秋莎说完，柳东就抽身走了。

柳东是柳秋莎从小到大最疼爱的一个孩子，因为他是男孩。柳东渐渐长大了，柳秋莎开始对他越来越失望。柳东多愁善感，没事就捧着一本书，经常弄得眼泪汪汪的，这一切，都不是柳秋莎所希望的。柳秋莎期望的男人是，牙掉了往自己肚子里咽，男儿有泪不轻弹，拿得起放得下，风风火火闯九州，干大事，干狠事。显然柳东与柳秋莎内心的期望相去甚远。唯一值得骄傲的事就是考上大学，但考不考大学对柳秋莎来说又显得那么微不足道。按照她的想法和逻辑，考上大学也是不能成就大事的。邱云飞也是大学毕业参加革命的，可他这一辈子成就什么了？什么也没有。在柳秋莎眼里，邱云飞这一生是失败的人生。

老年的柳秋莎不仅对自己不满意，她对身边的亲人也没有一个满意的。她把自己唯一的希望寄托在柳南身上。直到现在，柳南和望岛仍战斗在部队，只要在部队干下去，她就有一份期待和希望。

当年，柳北义无反顾地去了新疆，这一走永不回头的样子，她原以为柳北能有个出息，后来，还是一家老小地从部队里回来了，她心里种下的那颗希望的种子也随之夭折了。

终于，邱云飞被宣布退休了。宣布退休那一天，邱云飞平静得很，晚上下班回来的时候，怀里多了个纸箱子，他把纸箱放到书房里，该干啥还干啥。

柳秋莎一点也没有看到邱云飞的变化。直到第二天，吃完早饭，邱云飞仍然没有走的意思，他背着手，慢条斯理地在客厅里踱步，不忙不慌的样子。柳秋莎就一眼又一眼地向窗外眺望，因为每天这时，来接邱云飞的小车已经准时开到楼下了，今天那辆车却没有出现。柳秋莎的心比邱云飞还急，于是，她就一次次向外张望。终于，她忍不住了，冲踱步的邱云飞说：接你的车是不是坏在半道上了？

邱云飞就平淡地说：我退休了，再也不用上班了。

柳秋莎就瞪大了眼睛，直到这时，柳秋莎才发现，以前钉在邱云飞衣服上的领章统统不见了，她“咦”了一声，又“咦”了一声。突然她放声大笑了起来，笑得上气不接下气，眼泪都流出来了。半晌，她说：邱云飞，咋样，你也有今天哪。

邱云飞就说：咋的了？

柳秋莎就说：我还以为你们知识分子永不退休呢。

邱云飞就说：任何人都有退休那一天。

柳秋莎就说：好哇，好哇，你终于蹦跶到头了。

邱云飞就文质彬彬地说：退休并不退志，这是我新的起点。

柳秋莎又笑了，道：邱云飞，别光说得好听，啥起点？告诉你，你我一样，咱们这都是人生的终点。

邱云飞笑一笑，转身进了书房，接下来，邱云飞在书房里忙的是什么，她就不得而知了。从那以后，邱云飞每天都如同上下班一样，那么有规律地进出书房。刚开始，柳秋莎以为邱云飞规律地进出书房是装给自己看的。她刚退休时，抓耳挠腮了好一阵子，如果没有两年无所事事的顾问生活，她说不定还会怎么难过呢。后来，她发现，邱云飞真的不是故意做出来的。

有一天，她推开了邱云飞书房的门。邱云飞正在书房里写着什么东西。她又看到了在靠山屯经常看到的那种黄色的草纸，此时那堆纸规规矩矩地堆放在写字台上。

柳秋莎看了半晌也没看出名堂，她背着手像视察工作的领导似的说：副院长同志，忙哪？

邱云飞就说：退休好哇，我又可以写小说了。

写小说？这句话雷似的在柳秋莎心里滚过。她没想到，邱云飞退休之后，第一件事就是写小说。当年在靠山屯时，他就写过小说，那时她认为他是消磨时间，从来没往心里去，没想到邱云飞退休之后，他又开始写小说了。柳秋莎当时就想，邱云飞这也是在找借口，他是借坡下驴呢，用不了多久，他就会写不下去，然后跟她一样，无所事事。于是她就背着手，笑吟吟地说：写吧，写吧，看你能写到啥时候。说完，她就从邱云飞的书房里走出来了。

52

柳秋莎再次出现在院子里时，看见了胡一百，胡一百就大着嗓门问：小邱退了吧？

柳秋莎就答：退了，退了。

胡一百又说：那他还不出来，在家里干啥呢？

柳秋莎就实话实说：写小说呢。

胡一百就鼻子哼一哼道：这就是小知识分子，退休了，还在家研究知识呢。说完就哈哈大笑。

胡一百笑完转身就走了，他是找一帮同样退休的人打门球去了，门球打了一气，众人就吵吵嚷嚷地聚在凉亭下棋，楚河汉界，泾渭分明。胡一百和政治部的王主任下，众人就围在一旁乱七八糟地支着儿，胡一百听这人不是听那人也不是，最后就吼一声：别吵吵了，到底听谁的，打仗还有个主事的呢，是你们下还是我下？

他这样一喊，众人就都不吭气了，闷了声音，看老胡和老王单挑独斗。斗来斗去的，老胡就被将死了，他的汗就下来了。有人就说：老胡，我来吧。

老胡不干，眼睛都瞪圆了，撸胳膊挽袖子地道：我就不信，司令部的下不过政治部的，再来，再来。

于是，他就又下。最后的结果是，老胡又一次败下阵来。

柳秋莎在一旁看了许久了，这时她一声不吭，身子往前挤了挤，不管老胡愿不愿意，反正把老胡挤到一边，自己坐在了老王面前。老王就"咦"一声：你，小柳，你能行？

柳秋莎就说：行不行的，下着看吧。

刚开始老王还吹着喝着地道：要不让你个车？

柳秋莎说：用不着，别来那些虚的。

老王就真真假假地和柳秋莎下，等走了几着之后，老王就认真了，不仅认真了，鼻子上的汗都出来了。

结果，老王一连和柳秋莎下了三盘，三盘都输了。

老王就又"咦"了一声道：小柳，看不出，真看不出，你还真有两下子。

柳秋莎就说：有两下子，我还有三下子呢。然后又抬起头，冲众人道：谁还不服，过来。

众人一个也没有敢应战的，他们知道，他们的棋艺都比老胡和老王差，连老王都下不过，他们上了也是白上，还丢人现眼的。于是众人就打着哈哈说：不下了，不下了。

柳秋莎就站起来，拍拍屁股，丢下一句：还男人呢。

她走了，丢下一群男人在那大眼瞪小眼，半晌才反应过来。

老王说：真没看出来，小柳子还真有两套办法。

众人也说：可不是。

柳秋莎再见到胡一百时，胡一百就搓着手满脸堆笑地道：亲家，你要是男的，你指挥打仗一定比我强。

柳秋莎说：就不是男的，也不一定比你老胡差。

老胡就尴尬地笑，然后道：可惜了，当时没把千军万马交给你。

柳秋莎说：我要是男人，还有你们的份儿？

以后再下棋时，老胡、老王等人就不敢吆五喝六了，一看到柳秋莎走来，他们都噤了声，棋子落在棋盘面上，虚弱得很。

柳秋莎在众男人面前得到了极大的满足，然后挺胸收腹地往回走，一推开家门的时候，就看到书房里正奋笔疾书的邱云飞。柳秋莎便一惊一乍地走过去，冲邱云飞说：副院长同志该歇歇了，累不累呀？

邱云飞就放下笔，伸了个懒腰说：各人有各人的乐趣呀。

柳秋莎就说：你写那些没用的，当吃当喝呀？

邱云飞站起来，背着手，很有风度地踱步，然后说：你又不是我，你怎么知道这东西不当吃不当喝？要我说，搞创作，比吃喝还重要。

柳秋莎就说：既然这样，中午你就别吃饭了。

果然，柳秋莎做饭时，真的没给邱云飞做那一份，她自己煮了碗面，坐在客厅的沙发上，一边看电视一边吃。

邱云飞习惯性地走进厨房，看了看锅，又看了看碗，果然，那里空空如也，什么也没给他留下。

这回他就堆着笑，从厨房里走出来，说话的底气明显不足了，然后道：真的没给我做？

柳秋莎就瞪着眼睛说：凭啥？你如今也退休了，我不伺候你了，女人咋的了，女人就该给你做饭？

邱云飞就说：那好，从今天晚上开始，我做饭。

柳秋莎又说：那咱们分工，以后中午饭我做，晚饭你做。

邱云飞又说：男女平等，行。

柳秋莎站起身，把自己碗里的面条分一半给邱云飞。

从那以后，人们经常可以看见，黄昏时分，提着菜篮子的邱云飞急匆匆地往家走。路上碰到了老胡等人，他们就大着声音和邱云飞打招呼道：大知识分子，咋的，也学着做饭了？

邱云飞就不尴不尬地说：男女平等嘛。

邱云飞走进厨房，刚开始显得有些手忙脚乱，柳秋莎抱着肩膀站在一旁，她不插手，只是笑。一会儿饭锅扑了，一会儿油烧着了，邱云飞就跟一个救火队员似的，东扑一头，西扑一头。

饭菜端上来时，邱云飞都为自己的饭菜质量而感到脸红。

柳秋莎就敲着碗说：咋样，你知识分子有啥了不起，饭都做不好吧？

邱云飞就红着脸，很不好意思的样子。

不知从什么时候开始，邱云飞开始看一本菜谱书了，他除了关在屋子里写作，剩下的时间就潜下心来研究那本菜谱，边看边实践。有时候做饭，就把那本菜谱书带到厨房去。

果然，过了没多久，邱云飞的厨艺大有长进，按柳秋莎的话说：行呀，知识分子，你的菜和饭店的差不多。

邱云飞就说：边学边干呗。

从那以后，邱云飞不仅承包下了晚饭，就是早晨和中午的饭菜他也包下了。

每天早晨，柳秋莎去遛弯，等她回来，邱云飞已经把早饭做好了，米粥、馒头等自不必说，还有四个小菜，青是青、白是白的。这和柳秋莎三百六十五天不变样的咸菜疙瘩没法比。

柳秋莎就“咦”一声，坐下来，该吃吃，该喝喝。

等上午柳秋莎又转了一圈，中午回来之后，她惊奇地发现，两碗新包的水饺正在桌子上冒着热气。

从此以后，柳秋莎当上了甩手掌柜的。她在屋里一分钟也待不住，甩着手出去，甩着手回来，出去和老胡、老王等人下棋、舞刀的，回来就吃、就喝。

终于有一天，邱云飞红着脸说：啥时候把老胡请来，尝一尝。

老胡不用请，一打招呼就来了。老胡进门的时候，邱云飞刚进厨房，柳秋莎就以一家之主的身份招待老胡，两人喝着茶，天南地北地说了一些不着调的往事。

老胡说：那次打王庄吧，你们医院还没跟过来，一颗炮弹把我的腿都炸出骨头了，我自己用布缠巴缠巴就上去了。

柳秋莎又说：那次你们在王庄打，我们医院让人抄了后路了，我断后，用双枪打，那才叫过瘾。

两人刚回忆到王庄，邱云飞就喊开饭了。

老胡一看桌上摆着花花绿绿的菜，一双眼睛就直了，然后就惊呼：小邱啊，老胡以前小瞧你了，没想到你真有两下子。

然后老胡和柳秋莎就大碗喝酒，大块吃肉，他们又从王庄回忆到了东北剿匪。在这期间，邱云飞很快吃完了，正扎着围裙看电视。

柳秋莎见汤凉了，就喊：副院长同志，汤凉了。

邱云飞就过来，去热汤。

不一会儿，柳秋莎又喊：副院长同志，这个鸡凉了。

邱云飞又过来，忙着去热鸡了。

老胡临走的时候，步子是踉跄的，他一脚高一脚低地走到门口，这才想起邱云飞，然后冲邱云飞挥着手说：行，你这个知识分子行，能上能下的，不错，不错。

老胡就打着晃走了。

柳秋莎也喝得头晕眼花了，她靠在沙发上独自乐。

邱云飞把一杯热茶放到了她的面前，她几下就蹬掉了自己的鞋，又冲邱云飞喊：副院长同志，我要洗脚。

邱云飞就快速地端了一盆热水放到了柳秋莎脚边。

柳秋莎就说：我是一家之主，我本应该是个男人，指挥千军万马。

邱云飞见柳秋莎喝多了，就顺着她的话说：你是将军，你指挥千军万马。

柳秋莎在晚年，过上了幸福的生活。

53

邱柳南和胡望岛结婚时，都曾信誓旦旦地发过誓。

柳南说：我从此有家了，再也不回那个家了。

她说的那个家自然是指柳秋莎和邱云飞的那个家。直到这时，她仍没忘记差一点夭折的爱情，以及她所受到的母亲的严厉呵斥。如果不是他们机智地采取相应的措施，也许有情人真的就天各一方了。

胡望岛一提起家，便想到了父亲的吊打，他仍然心有余悸。这时他就说：让我回家，哼，胡一百你等着吧。

在胡望岛成为骑兵连连长，柳南成为师通信排长那一年，两人举行了一个革命化的婚礼。婚礼没有任何场面可言，他们买了一些水果糖分头发给自己的战士以及领导，告诉人们，他们结婚了。

结婚那天，胡望岛骑着马来接柳南，两人没有去新房，而是跑到了草原上。草原是一片天苍苍、野茫茫的样子，胡望岛不停地策马扬鞭，草原上的小花小草一路退去，柳南幸福地依偎在望岛的怀里，完全是走天涯闯海角的样子。

最后，他们在草原深处停了下来，站在那里，望着远处，远处仍然是草原，突然柳南喊：我和胡望岛结婚了。

望岛受到感染，把双手拢成喇叭，也冲草原深处喊：我和柳南结婚了。

他们喊完，四目相对时，眼里都流下了泪水，最后他们相拥在一起。

她说：望岛，我真高兴。

他说：我也是。

后来他们就倒在了草地上，那匹军马咴叫一声，留给他们一个背影，向草地深处走去。

接下来，柳南和望岛过起了所有新婚夫妻应该过的日子。那时，他们并不能每天都厮守在一起。

柳南在师部工作，她的单身宿舍就成了他们的新房。望岛在距师部二十余里的骑兵团。只有在周末的时候，两人才能相聚在一起。夕阳西下，望岛打马扬鞭的，归心似箭。终于，他看见了师部的楼房。接着，柳南听到了远方传来的清脆的马蹄声，她的饭菜已经做好了，简单朴素，用碗扣在桌子上，她怕菜凉了。她站在门前，手搭凉棚，向师部门口张望。直到望岛和马的身影出现，她欢呼一声，迎着望岛和那匹军马跑去。

这样的场面，当时成了守备区一景，被许多男兵女兵津津乐道，他们几乎成了守备师青年男女爱情的偶像。

接下来，两人便在朦胧的夜晚里吃饭，相爱。第二天清晨，军号还没有吹响，望岛便起床了，他吻了睡梦中柳南的脸，不一会儿，窗外便响起了马蹄声。马蹄声远去了，留下一串细碎的回音，柳南仍在睡梦中。直到东方现出一抹霞光，军号吹响了，她才翻身起床，此时，已是人去屋空了。她想一会儿望岛留给她的一切，便微笑着带队出操了。

幸福的生活总是短暂的，接下来日子就变得平静了。有时，望岛懒得回来了，便打个电话冲柳南说：这个周末，我就不回去了。

柳南刚开始接到这样的电话，心里总是要失落一阵子，有几次之后，她也就习惯了。望岛再次回来时，她渐渐地也不为那马蹄声而激动了，望岛回来就回来了，走了也就走了。

先是守备区的骑兵团，随着形势发展的需要，不被部队所重视了。不重视的结果是训练不正常了。不久，又接到军区的命令，骑兵团撤销了。

那时，部队的装备和建制都发生了很大的变化，所有的连队都配上了汽车。以前，望岛骑着马穿梭在团与师部之间，他骑马的样子，常常引来众人的驻足与观望，他能感受到人们目光中的新奇与敬仰。现在，没人再用欣赏的目光望着他骑马的身影了。他穿梭在车流当中，人们便用怪异的目光望着他了。也就是说，望岛的骑兵已经落伍了。

从那以后，每个周末再回师部时，望岛不再骑马，而改成骑自行车了。每次，他把自行车立在柳南的宿舍前，变得悄无声息，直到他走进屋里，她才抬起头道：你回来了。

以前，不用他进屋，离很远她就会听见那清脆的马蹄声，她便迎着声音跑出来。

那些日子是望岛最落寞的日子，他的激情随着渐远的马蹄声而变得烟消云散了。那时，部队面临着第一个转业高峰，许多干部战士都不安心工作了，从备战备荒，到发展新时期的军队建设，全国人民的关注点已经发生了悄然的转移。

在人们的这种转移中，望岛的情感也发生了变化。当时，他并没有想当兵，完全是被迫的，如果他不和柳南那么早就相恋，人生也许会是另一种结果，也就是说，他不一定会被胡一百送到部队来，柳南也不一定来部队。现在他醒悟了，因为他的骑兵梦破碎了，所以他就醒过来了。

那天，他骑了二十多里路，回到家里，斜躺在床上说：柳南，我想转业。

他说完这句话，柳南大吃一惊。从走进部队那天起，她已经把部队当成自己的家了。后来他们又结婚，她有千条万条理由把这里当成家。她以为自己会在部队里待上一辈子，没想到，这时望岛却提出了这样一个让她措手不及的问题。

胡望岛就说：咱们还年轻，现在在部队干就是傻子，在地方机会多，待遇也好。

柳南就真的失望了。看来，望岛做出这样的决定还是经过深思熟虑的，但她还是说：望岛，我们这样不是挺好吗？

望岛就说：好什么好，你没看人家看我们的眼神，都把我们当成傻子了。

沉寂的生活使望岛萌生了退意，在社会变革的大潮中，他选择了退却。柳南希望在这种时候能够说服望岛，便说：我想留下，我还没有在部队干够，我想干下去。

望岛说：我们骑兵团就要撤销了，你要干你干，我要转业了。

柳南就说：要不跟温师长说说，把你调到别的团去。

望岛有气无力地说：到哪里都一样，反正我不想干了。

望岛的去意已定，正如他当年爱柳南一样，什么事情也阻止不了他。

那些日子，柳南备受煎熬。部队她是不想离开的，她从小到大生活在部队这种环境中，她对这里的一草一木都有感情。如果说她当初被送到部队来，有些被迫的成分，但现在她应该说是主动的了。这里留下了她的青春以及爱情，如同一棵根深叶茂的大树，想连根拔起栽种在另外一块土地上，那是万万不能的。弄不好，就水土不服，最后枯死在那片土地上。

望岛的走和柳南的留，都是不可改变的。终于，望岛的转业报告被批准了，和他一同转业的，还有一批骑兵团的干部战士。

在这之前，柳南曾经努力过，她找过温师长，温师长也快要退休了，他还在做着退休前的准备工作。当柳南说明来意，表示不想让望岛离开时，温师长笑了，因为在这之前，望岛也找过温师长，希望师长批准柳南和他一起走。温师长就笑着说：我听你们谁的？

最后，两个人只能各走各的路了。

两人在分别前，曾经有过一次谈话。

望岛说：我先走了，希望你明年也走，我先回地方，趟好头一脚。

她说：你真的去意已定，不能想办法留下？

他说：现在还有多少人愿意在部队干，当兵已经过时了，早走早醒悟。

她说：我没有醒悟，只要部队存在一天，我就要在部队干下去。

他叹口气，无限惆怅地说：那看来，咱们只能各走各的路了。

结果，望岛就走了。他走的时候，她没有去送他。他是一身轻松地乘火车走的。

他们在一起的最后一夜，她曾经这样问过他：你走了，那咱们的关系怎么办？

他说：我相信你，很快也会回去的。

她不说话了，望着黑夜。

他也不说话，他被转业的情绪激动着，半晌他说：明天，我就要和部队彻底说再见了。

她在心里说：明天，我也和你再见了。

两人几乎一夜都没有睡，他们各自想着自己的心事。

54

望岛转业，事先并没有告诉父母。自从望岛当兵走后，他一次也没有回来过。结婚之后，他偶尔跟母亲通几次信，也是有一搭无一搭的。没想到的是，望岛突然出现在了胡一百和章梅两人面前。

那一瞬间，胡一百和章梅两人都很激动，儿子多年没有回家了，现在突然回来了，他们没有理由不高兴。

胡一百在望岛面前转着圈说：望岛，这次回来，能在家多住些日子吧，柳南怎么没有回来？

他摆出了一副和儿子和解的态度，那时他就想，儿子已经回来了，自己跟儿子之间，都没啥了。这么多年，望岛一次也不回来，他的确把和儿子关系这件事一直梗在心里。章梅也抱怨他，怨他在儿子的问题上不讲究方法和策略。他心里虚，嘴上却不承认。每次，望岛来信，都是写给母亲的，自然每次都是章梅先读信。章梅读完信，让胡一百去读。胡一百这时的态度显得很强硬，他连一眼都不看，吊着脸子说：信写给你的，我看啥，我不看。

说完就走了。有几次，章梅故意不把信拆开，放在显眼的位置上，她希望胡一百能看那封信，结果每次信都完好无损地在那放着。

其实，望岛每封来信胡一百都看了，当然是在章梅不在家的时候。那时的胡一百显得很慌张也很神秘，把门插上了，把窗帘也拉上了，然后偷偷地读望岛的信。有时，望岛写得也很动情，望岛在信中说：妈，你和爸年龄都大了，多注意点身体。

胡一百看到这些时，眼睛也潮湿了，还抹过眼泪。

章梅每次给望岛回信时，都征求似的问胡一百：老胡，你有没有话对望岛说？

胡一百就不耐烦地说：他对我都没话说，我对他有啥话说？不说，看他这小子能挺到啥时候才回家。

现在望岛终于回来了，当胡一百激动地问望岛这次能在家住多久时，望岛就大咧咧地说：这次回来就不走了。然后又开了句玩笑：我要常住沙家浜了。

望岛说到这里，胡一百就瞪大了眼睛，家里的形势又回到了从前，他望着儿子的目光里包含着威严和不容分说。

章梅意识到了父子俩这种敌对的情绪，忙用脚尖踢了一下望岛，显然，她知道这次望岛就不回去了。

望岛仍旧没事人似的说：我转业了，还走啥，我要重新开始生活了。

胡一百在那一刻，真想上去再抽儿子两个耳光，但他还是忍住了。如今儿子已经比自己高半个头了，五大三粗地站在自己的面前，那一刻，他动摇了，怀疑自己还能不能收拾动儿子了。但他还是忍不住大骂：混账，你眼里还有没有我这个爹了？你扔下柳南一个人回来，你是个逃兵，你知道不知道？

望岛就梗着脖子说：我不是从前的我了，我现在长大了，这么多年你没管过我，我照样活得挺好，咋样？

胡一百的棍子终于抡了过来，打在望岛的腰上。

望岛认真地看了一眼父亲，又看了一眼父亲，然后很平静地说：我知道你看不上我，这么多年了，你还是看不上我。你看不上我，我走还不行？

说完收拾起自己的东西，头也不回地又一次走出了家门。

章梅就说：你看看，儿子在家里还没坐热呢，你就把他赶出去了。

章梅毕竟是母亲，心软，疼儿子，她坐在那里抹眼泪。

胡一百气呼呼的，拎着棍子一次次在屋里走，气得牛样地喘。他说：混账，真他妈混账，要是放在十年前，看老子不收拾死他。

毕竟不是十年前了，儿子腰挺硬了，他是连职干部转业，什么都见过了。于是，他离家出走，把自己安顿在同学家里，等着市转业办公室安置工作。

胡一百眼睁睁地看着儿子走了，没处发火，便一个电话打给了温师长。他上来就训斥：小温呀，你还讲不讲原则，你为啥让望岛转业？

温师长就说：首长，大势所趋呀，骑兵团撤销了。

胡一百又说：骑兵团撤了，不还有别的守备团吗，干吗不让他去那里？

温师长又说：首长呀，铁打的营盘流水的兵，孩子大了，有自己的志向，就让他们奔着志向去吧。你不是也退了，再过一个月零三天，我也该退了。

胡一百就不想多说什么了，气呼呼地把电话挂上了。

后来章梅也对他说：望岛转业，就让他转吧，老在部队里待着，也不见得是什么好事，人挪活，树挪死。

胡一百就冲章梅吼：混账，你们都是逃兵。

章梅就说：啥逃兵不逃兵的，你也退了，我也退了，难道咱们也是逃兵？

胡一百就疯了似的从这屋走到那屋，看什么都不顺眼，不停地摔东打西的。

章梅在后面就颠颠儿地跟着收拾，一边收拾一边说：老胡你消消气吧，孩子大了，随他去吧。

那些日子，胡一百都没脸出门见人了，他最怕见的就是柳秋莎。他没有脸见她，自己儿子做错的事，就像他自己做错了一样。

直到望岛被分到了公安局，当上了一名刑警，当然，这消息也是章梅告诉他的，直到这时，他才走下楼。他走下楼就很轻易地看见了柳秋莎。柳秋莎就像没事人似的，该干什么还干什么，她正撸胳膊挽袖子地和老王下象棋。

胡一百就红头涨脸地说：亲家，我对不住你，真的对不住你呀。

柳秋莎就说：咋的了老胡，咋说这话呢？

胡一百别无选择地说：望岛那个混蛋东西当了逃兵。

在这之前，柳秋莎已经听说望岛转业了。她曾收到柳南的来信，柳南的信写得很平静，她说：人各有志，望岛走了就让他走吧，她自己还要在守备师干下去，坚持到最后。在那一刻，柳秋莎一下子喜欢上了柳南。她读着女儿平淡如水的信，激动得要死要活，她抱着邱云飞的肩膀说：这才是我闺女，这是我的闺女。

她说这话时，脸上还淌下两行泪水来。

这时的柳秋莎有十二分颜面面对老胡，她就底气十足地冲老胡说：咋样呀老胡，你养的儿子，还不如个丫头，我丫头还在部队坚守阵地呢，你的儿子呢，当逃兵了吧？

柳秋莎的话，比打老胡两个耳光还要难受，他咬着牙站在那里，气咻咻地说：小兔崽子，要是在十年前，我一枪把他崩了。

此时的老胡，谁也崩不了了，他只能站在那里自己跟自己较劲了。

柳秋莎知道自己的话说得有些严重了，便又说：老胡，这事也不能怪你，要怪还得怪你儿子，就让他去吧，看他能出息成个啥样。

老胡有了坡下，脸色也好看了一些，他说：亲家，让你笑话了。

柳秋莎就说：咱一家人不说两家话，亲家想不想吃红烧肉？想吃让邱云飞晚上给咱们烧上一大碗。

此时的老胡哪里还有心思吃红烧肉。

胡望岛从此没有再登过家门。他住在公安局的单身宿舍里，偶尔往家里打几次电话，若遇到胡一百接电话，他在那头就把电话挂上了，要是母亲接电话，他就会跟母亲讲上两句。

章梅经常做一些好吃的，背着胡一百偷偷给望岛送过去。望岛来者不拒，送了就吃，不送也不要。每次吃母亲送去的好吃的，都狼吞虎咽的。

章梅就说：望岛，你这样也不是个法，柳南不回来，这日子可怎么过？

望岛就说：她不回来，我也没有办法。

章梅就叹气，长一声短一声的。然后章梅说：望岛，你也快三十岁的人了，也不为将来打算？

望岛就说：走一步算一步吧。

那时，章梅就隐隐约约地有些担心，她担心儿子的婚姻可能要到头了。

其实，柳秋莎也有这样的预感。望岛回来后，曾到家里来过一次。她当时并没有给望岛好脸色，她认为望岛是逃兵，自己的闺女才是坚守阵地的勇士，她没有理由给一个逃兵好脸色。

柳秋莎就说：你自己逃了，把我闺女一个人扔下了。

望岛就笑笑说：她自己不愿意回来。

柳秋莎就不说什么了。

望岛在家里无滋无味地坐了一会儿就走了。后来，邱云飞就埋怨柳秋莎：你看孩子第一次上门你就鼻子不是鼻子、脸不是脸的，多不好。

柳秋莎就说：咋的了，我这是客气的，要是放在从前，我一脚把他踢出去。

柳秋莎气哼哼的，在屋里来回踱步。她迫切地想见到柳南，此时，她觉得有许多话要对柳南说。

55

火车载着柳秋莎直奔内蒙古，一路上，柳秋莎的心情很悲壮，有点像她当年从延安赴东北那种感觉。

柳南的部队很好找，她找到柳南时，柳南正在操场上带一队女兵搞训练。柳秋莎站在那里，望着女儿柳南。柳南刚开始并没有看见母亲，她做梦也不会想到母亲会来看她。这些日子，柳南瘦了，也有些憔悴。这一切柳秋莎并不清楚，在她的眼里，女儿大了，变得更加漂亮了。她站在那里，心想，这就是女儿，她的女儿。那种悲壮又一次在柳秋莎的心底燃了起来，突然，她的双眼潮湿了。

也就在这时，柳南发现了母亲，她认真地看一眼母亲，又看一眼母亲，待确信眼前真的是母亲时，她向前跑了两步，突然又停住了，娘儿俩隔着几步的距离就那么相望着。母亲的嘴唇颤抖着，女儿的嘴唇也颤抖着。

女儿突然喊了一声：妈——

母亲也喊了一声：柳南——

接下来，母女俩就拥抱在了操场上。

多年不见的娘儿俩，都在努力克制着自己的感情，就是在宿舍里，她们的话语也不多，更多的时候，她们在用眼神相互交流着、试探着。

柳秋莎望着女儿，觉得女儿真的是长大了。女儿的长大不仅体现在身体上，更重要的是女儿的神态，女儿的神态让她突然觉得女儿成熟了，女儿的眼底写着刚强、果断。柳秋莎又想到了年轻时的自己，她一直希望在三个孩子中，有一个孩子能像自己，今天，她终于找到了，眼前的柳南就是年轻时的自己。想到这，她沉寂了多年的心，呼啦一下子就打开了，见亮了。柳秋莎从来没感到过这么踏实和幸福。

那天，她冷静地说：柳南，你的事我都知道了。

柳南答非所问地说：爸爸好吗，一家人都好吗？

柳秋莎望着女儿，目光穿过女儿的眼神，一直走进女儿的心里。

柳秋莎说：你留在部队我支持你。

柳秋莎又说：没啥大不了的，剩下你一个人照样过日子。孩子，你记住，从今以后部队就是你的家，妈永远跟你在一起。

柳南终于控制不住了，她大叫了一声：妈——便扑在母亲的怀里。

柳南哭了，这是她离开家后，这么多年第一次哭泣。

柳秋莎拍着女儿的后背，正如当年哄着委屈的女儿一样。

柳秋莎也哽咽着声音说：小南，妈高兴，真的高兴。

那天晚上，母女俩躺在了一张床上，两人说了好久。

柳秋莎是这样开场的：闺女，还恨不恨妈？

女儿在母亲的臂弯里摇了摇头。

柳秋莎说：妈打过你，又骂过你，最后把你送到了部队，原本都为你好。

柳南说：妈，我知道。

柳秋莎说：你不知道，你恨妈，这么多年你没回过家，就是信写得也少得可怜。

女儿不说话，听母亲絮叨着。

柳秋莎又说：但我相信，你迟早有一天会明白的，因为你是我的闺女。

柳南又含泪带泣地喊了一声：妈——

柳秋莎又说：闺女，那时你不懂，因为你经历得少，妈这辈子啥事没经历过？

柳秋莎还说：你现在还不到三十岁，一切都还来得及，谁年轻时都犯过错误。

半晌，母亲不说话了，女儿也不说话，两人都感受着对方的心跳，她们的心跳声最后合在了一起。

柳南终于说：妈，你和爸爸还好吧？

柳秋莎没有急于回答女儿，她现在早就已经不是二十多岁时的柳秋莎了。如果是那时，她会脱口而出。现在，她真的要好好想一想才能回答女儿了。半晌，又是半晌，柳秋莎才答：这辈子我找你爸没有错，你爸是个好人。

女儿紧紧地搂着母亲。

半晌，柳秋莎又说：你爸是个小知识分子，按理说，他和你妈是两种人，可两种人最后不也走到了现在？有时日子并不像想象的那么容易。

柳秋莎回答女儿，似乎也在回答自己，这是她对自己大半生的总结。她要把自己一生得来的经验教训告诉女儿，让女儿在这种经验教训中快点成熟。

黑暗给了母女俩许多坦诚，也给了她们许多谈话的勇气。

柳秋莎又问：闺女，你以后打算怎么办？

柳南半晌才答：妈，什么样的结果我都想到了，现在我就是不想离开部队。

柳秋莎这次用力地把女儿抱住了，她相信，女儿什么风浪都可以走过来。她相信自己的女儿，就像相信自己一样。

这次在部队，柳秋莎一连住了一个多星期，她伴着号声起床，又伴着号声入睡，仿佛又回到了年轻时的岁月。

柳南想吃食堂，那样会省许多麻烦，可柳秋莎不愿意，她要为女儿做饭。每天早晨，她都要提个菜篮子，到菜市场去买菜，变着花样地为女儿做这做那的。

柳南一边吃饭，一边说：妈，你做的菜真好吃。

柳秋莎说：闺女，这么多年你都没吃过妈做的饭了。

柳秋莎说到这里，眼圈就红了，柳南也动了感情，把脸深深地埋在了碗里。

半晌，柳秋莎说：等柳东大学毕业了，结婚了，妈就来跟你一起过日子，给你做饭。

柳南叫了一声：妈——眼泪噼里啪啦地掉在了碗里。

接下来，在柳南带着队伍去训练的时间里，柳秋莎把女儿的被子拆了，也洗了，最后又做好了。

晚上，柳南看着母亲新做的被子，由衷地感叹道：有妈真好。

女儿在黑暗中抓住了母亲的手，娘儿俩就那么紧紧地握在一起。

女儿说：小时候，我不知道有妈好，别人有，我也有，觉得没啥。现在我才知道有妈真好。

母亲说：你妈这辈子还有好多事没干，人就老了。都怪你妈是个女人，要是个男人，肯定会做出些大事来的。

女儿说：妈，你别这么说，我为有你这样的母亲感到骄傲。

母亲又一次流泪了，为了自己在女儿心中的形象和地位。

许久之后，母亲说：闺女，看来只有你才能圆了妈多年没实现的梦了。

女儿说：妈，我现在做的，是我愿意做的，你的经历，怕是我这辈子都赶不上了。

就在柳秋莎要离开女儿时，温师长得知柳秋莎来队的消息，风风火火地赶来了。他一见到柳秋莎便大呼小叫地说：柳大姐，还认不认识我了？

柳秋莎一下子就想起来了，这不是当年的小温吗！他现在已经老了，头发都斑白了。

温师长向柳秋莎敬了一个军礼，然后两双手就握在了一起。

温师长望着柳秋莎，颤颤地说：大姐，你也老了。

柳秋莎望着当年的小温，感叹道：真想念过去的日子呀。

温师长说：当年，大姐可是咱们部队头一号的女英雄。这么多年了，让你受苦了。

柳秋莎此时的心情已经很平静了，她满足于现在的生活，也回忆过去拥有的辉煌。

当天晚上，温师长把柳秋莎和柳南接到了自己的家里。温师长已经被宣布退休了，现在还住在营区里，过一阵子，他就要住军区的干休所了。

那天晚上，温师长陪着柳秋莎又痛饮了一回。

柳秋莎举起酒杯说：小温呀，谢谢你这么多年对柳南的照顾。

温师长就一口干了杯中的酒，抹一抹嘴说：没啥。

这回温师长举起了酒杯道：大姐，你养了一个好闺女。

柳秋莎把酒也干了。

喝来喝去，最后两个人就整高了。喝多的两个人，话语就稠了许多。

温师长就说：大姐呀，当年胡参谋长追你追得好苦哇。

柳秋莎就说：老胡是个好人。

温师长又说：老邱还好吧？

柳秋莎又答：就那样吧，知识分子永远都是酸的。

两人说到这，就哈哈大笑。笑过了，柳秋莎又说：这日子过得可真快，当年的事就像昨天发生的似的。

温师长说：可不是咋的，一晃就过去了。当年你多年轻，梳两条大辫子，说抓土匪就把土匪给抓出来了，胡参谋长都服你。

柳秋莎借着酒劲就多了些豪气。她站了起来，胳膊撸了，袖子挽了，然后就说：小温，不是吹，当年我要是个男的，根本就不会有老胡啥事。

温师长就哈哈大笑，笑得鼻涕眼泪的，然后就说：胡参谋长这么多年没服过人，就服你。

柳秋莎就挥挥手说：现在不行了，老了。

温师长说：咱们都老了。

这一次部队之行，柳秋莎很愉快。她在柳南身上又找到了当年自己的梦想，更重要的是，她发现女儿长大了，什么风霜雨雪她都能一个人扛了，也就是说，她不用为女儿操心了。柳秋莎怀着愉快的心情回到了家里。

56

柳东医学院毕业了，他被分配到一家医院工作，柳东的女朋友杜梅也被分到了这家医院。两人又是同事又是恋人，于是两人便经常成双入对的。

这样成双入对的，就引起了柳秋莎的警觉，她认为这样下去早晚有一天会出事的。每次柳东把杜梅带到家里来，柳秋莎都是高度警惕的。柳东每次回来，自然希望把自己和杜梅关到小屋里，柳秋莎就坐卧不宁的样子，她压低声音冲书房里的邱云飞喊：你过来，快过来。

邱云飞不知发生了什么事，便颠颠儿地过来了，说：又咋的了？

柳秋莎就说：我这眼皮老是跳，会不会出啥事啊？

邱云飞就大惑不解，望着柳秋莎说：谁呀，谁要出事了？

柳秋莎就努嘴，冲着柳东房间的方向。

邱云飞就长嘘了口气，摇摇头说：人家在谈恋爱，能出啥事？你真是咸吃萝卜淡操心。

邱云飞说完就又回书房了，他忙活他的小说创作去了。

柳秋莎见邱云飞这样态度，便很失望，她踮起脚，轻手轻脚地来到柳东房间门口，侧耳细听，自然没有听到什么声音。她又一次回到客厅里，便急中生智，把水果盘端在手里，这会儿再走起路来就理直气壮了，她推开柳东的房门，见柳东和杜梅两人端正地坐着，便大声地说：孩子，快吃苹果，这是我早晨刚买的，可甜了。

把水果放下了，又看了看两个人，因为没有在屋子里待下去的理由了，便出来了，出来的时候，故意把门留了条缝。

不一会儿，不知屋里的谁，又把门关上了。门一关上，柳秋莎心里又不踏实了，抓心挠肝的。

又一会儿，她又端了两杯茶，横冲直撞地走进去。这回，她发现两人的坐姿已经有所变化了，刚开始，两个人一个坐在床上，一个坐在椅子上，现在，两人都坐在了床上。柳秋莎受不了心里乱跳一气，她气喘着说：喝茶，喝茶。就又退了出去。

刚走到门口，杜梅就冲她说：阿姨，你不用忙了，有事我们自己能干。

她就尴尴尬尬地笑一笑，门依旧留下条缝，过一会儿，那条缝就又关上了。

整个晚上，柳秋莎都在焦灼不安中度过。她已经没有理由再进柳东的房间了，于是，她就在柳东房间对面开始翻箱倒柜地弄出挺大动静。有几次，邱云飞和柳东都推开房门看她，她就笑着说：没事，东西碰倒了。

从那以后，杜梅一和柳东回来，两个人就关在小屋里。于是她就开始不安，然后一次又一次地故意大声说话，尤其是在柳东的房门前，咳嗽，大声走路。直到杜梅离开，她才长嘘一口气。

晚上，邱云飞和她躺在一起，邱云飞就说：你这个当妈的，累不累呀？

柳秋莎就说：累啥累，我不累。

邱云飞又说：你以后就别管那么多了，孩子大了，有自己的分寸。

柳秋莎忽地坐起来，瞅着邱云飞说：你们男人懂啥，这事吃亏的是女人，知道不？

邱云飞又说：柳东就是个男人，他又不是女孩子。

柳秋莎又说：咱们要对人家女孩子负责，万一有个啥三长两短的，咱们不能干那个事。

柳秋莎这么一说，邱云飞就不说什么了，躺在那里摇头叹气。柳秋莎就信誓旦旦地说：柳北和柳南的婚姻大事，我都没有管过，就剩下了一个柳东，你说我能不管？

邱云飞说：老大老二现在不挺好的？

柳秋莎说：好啥好，那个刘中原三棍子打不出个屁来，还是个男人，我看了都替他着急上火。再说老二吧，一个转业了，一个还在部队呢，这样的日子能长久？

邱云飞不说话了，他在孩子的问题上的确没有发言权。

柳秋莎在这样的夜晚里，怀了满肚子的心事。她先从老大想起，柳北的日子还算稳定，可她一直觉得女儿找了这么个男人亏了。有一次，邱柳北一家三口回来时，她把柳北叫到自己的房间，然后开门见山地说：柳北，你跟我说实话，你跟刘中原过得咋样？

柳北不明白母亲问话的含意，冲母亲说：挺好的呀，没什么事。

柳秋莎就叹口气说：我说的是你对刘中原这个人怎么评价。

柳北就说：一言难尽。

柳秋莎的心里就翻腾了一下，然后又说：是不是对刘中原不满意，你觉得嫁给他亏了？

柳北又说：这话也不能这么说，总之吧，三言两语说不清。

柳秋莎觉得柳北和刘中原在一起生活长了，说话办事怎么跟刘中原一样呢？她对柳北这样的回答显然不满意，于是又追问：满意就满意，不满意就不满意，有啥难说的？

没想到柳北突然来了句：那你对我爸满意吗？

一句话就把柳秋莎噎在那里，她真不好说。于是，她就大睁着眼睛望着柳北。从那以后，她不再过问柳北了。柳北一来，她就冲邱云飞说：哼，爱咋的咋的，脚上的泡都是自己走的。

邱云飞不知她说的是什么意思，很迷茫地看着她。她就说：我说柳北呢。

邱云飞问：柳北怎么了？

柳秋莎就说：跟那么个男人生活在一起，她能幸福？

邱云飞就说：幸福不幸福的，你得问柳北自己，你说不管用。

不管别人怎么说，反正她不喜欢刘中原的性格。她越不喜欢，刘中原就越拘束，来到家里坐也不是站也不是，不停地帮家里干这干那的。刘中原越这么忙活，柳秋莎越看不上，等他们一走，柳秋莎就冲邱云飞说：哪有男人这样，太没出息了。

这时，邱云飞正把一盆洗脚水端给她。邱云飞就停在那儿，瞪着眼睛问：那你也是这么看我的？

柳秋莎醒悟了，便说：你是你，他是他，快把水端过来，要不一会儿就凉了。

柳秋莎一门心思看不上刘中原，她坚信一条，柳北过得不幸福。每个周末，一家三口人回来时，她都想方设法做点好吃的，在吃饭过程中，她不断地把鸡呀鱼呀的往柳北碗里夹，也往外孙小疆碗里夹，就是不给刘中原。刘中原一进门就开始微笑，一直笑到离开这个家门，他的样子小心翼翼的，仿佛时刻怕得罪谁。

关于老二柳南，她操心，也不操心。操心的是，柳南这事就这么悬着，总不是个事；不操心的是，她去看柳南一趟，柳南长大了，成熟了，她对孩子放心了。

这些日子，胡一百每次见柳秋莎都是底气不足的样子。胡一百开口就骂儿子望岛。他骂：这兔崽子大了，不听话了，都十多天没登我这个家门了。然后又说：要是十年前，看我不一枪崩了他。

柳秋莎就说：得了吧，老胡，我就想问一句，你儿子到底咋想的？这日子能过就过，不能过就给个准信，我闺女又不是嫁不出去。

胡一百就说：我这不正找那个兔崽子呢吗！找到了，你看我不扒下他皮来。

两人说到这就不说了，坐在亭子里，长一声短一声地叹气。

胡一百就说：小柳啊，咱们是英雄一世，结果让儿女把脸给打了。

柳秋莎就又想到了老大柳北，便也长吁短叹起来。她和胡一百都有了一种同是天涯沦落人的感觉，于是，便惺惺相惜起来，她说：老胡，你是你，儿子是儿子。就是咱们不做亲家了，在我柳秋莎心里，你老胡也是个好人。

胡一百就说：小柳呀，谢谢你这多年对我的理解。咱们都是一路子人，不像小邱呀小章似的，他们是一路的。

胡一百自作主张地把自己和别人给定位了。柳秋莎就擦擦手说：得了吧老胡，当年我没同意嫁给你，今天看来是正确的，要是我真嫁给你，咱们日子能过长久？就你那脾气，我这脾气，一天还不得吵八架呀。

胡一百听了哈哈地笑，柳秋莎不笑。

柳秋莎就又说：老胡你有你的长处，我有我的长处，现在咱们这个长处都用不上了，不好使了。

胡一百就不服气地说：那不一定，以后有机会打仗了，我照样可以指挥千军万马。

柳秋莎就说：得了吧老胡，就是你能行，人家也不用你了。咱们都老了，连个孩子都管不了了。

柳秋莎说到这里，就击中了胡一百的软肋，他不说话了，半晌才说：小柳呀，你放心，望岛那小兔崽子，我找到他，保准给你一个满意的答复。

柳秋莎挥挥手走了，她不听老胡絮叨了。

不久，柳东结婚了。他们把婚礼选在了“十一”，谁也没有惊动，就是他们领了结婚证，柳秋莎和邱云飞也不知道。“十一”期间，两人去了一趟北京，回来后才宣布结婚这个消息。

柳秋莎面对儿子这个消息，一时惊怔在那里。直到柳东把结婚证放在了她的面前，她才相信这一切都是真的。

她抱怨柳东没有早通知他们，她的意思是把家里收拾收拾，最差也要贴上两个喜字吧。更让她吃惊的是，柳东结婚后，并没有住在家里，而是住进了医院分给他的筒子楼里。

柳东走了。

柳东结婚了，柳秋莎心里踏实了，也空了。

她经常望着柳东住过的那个房间愣神，然后把那屋的门打开又关上，关上又打开。不管关上或打开，已经没有人在里面了。于是，她自言自语地说：都走了，走了好哇。

她经常背着手，这屋看看，那屋看看，然后就冲邱云飞喊：这人呢，人都哪儿去了？

邱云飞就过来了，冲她说：我不是人吗？

柳秋莎就说：我没说你。

她再一次碰见老胡时，老胡仍没有给她一个说法。

57

望岛和柳南还是离婚了，他们的爱情轰轰烈烈地开始，又平平淡淡地结束了，这是在开始的时候两人都没有预料到的，他们谁都不相信会有今天这样的结局。那时，他们认为对方是世界上最好的。

离婚的时候，胡望岛回了部队一趟，在这之前，两人已经通了许多次信，在信里他们已经把关系处理得很明白了。刚开始的时候，望岛一直想说服柳南，让她马上转业，并且说地方上工作的事不用她操心。

从他转业那天开始，她就意识到，他们是两股道上跑的车，他们将顺着未来的轨迹，越跑越远了。后来，他们就探讨如何分手了。其实分手要比相聚容易。原来两个不相干的人，要想走到一起，是要费一番心思的，但离开只要各自退一步，便成功了。现在，他们都向后退了一步。

他虽然离开部队的时间并不长，但又一次回到部队时，已经是物是人非了。家还是那个家，他们坐在其中。

他抓着头说：没想到，咱们也会有今天。

她说：没什么呀，咱们大家都累了，就要换一种生活的方式嘛。

他不说话了，半晌抬起头来说：我想去草原看看。

她无声地站了起来，陪他走了出去。

草原还是原来那个样子，又是一年的莺飞草长，只不过没有了战马。昔日的草原是战马嘶鸣奔跑的乐园，此时只有一个牧民在放羊，骑着马悠然自得地在草地上走过。

她看着羊群，眼里闪动着泪花。最后她向那个牧人走去，他看到她和牧人低声说了几句什么，牧人下了马，她抓住马缰，骑在了马背上，接着她骑着马向草原深处跑去。

后来，她立住马，停在了他的面前，把马交还给牧民。牧民望了两人一眼，骑马走了。

他说：你别老忘不掉以前的日子。

她说：我是向以前的日子告别。

他眯起眼睛望天上的太阳，太阳有些刺眼，明晃晃的。

他说：人不能老活在回忆中，应该往前看。

她说：可惜咱们看的方向不一样。

他说：你真的不能转业？

她平淡地笑笑：我不是早就说过吗。

他不说什么了，低声说：那咱们回去吧。

结果他们就回去了，在当地的街道，他们当年办理结婚的地方，办理了离婚手续。还是那个门，进去出来就是两种结果了。

他们就此分手了，他说：我要坐晚上的车回去了。

她说：好多战友，晚上还想请你呢。

他说：算了吧。

最后他就走了，没有再回一次头。

她走回军营时，远远地听到操场上士兵们训练的口号声，不知为什么，她眼里有了泪，仿佛离开军营已经有一些时候了。

晚上，战友聚会，还是如期举行。战友们说好要为望岛接风，也为他送行。他们知道望岛这次回来的目的，但也并没影响他们叙旧的情绪。

结果，只有她一个人来了，脸上的表情淡淡的，看不出有什么变化。她进来前，战友们还有说有笑的，她一进来，别人都噤了声，很小心地望她。她大呼小叫着，样子很高兴，像刚发生了一件大喜事。

后来一个战友小心地问：他呢？

她说：走了。

众人就都松口气，接下来气氛就有所松动，有人试探着开始说笑。酒过三巡之后，气氛又恢复如初了。她也喝酒，和那些男战友一样，用碗喝酒。他们自从到草原上来当兵，从学会喝酒那天开始，就没用过杯子，草原上的人都用碗喝酒，碗是那种大碗。

这时有人说了：柳南，没啥，真的没啥。

她笑一笑，和说话的人碰了一杯，喝光了。

又有人把碗伸过来，冲她说：柳南，来，咱们干了这碗。

于是，又干。

她真的很喜欢和战友这么轻松地来往，啥也不用说，简单又朴素。她喜欢部队，具体地说，还是割舍不下这样的情感方式。人都生活在具体环境中，喜欢什么，讨厌什么，其实，还都是指具体的环境。她离不开这里，说明白了，还是舍不得离开这里的人，乃至一草一木。

后来，有人唱起了歌，唱的是《驼铃》：送战友，踏征程……

后来她也跟着唱了起来，直唱得泪流满面。她是在跟自己告别，送别过去的自己，也送别过去曾经有过的美好日子。

那天，聚会散了以后，她的头脑仍很清醒，她给母亲写了封信。这是她第一次给母亲单独写信。

柳秋莎接到信时，什么都知道了，她没有直接看信，而是把信交给了邱云飞。邱云飞很小心地把信撕开了，并没有念出声，而是一目十行地看了起来。

柳秋莎就不满地说：哑巴了，念信啊。

邱云飞就念了：妈妈，你好。

然后看了眼柳秋莎，柳秋莎坐在那里，闭着眼睛。

邱云飞又念：

> 给你写这封信时，我心里很平静。我真羡慕你和爸爸，从认识到结婚，然后相互守望了一辈子。这辈子你们是怎么走过来的，也许我活到你们那个岁数才能明白。别怪女儿做了这样的事，正如当年，你们把我送到部队。如果还让我重新走一次，也许我还会那么走，这就是命运。每个人都要为自己的成熟付出代价的……

柳秋莎的眼角流过一滴泪水，缓缓地，从她脸上爬过去。

柳秋莎在楼下又一次看见了老胡，老胡一看见柳秋莎就像自己做错什么事似的，低着头匆匆地想走过去。柳秋莎站住了脚，冲他喊：老胡，你干啥呢？

老胡只得停下了，他像刚看见她似的说：是你呀，忙啥呢？

他的话语间多了几分客套。

柳秋莎就说：老胡，我跟你说，咱们还是亲家，晚上到我家吃饭，我给你做红烧肉吃。

老胡就吃惊地瞪大了眼睛望着她。她转身就向菜市场走去。

晚上的时候，老胡还是如约而至了，这回他手里提了瓶酒。

三个人坐在桌前就开始吃饭了。

柳秋莎和老胡喝酒，邱云飞吃饭，忙前忙后的。柳秋莎倒酒，倒得满满的。然后柳秋莎把酒端起来，冲老胡说：以后别跟个女人似的，那么娘儿们唧唧的。

老胡不说话，只喝酒。

柳秋莎就说：亲家，来，干杯。

老胡就红头涨脸地干杯。

三杯酒下肚之后，老胡就抬起头来说：柳啊，你比我气量大，我服你了。

柳秋莎就说：啥气量不气量的，只要心里能装下天，你的心就是天。

老胡就说声：好。然后一口喝光了杯中的酒。

柳秋莎就蒙眬着眼睛说：老胡啊，咱们是啥时候认识的？

老胡说：在延安，那还用说。

柳秋莎说：几十年了，从开头，到最后，咱们一直在部队里干，一个锅里搅马勺，这是啥？这就是缘分。

老胡说：那是。

柳秋莎又说：儿女们是儿女们，咱们是咱们。

老胡还说：那是。

柳秋莎还说：为了战友情，干。

老胡就干。

后来老胡又喝高了，他握着杯子傻笑，笑得哏哏儿的，然后说了句：小柳呀，你就是小柳，跟章梅一点也不一样。

柳秋莎也笑。

一旁的邱云飞就说：你们别喝了，你们都喝多了。

柳秋莎就冲邱云飞说：你一边待着去，你知道啥？我跟老胡是战友，出生入死的战友，不容易呀。

邱云飞就不说什么，忙起身去倒酒，一人倒了一杯。

那天晚上，老胡豪情万丈地离开了，离开时，他挥着手冲她说：亲家，我走了。

她摇晃着说：亲家，你慢走。

老胡走后，柳秋莎躺在沙发上就吐了，她从来没有喝过这么多的酒。邱云飞便跑前忙后地服侍着柳秋莎。

58

柳秋莎是得到于三叔病危的消息后赶回靠山屯的。

于三叔真的老了，其实，他没有什么大病，只是他老得没有活下去的力气了，于是他就躺下了。三婶求人给柳秋莎发了一份电报，电报上写着：三叔病，速回。

柳秋莎便风尘仆仆地赶回家了。早几天的时候，三叔已经躺在炕上了，他知道自己快不行了，他走前最大的愿望就是看柳秋莎一眼。这么多年，他一直把柳秋莎当成自己的孩子。

柳秋莎在路上奔波时，于三叔就已经不行了，他一会儿明白一会儿糊涂，明白过来的时候就问：芍药回来了吗？

三婶就抬头望望窗外，然后说：快了，芍药就快回来了。

于是，于三叔就等。他一定要等到柳秋莎再走，否则他走得不安心也不踏实。

柳秋莎终于回来了，当她握住于三叔的手时，三叔又睁开了眼睛。柳秋莎一见到三叔便哭了，她说：三叔，是芍药，芍药回来看你来了。

于三叔笑了笑：芍药，终于看到你了。

柳秋莎就张罗着要把于三叔送到医院去，于三叔听到了就说：芍药，别费那个事了，三叔累了，要回去歇着了。

她就握紧了三叔那双枯瘦渐凉的手。

她说：三叔啊，芍药不孝啊，没能照顾好你。

于三叔又说：芍药，别这么说。孩子都好吧？

她就说：都好。

于三叔又说：芍药，人这一辈子从生下来，就努着劲往前走，等走不动了，就该去歇着了。

柳秋莎望着躺倒的三叔，什么话也说不出来。

于三叔又说：芍药，我看到你了。

接着他想再说一次，冲着自己的亲人和曾经生活过的世界，可是他的目光还没有从她脸上离开，便闭上了眼睛。

于三叔的坟地是柳秋莎选的，她就把三叔埋在了父母的坟旁。

父母是当年于三叔帮助选的地方，在一个山脚下的一块凹地里，山上有树，山脚下有一条溪水。那溪水流了好多年了，她小的时候，就记得有这条溪水，现在这条溪水还在欢快地流着。

她跪在父母及三叔的坟前，没有流泪，很平静的样子。她就那么久久跪着。

她说：爹、娘，三叔找你们做伴去了。

她又说：爹、娘、三叔，芍药不孝啊。

她还说：爹、娘、三叔，芍药要走了，等芍药没劲那天，也回来歇着，就躺在你们的身边，给你们尽孝。

后来，柳秋莎就一步三回头地走了。这次她回去，带上了三婶，三叔去了，三婶没人照顾了，她要照顾好三婶。

不久，邱云飞写的那部长篇小说出版了。邱云飞出版小说的事，柳秋莎一点也不知道，直到那本书都出来了，她才知道。刚开始，她不相信那本书会是邱云飞写的，直到在书上看到了邱云飞的名字，她才相信这一切是真的。于是，她“咦”了一声。

邱云飞说：这回你信了吧？

柳秋莎就说：这么多年，你起早贪黑的，没吃闲饭。

从那以后，柳秋莎开始自觉地把家务承担起来了，她要安心地让邱云飞写小说。每天做饭时，她都推开邱云飞的书房门，轻声地问一句：想吃点什么？

邱云飞很不习惯地说：随便，随便。

柳秋莎又把门关上了，然后一桌丰盛的菜就摆到了桌上。

晚上，邱云飞在书房里加班，她就躺在床上，打开邱云飞写的那本书，静静地读上几页，不知什么时候就睡着了。

邱云飞走过来时，把那本书从她枕边拿开，关上灯，然后静静地躺在她的身旁。

柳秋莎做了个梦，梦中她的左眼皮一直跳个不停，于是她就在心里说：又要有大事情发生了。

图书在版编目(CIP)数据

玫瑰绽放的年代 / 石钟山著. -- 北京 : 中国文史出版社, 2023.3

(中国专业作家作品典藏文库. 石钟山卷)

ISBN 978-7-5205-3453-6

Ⅰ. ①玫… Ⅱ. ①石… Ⅲ. ①长篇小说-中国-当代 Ⅳ. ①I247.5

中国版本图书馆 CIP 数据核字(2021)第 262303 号

责任编辑：薛未未

出版发行：中国文史出版社
社　　址：北京市海淀区西八里庄路 69 号院　邮编：100142
电　　话：010-81136606　81136602　81136603（发行部）
传　　真：010-81136655
印　　装：北京新华印刷有限公司
经　　销：全国新华书店
开　　本：720×1020　1/16
印　　张：17　　　　字数：236 千字
版　　次：2023 年 3 月第 1 版
印　　次：2023 年 3 月第 1 次印刷
定　　价：59.00 元